特別介紹
單字卡APP

使用 APP 點選即能聽字＆句音檔。
如果「只想聽音檔」，
請使用這個「全書內容音檔 QR 碼」→

【單字卡 APP】——— 任選【3種學習路徑】

❶ 主題式

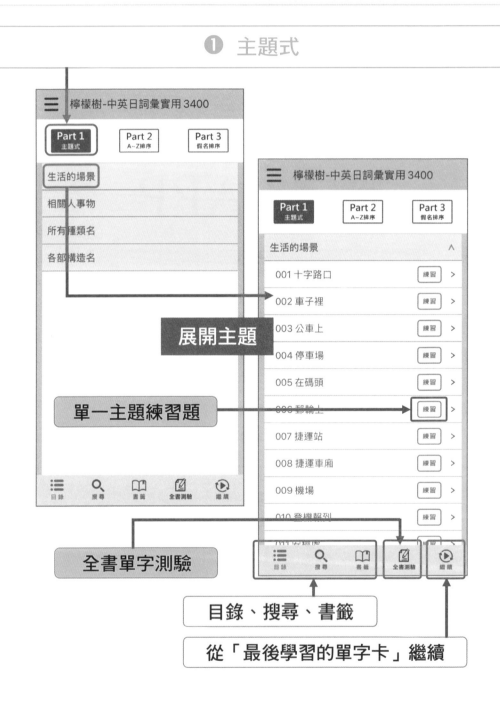

展開主題

單一主題練習題

全書單字測驗

目錄、搜尋、書籤

從「最後學習的單字卡」繼續

❷ A~Z 字母排序

❸ あ～わ 假名排序

功能同 ❶ 主題式

功能同 ❶ 主題式

1 組中英日詞彙　1 卡片

❶ 主題式

播放音檔

【單一詞彙】音檔循環播放

7 段語速設定

學習路徑 ❷、❸ 是 有測驗感 的字卡

❷ A~Z 字母排序

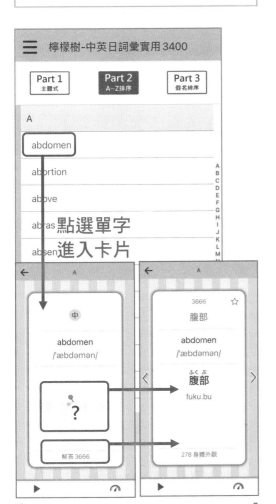

❸ あ~わ 假名排序

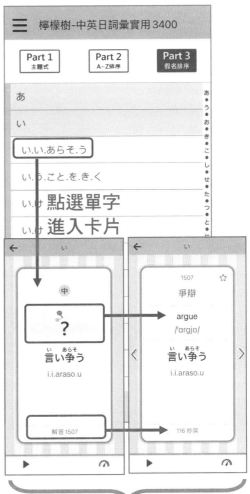

如果不知道 中文 或 日文
點選「問號」或「解答」
進入「完整單字卡」學習

如果不知道 中文 或 英文
點選「問號」或「解答」
進入「完整單字卡」學習

方便切換【字卡模式】‧【列表模式】

字卡模式

【音檔自動前進】切換至右，可聆聽
【單一主題】音檔循環播放

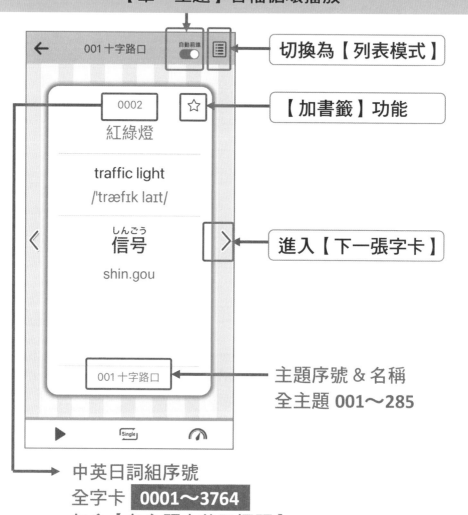

切換為【列表模式】

【加書籤】功能

進入【下一張字卡】

主題序號 & 名稱
全主題 001～285

中英日詞組序號
全字卡　0001～3764
包含【各主題中英日標題】

列表模式：總覽一主題詞彙

【音檔自動前進】切換至右，可聆聽
【單一主題】音檔循環播放

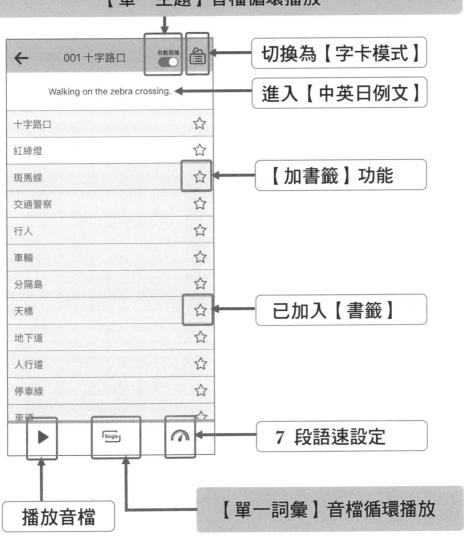

切換為【字卡模式】

進入【中英日例文】

【加書籤】功能

已加入【書籤】

7 段語速設定

播放音檔

【單一詞彙】音檔循環播放

自選【 出題語言 · 出題範圍 · 測驗題數 】

單一主題練習題

學習路徑 ❶ 點選【練習】進入【單一主題練習題】

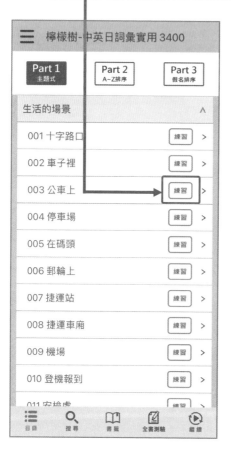

單／複選
出題語言

全書單字測驗題

 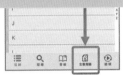 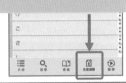

學習路徑 ❶ ❷ ❸ 皆能進入【全書單字測驗】

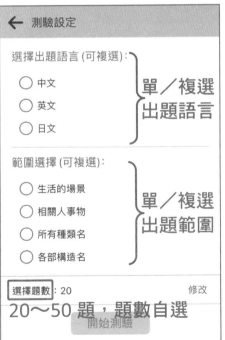

單／複選
出題語言

單／複選
出題範圍

20～50 題，題數自選

點選【看答案】，
逐題看【作答結果】

應用程式隨機出題，題型多元，**雙外語** 並重

考 聽 力

根據自選【出題語言】，
聽【中／英／日】出題

- (A) 胖嘟嘟
- (B) 存款
- (C) 下雪的
- (D) 做筆記

- (A) deposit
- (B) visa
- (C) odd number
- (D) vote counting

- (A) いろ.あ.せ
- (B) り.こん.て.つづ.き
- (C) そう.じ
- (D) かい.ひょう

用【日文】考英文

日文出題，選項【英文】

まぶた

- (A) department store
- (B) under construction
- (C) eyelid
- (D) please

行き詰まる

- (A) torso
- (B) answer sheet
- (C) writer's block
- (D) flap

あっさりした

- (A) move in
- (B) invest
- (C) flea market
- (D) light

考 字 義

根據自選【出題語言】,
各種【中／英／日】出題＆選項

antipyretic

- (A) 退燒藥
- (B) 失望的
- (C) 大象
- (D) 桌球

_{かく} _{あじ}
隱し味

- (A) 按摩油
- (B) 地震帶
- (C) 獨家祕方
- (D) 命運

太空人

- (A) astronaut
- (B) teacup ride
- (C) massage jet
- (D) movie theater

用【英文】考日文

英文出題,選項【日文】

chubby

- (A) ぶ.く.ぶ.く.ふと.った
- (B) ウイルススキャン
- (C) か.ぐ
- (D) なつ.やす.み

deportation

- (A) ゴ.ミ.ぶくろ
- (B) こく.がい.つい.ほう
- (C) しょう.か.き
- (D) レ.ッカー.しゃ

food stand

- (A) れつ.に.なら.ぶ
- (B) べ.っきょ
- (C) カバーストーリー
- (D) や.たい

【單字卡 APP】——【優質功能】總覽

使用「自由度高」，
自選「路徑、模式」自主學習！

■〔3 種目錄任選〕：

可從「主題式」「A～Z 排序」「あ～わ 假名排序」進入「單字卡學習」。

■〔1 組中英日詞彙 1 卡片〕：

詳列「字義、KK 音標、假名、羅馬拼音」，點選即聽 MP3。

■ 字卡〔A～Z 排序〕〔あ～わ 假名排序〕具有「測驗感」：

不立即顯示完整內容，再自選進入「完整單字卡」。

■〔字卡模式／列表模式〕自由切換：

點選即從「單字卡」切換為「列表模式」總覽一主題詞彙。

■〔繼續〕功能：

善用「繼續功能」每次從「最後學習的單字卡」繼續。

■〔MP3 語速設定〕：

因應學習需求，自由設定 7 段語速，清楚掌握詞彙發音＆語調。

■〔MP3 循環播放〕：

可設定「單一詞彙循環播放」或「單一主題循環播放」。

測驗「靈活度高」，
自選評量，目標「字字精熟」！

■〔**單一主題練習題**〕：

學習一主題後，可「自選出題語言」進行「該主題範圍」的「練習題」。

■〔**全書單字測驗題**〕：

自選：出題語言

可複選，或任選「中／英／日」，驗收「特定語言」學習成效。

自選：出題範圍

可複選，或任選「四大領域」，驗收「特定範圍」學習成效。

自選：測驗題數

20～50 題，題數自選。

■〔**應用程式隨機出題，題型多元，雙外語並重**〕：

包含「聽音選字、用日文測驗中／英文、用英文測驗中／日文⋯」
多角度「檢驗雙外語單字精熟度」，力求「雙外語順暢對譯切換」。

【單字卡 APP】——【安裝 & 使用】

APP 安裝說明

1 —— 取出隨書附的「APP 啟用說明」：內含 1 組安裝序號
2 —— 掃瞄 QR-code 連至 App Store / Google Play 免費安裝
   《檸檬樹－中英日詞彙實用 3400 APP》
3 —— 安裝後，開啟 APP：
   點按主畫面〔左上三條線〕點按〔取得完整版〕輸入〔序號〕
   點按〔確定〕即完成安裝。

APP 使用 & 版本

●——〔可跨系統使用〕：
   iOS / Android 皆適用，不受日後換手機、換作業系統影響。
●——〔提供手機 / 平板閱讀模式〕：
   不同載具的最佳閱讀體驗。可離線使用
●——〔可搜尋學習內容 / 標記書籤 / 調整語速〕
   〔1 詞彙、1 主題音檔循環播放〕
●——〔適用的系統版本〕：
   iOS：支援最新的 iOS 版本以及前兩代
   Android OS：支援最新的 Android 版本以及前四代

出版前言

同樣的事物，在不同的地方，有不同的「說法」，
了解「說法」就能達成溝通。

日常生活中，
我們自由隨選各國的影音內容，
許多人從國外網站直購血拚，
『 多種外語，已自然進入你我日常生活 』

身處無國界網路時代，
選擇學習語種，不必獨鍾一味；
學習外語單字，隨時可以開始，日常生活就是絕佳素材。

本書從堪稱單字界「基本入門款」的「生活詞彙」開始，
廣納生活四大領域「3400 組中英日詞彙」，
主題多元，應用廣泛，
適用於「交通、購物、追劇、旅行、檢定、職場…」
實現跨界溝通能力，擴展生活便利性，
多學一樣，你的價值不一樣！

「雙外語並學」別有趣味與成就感，
無國界網路時代，推薦你讀這本書！

- 從主題 089 寺廟裡 學 筊杯 = **divining blocks** = 台湾式おみくじ
- 從主題 107 初次見面 學 似曾相識 = **deja vu** = 既視感
- 從主題 178 運動 學 肌耐力 = **muscle endurance** = 筋持久力
- 從主題 191 面試 學 錄取 = **recruit** = 採用
- 從主題 195 電腦操作 學 解壓縮 = **decompress** = 解凍する
- 從主題 199 網站 學 線上付款 = **online payment** = オンライン決済
- 從主題 241 正面個性 學 隨和的 = **easygoing** = 気さく
- 從主題 242 負面個性 學 難搞的 = **difficult** = 気難しい
- 從主題 248 腿的動作 學 跑 = **run** = 走る
- 從主題 264 雜誌內容 學 隨書贈品 = **free gift** = 付録

書籍特色

■ **四大領域「3400 組中英日詞彙」，主題多元，應用廣泛！**

1　生活的場景 （主題 001-093）

　　〔各種生活場景中，常見人事物〕說法

2　相關人事物 （主題 094-216）

　　〔與該主題相關的人事物〕說法

3　所有種類名 （主題 217-262）

　　〔有哪些種類、項目、樣式〕說法

4　各部構造名 （主題 263-285）

　　〔部位名稱、構造、組成物件〕說法

■ **日語詞彙分別列出「文字」和「發音」，**
　閱讀時「看懂字義」，溝通時「聽懂發音」，兩者並重！

看到日文《採用》必須知道意思是「錄取」，發音是「さいよう」；
看到日文《走る》必須知道意思是「跑」，發音是「はしる」。

完整學習日語單字，必須同時掌握「文字」和「發音」，以便「看到、聽到詞彙」都能理解。

本書捨棄常見的「日語漢字上方加註假名（發音）」的方式，改採——
「文字一欄」「發音一欄」，能夠確實檢驗「看到文字、發音」是否理解
「是哪一個字、是什麼意思」，達成完全精熟日語詞彙。

■ 1頁1主題，
至少【12組中英日詞彙】+【1組中英日例文】學表達

除了中英日詞組，在各主題開頭處，特別安排「1組中英日例文」，學習
中英日實際表達，增加學習的多樣性與活用度。

■ 同時附【全書內容音檔 QR 碼】，
聆聽詞彙「中→英→日」順讀，
滿足「只想聽音檔」的需求

隨書附 QR code 音檔，由「中、美、日籍」播音員「中→英→日」朗讀
詞彙。可以不看書本「單獨使用音檔學習 3400 組詞彙」，自然熟悉發音、
提升聽力。日後聽到這個字，便能很快反應出來！

書籍版面說明

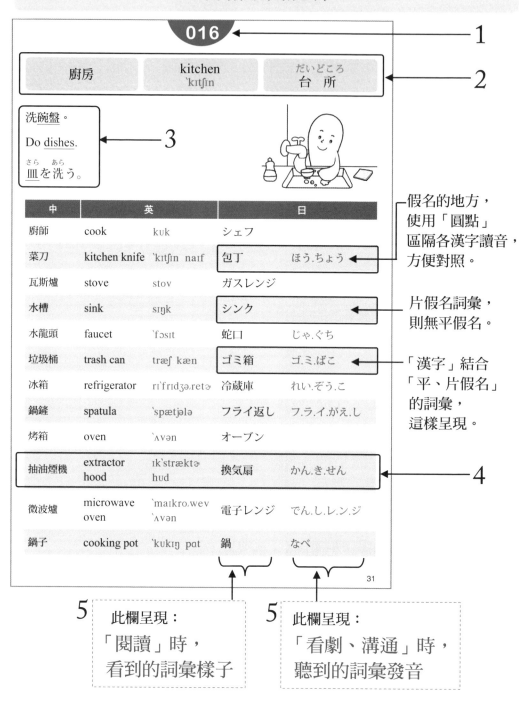

016 ← 1

| 廚房 | kitchen
ˋkɪtʃɪn | だいどころ
台 所 | ← 2 |

洗碗盤。
Do dishes.
さら あら
皿 を洗う。 ← 3

中	英		日
廚師	cook	kʊk	シェフ
菜刀	kitchen knife	ˋkɪtʃɪn naɪf	包丁	ほう.ちょう ← 假名的地方，使用「圓點」區隔各漢字讀音，方便對照。
瓦斯爐	stove	stov	ガスレンジ
水槽	sink	sɪŋk	シンク ← 片假名詞彙，則無平假名。
水龍頭	faucet	ˋfɔsɪt	蛇口	じゃ.ぐち
垃圾桶	trash can	træʃ kæn	ゴミ箱	ゴ.ミ.ばこ ← 「漢字」結合「平、片假名」的詞彙，這樣呈現。
冰箱	refrigerator	rɪˋfrɪdʒə.retə	冷蔵庫	れい.ぞう.こ
鍋鏟	spatula	ˋspætʃələ	フライ返し	フ.ラ.イ.がえ.し
烤箱	oven	ˋʌvən	オーブン
抽油煙機	extractor hood	ɪkˋstræktə hʊd	換気扇	かん.き.せん ← 4
微波爐	microwave oven	ˋmaɪkro.wev ˋʌvən	電子レンジ	でん.し.レ.ン.ジ
鍋子	cooking pot	ˋkʊkɪŋ pɑt	鍋	なべ

31

5 此欄呈現：
「閱讀」時，
看到的詞彙樣子

5 此欄呈現：
「看劇、溝通」時，
聽到的詞彙發音

（ ※ 請對照左頁 1、2、3、4、5 閱讀 ）

1. 【主題】：001～285

2. 【主題名稱】：以「中英日」三語呈現

3. 【中英日例文】：語意對應的詞彙，加上底線。

4. 【一組中英日詞彙】排一列：
   能夠一次學習「中英日」，
   也便於「中英」「中日」「英日」對應學習。

5. 【日語詞彙】：分別列出「文字」和「發音」
   幫助你──
   閱讀時「看得懂、唸得出來」，
   溝通時「聽得懂、說得出來」。

日語基本五十音：清音【平假名】【片假名】

a〔阿〕・i〔依〕・u〔屋〕・e〔せ〕・o〔歐〕這五個母音為原則，所形成的讀音。

（＊黑字：平假名　紅字：片假名）　MP3 286

	清音										鼻音
	あア行	かカ行	さサ行	たタ行	なナ行	はハ行	まマ行	やヤ行	らラ行	わワ行	
a段	あア a	かカ ka	さサ sa	たタ ta	なナ na	はハ ha	まマ ma	やヤ ya	らラ ra	わワ wa	んン n
i段	いイ i	きキ ki	しシ shi	ちチ chi	にニ ni	ひヒ hi	みミ mi	いイ i	りリ ri	いイ i	
u段	うウ u	くク ku	すス su	つツ tsu	ぬヌ nu	ふフ fu	むム mu	ゆユ yu	るル ru	うウ u	
e段	えエ e	けケ ke	せセ se	てテ te	ねネ ne	へヘ he	めメ me	えエ e	れレ re	えエ e	
o段	おオ o	こコ ko	そソ so	とト to	のノ no	ほホ ho	もモ mo	よヨ yo	ろロ ro	をヲ wo	

● 【つ】（平假名）和【ツ】（片假名）的讀音法：

| 大つ ／ 大ツ |：唸 tsu

| 小っ ／ 小ッ |：不發音，停一下再唸下個音（拼音是重複下一個假名的字首拼音）

● 【つ】和【ツ】的發音練習

MP3 287 （平假名）				MP3 288 （片假名）		
大 つ		小 っ		大 ツ	小 ッ	
いつ i.tsu 何時	あつい a.tsu.i 熱的	まっちゃ ma.ccha 抹茶	きっぷ ki.ppu 票	オムレツ o.mu.re.tsu 蛋包	バック ba.kku 背景	バックス ba.kku.su 後衛
くつ ku.tsu 鞋子	つぎ tsu.gi 下次	きって ki.tte 郵票	ゆっくり yu.kku.ri 緩慢的	キャベツ kya.be.tsu 高麗菜	コップ ko.ppu 水杯	ショック sho.kku 衝擊
		しょっぱい sho.ppa.i 鹹的	せっけん se.kke.n 肥皂	シャツ sha.tsu 襯衫	ショップ sho.ppu 商店	マッチ ma.cchi 火柴

日語讀音指南 2　濁音・半濁音【平假名】【片假名】

【濁　音】：假名右上方有「ヾ」，發音類似英文的「有聲子音」。

【半濁音】：假名右上方有「○」，發音類似英文的「音標 P」。

（＊黑字：平假名　紅字：片假名）　MP3 289

濁音				半濁音
がガ 行	ざザ 行	だダ 行	ばバ 行	ぱパ 行
がガ ga	ざザ za	だダ da	ばバ ba	ぱパ pa
ぎギ gi	じジ ji	ぢヂ ji	びビ bi	ぴピ pi
ぐグ gu	ずズ zu	づヅ zu	ぶブ bu	ぷプ pu
げゲ ge	ぜゼ ze	でデ de	べベ be	ぺペ pe
ごゴ go	ぞゾ zo	どド do	ぼボ bo	ぽポ po

● 【濁音】和【半濁音】的發音練習

MP3 290 （平假名）					MP3 291 （片假名）				
が行	ざ行	だ行	ば行	ぱ行	ガ行	ザ行	ダ行	バ行	パ行
めがね me.ga.ne 眼鏡	ざっし za.sshi 雜誌	だるま da.ru.ma 不倒翁	かばん ka.ba.n 包包	えんぴつ e.n.pi.tsu 鉛筆	ガラス ga.ra.su 玻璃	サイズ sa.i.zu 尺寸	サラダ sa.ra.da 沙拉	テレビ te.re.bi 電視	パズル pa.zu.ru 拼圖
かぎ ka.gi 鑰匙	じしょ ji.sho 字典	ちぢむ chi.ji.mu 縮小	びじん bi.ji.n 美人	てんぷら te.n.pu.ra 天婦羅	ブログ bu.ro.gu 部落格	デジカメ de.ji.ka.me 數位相機	デジカメ de.ji.ka.me 數位相機	ブラシ bu.ra.shi 刷子	ピエロ pi.e.ro 小丑
ぐあい gu.a.i 情況	あいず a.i.zu 信號	てつづき te.tsu.zu.ki 手續	かべ ka.be 牆壁	さんぽ sa.n.po 散步	ゴルフ go.ru.fu 高爾夫		ドア do.a 門	リボン ri.bo.n 緞帶	エプロン e.pu.ro.n 圍裙
げた ge.ta 木屐	ぜいたく ze.i.ta.ku 奢侈	でんわ de.n.wa 電話							ペン pe.n 筆
たまご ta.ma.go 雞蛋		どちら do.chi.ra 哪邊							

日語讀音指南 3 　拗音【平假名】【片假名】

【拗音】：假名右下方，有小一點的「や／ゆ／よ」或「ヤ／ユ／ヨ」。

（＊黑字：平假名　紅字：片假名）　MP3 292 ～ 293

【清音】的拗音						
か カ 行	さ サ 行	た タ 行	な ナ 行	は ハ 行	ま マ 行	ら ラ 行
きゃキャ kya	しゃシャ sha	ちゃチャ cha	にゃニャ nya	ひゃヒャ hya	みゃミャ mya	りゃリャ rya
きゅキュ kyu	しゅシュ shu	ちゅチュ chu	にゅニュ nyu	ひゅヒュ hyu	みゅミュ myu	りゅリュ ryu
きょキョ kyo	しょショ sho	ちょチョ cho	にょニョ nyo	ひょヒョ hyo	みょミョ myo	りょリョ ryo

	【濁音】的拗音				【半濁音】的拗音
が ガ 行	ざ ザ 行	だ ダ 行	ば バ 行		ぱ パ 行
～ゃ	ぎゃギャ gya	じゃジャ ja	ぢゃヂャ ja	びゃビャ bya	～ゃ	ぴゃピャ pya
～ゅ	ぎゅギュ gyu	じゅジュ ju	ぢゅヂュ ju	びゅビュ byu	～ゅ	ぴゅピュ pyu
～ょ	ぎょギョ gyo	じょジョ jo	ぢょヂョ jo	びょビョ byo	～ょ	ぴょピョ pyo

● 【拗音】的發音練習

MP3 294 （平假名）			MP3 295 （片假名）		
～ゃ	～ゅ	～ょ	～ヤ	～ユ	～ヨ
きゃく kya.ku 顧客	しゅみ shu.mi 興趣	ひしょ hi.sho 秘書	シャツ sha.tsu 襯衫	リュック ryu.kku 背包	ショッピング sho.ppi.n.gu 購物
おもちゃ o.mo.cha 玩具	しゅじんこう shu.ji.n.ko.u 主角	じしょ ji.sho 字典	ジャム ja.mu 果醬		ショップ sho.ppu 商店
かいしゃ ka.i.sha 公司			キャベツ kya.be.tsu 高麗菜		
しゃしん sha.shi.n 照片			ジャンプ ja.n.pu 跳躍		

【長音】：假名的發音要拉長，變成兩拍。

		【平假名】的長音	【片假名】的長音
a 段	例： （拼音） （讀法）	● お か あ さん ka a ka 要拉長音	● モ ニ タ ー ta a ta 要拉長音
i 段	例： （拼音） （讀法）	● お じ い さん ji i ji 要拉長音	● ロ ビ ー bi i bi 要拉長音
u 段	例： （拼音） （讀法）	● ゆ う せんせき yu u yu 要拉長音	● プ ー ル pu u pu 要拉長音
e 段	例： （拼音） （讀法）	● お ね え さん ne e ne 要拉長音	● テ ー ブル te e te 要拉長音
o 段	例： （拼音） （讀法）	● ほ ど う do u do 要拉長音	● オ ー ブン o o o 要拉長音

● 【長音】的發音練習

MP3 296 （平假名）				MP3 297 （片假名）			
清音＋長音	濁音＋長音	半濁音＋長音	拗音＋長音	清音＋長音	濁音＋長音	半濁音＋長音	拗音＋長音
おかあさん o.ka.a.sa.n 母親	ぞう zo.u 大象	せんぷうき se.n.pu.u.ki 電風扇	ぶちょう bu.cho.u 部長	スカート su.ka.a.to 裙子	ベビー be.bi.i 嬰兒	パーティー pa.a.ti.i 派對	ジュース ju.u.su 果汁
ゆうがた yu.u.ga.ta 浴衣	ぼうし bo.u.shi 帽子	さんぽう sa.n.po.u 算法	びょういん byo.u.i.n 醫院	チーム chi.i.mu 隊伍	ゲーム ge.e.mu 遊戲	ページ pe.e.ji 頁	ジョーク jo.o.ku 玩笑
がっこう ga.kko.u 學校	どうぶつ do.u.bu.tsu 動物	かんぽう ka.n.po.u 中醫	やきゅう ya.kyu.u 棒球	ケーキ ke.e.ki 蛋糕	バーゲン ba.a.ge.n 特價	ペーパー pe.e.pa.a 紙	メニュー me.nyu.u 菜單

出版前言

書籍特色 ‧ 書籍版面說明

日語讀音指南

生活的場景

001	十字路口	024	梳妝台	047	學校宿舍
002	車子裡	025	洗衣間	048	考場內
003	公車上	026	動物園	049	幼稚園
004	停車場	027	遊樂園	050	國家公園
005	在碼頭	028	超市賣場	051	畫室裡
006	遊輪上	029	結帳櫃檯	052	健身中心
007	捷運站	030	海灘	053	田徑場
008	捷運車廂	031	露營區	054	游泳池
009	機場	032	馬戲團	055	（泳池）更衣室
010	登機報到	033	演唱會	056	拳擊比賽
011	安檢處	034	舞台劇	057	農牧場
012	在飛機上	035	spa 中心	058	宇宙
013	海關	036	旅館大廳	059	天空
014	高速公路上	037	網咖	060	山區
015	餐桌上	038	賭場	061	餐車
016	廚房	039	宴會廳	062	（速食店）櫃檯
017	陽台	040	購物中心	063	麵包店
018	浴室	041	在酒吧	064	露天咖啡座
019	臥室	042	博物館	065	辦公桌上
020	書房	043	教室內	066	辦公室
021	客廳	044	書店	067	會議室
022	玄關	045	操場	068	公園
023	居家庭院	046	急診室	069	騎樓

相關人事物

所有種類名

各部構造名

十字路口	crossroad `krɔs‚rod	こうさてん 交差点

穿越斑馬線。

Walking on the zebra crossing.

おうだん ほ どう　わた
横断歩道を渡る。

中	英		日	
紅綠燈	traffic light	`træfɪk laɪt	信号	しん.ごう
斑馬線	zebra crossing	`zibrə `krɔsɪŋ	横断歩道	おう.だん.ほ.どう
交通警察	traffic police	`træfɪk pə`lis	交通警察	こう.つう.けい.さつ
行人	pedestrian	pə`dɛstrɪən	歩行者	ほ.こう.しゃ
車輛	car	kɑr	車	くるま
分隔島	traffic island	`træfɪk `aɪlənd	中央分離帯	ちゅう.おう.ぶん.り.たい
天橋	overpass	‚ovɚ`pæs	歩道橋	ほ.どう.きょう
地下道	underpass	`ʌndɚ‚pæs	地下道	ち.か.どう
人行道	sidewalk	`saɪd‚wɔk	歩道	ほ.どう
停車線	stop line	stɑp laɪn	停車線	てい.しゃ.せん
車道	lane	len	車道	しゃ.どう
交通標誌	road sign	rod saɪn	道路標識	どう.ろ.ひょう.しき

車子裡	in the car ɪn ðə kɑr	しゃない 車 内

繫上<u>安全帶</u>。

Buckle my <u>seatbelt</u>.

<u>シートベルト</u>を締める。

中	英		日	
前座	front seat	frʌnt sit	前部座席	ぜん.ぶ.ざ.せき
後座	back seat	bæk sit	後部座席	こう.ぶ.ざ.せき
方向盤	steering wheel	ˈstɪrɪŋ hwil	ハンドル	
汽車音響	car stereo	kɑr ˈstɛrɪo	カーオーディオ	
安全帶	seatbelt	ˈsit.bɛlt	シートベルト	
排檔（桿）	gear stick	gɪr stɪk	シフトレバー	
手煞車	hand brake	hænd brek	ハンドブレーキ	
煞車踏板	brake pedal	brek ˈpɛdl̩	ブレーキペダル	
油門踏板	accelerator pedal	æk`sɛlə,retə ˈpɛdl̩	アクセルペダル	
安全氣囊	air bag	ɛr bæg	エアーバッグ	
儀表板	dashboard	ˈdæʃ,bɔrd	ダッシュボード	
車窗	car window	kɑr ˈwɪndo	ウインドウ	

| 公車上 | on the bus
ɑn ðə bʌs | バスで |

按下下車鈴。

Press the buzzer to get off.

ブザーを鳴らす。

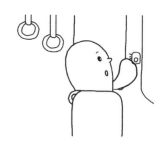

中	英		日	
公車司機	bus driver	bʌs ˈdraɪvɚ	バス運転手	バ.ス.うん.てん.しゅ
乗客	passenger	ˈpæsn̩dʒɚ	乗客	じょう.きゃく
拉環	support ring	səˈport rɪŋ	つり革	つ.り.かわ
座位	seat	sit	座席	ざ.せき
博愛座	priority seat	praɪˈɔrɪtɪ sit	優先席	ゆう.せん.せき
路線圖	route map	rut mæp	路線図	ろ.せん.ず
下車鈴	buzzer	ˈbʌzɚ	ブザー	
前門	front door	frʌnt dor	前方ドア	ぜん.ぽう.ド.ア
後門	back door	bæk dor	後方ドア	こう.ほう.ド.ア
票卡感應器	EasyCard sensor	ˈizɪˈkɑrd ˈsɛnsɚ	乗車券読取機	じょう.しゃ.けん. よみ.とり.き
投幣箱	coin box	kɔɪn bɑks	料金箱	りょう.きん.ばこ
液晶顯示 螢幕	LCD screen	ˈɛlˈsiˈdi skrin	液晶モニター	えき.しょう.モ.ニ. ター

停車場	parking lot ˈpɑrkɪŋ lɑt	ちゅうしゃじょう 駐 車 場

這裡是收費停車場。

This is a parking lot with fees.

ゆうりょうちゅうしゃじょう
ここは有 料 駐 車 場 です。

中	英		日	
停車收費單	ticket	ˈtɪkɪt	駐車券	ちゅう.しゃ.けん
收費閘門	boom gate	bum get	駐車ゲート	ちゅう.しゃ.ゲー.ト
車道	drive way	draɪv we	車道	しゃ.どう
停車格	parking space	ˈpɑrkɪŋ spes	駐車枠	ちゅう.しゃ.わく
機械停車位	mechanical parking	məˈkænɪkl̩ ˈpɑrkɪŋ	機械式駐車場	き.かい.しき.ちゅう.しゃ.じょう
入口	entrance	ˈɛntrəns	入口	いり.ぐち
出口	exit	ˈɛksɪt	出口	で.ぐち
收費員	toll collector	tol kəˈlɛktə	精算係員	せい.さん.かかり.いん
殘障停車位	handicapped space	ˈhændɪkæpt spes	障害者専用駐車枠	しょう.がい.しゃ.せん.よう.ちゅう.しゃ.わく
速度限制	speed limit	spid ˈlɪmɪt	速度制限	そく.ど.せい.げん
高度限制	height limit	haɪt ˈlɪmɪt	高度制限	こう.ど.せい.げん
停車收費機	car park ticket machine	kɑr pɑrk ˈtɪkɪt məˈʃin	駐車精算機	ちゅう.しゃ.せい.さん.き

在碼頭	at the marina æt ðə məˈrinə	みなと 港 で

船隻即將出海。

The ships are about to sail off.

もうすぐ船が出る。

中	英		日	
海鷗	seagull	ˈsiˌgʌl	カモメ	
渡輪	ferryboat	ˈfɛrɪˌbot	フェリー	
漁船	fishing boat	ˈfɪʃɪŋ bot	漁船	ぎょ.せん
燈塔	lighthouse	ˈlaɪt.haʊs	灯台	とう.だい
碼頭	marina	məˈrɪnə	港	みなと
救生圈	life preserver	laɪf prɪˈzɝvɚ	救命ブイ	きゅう.めい.ブ.イ
釣客	fisherman	ˈfɪʃɚmən	釣り人	つ.り.びと
水手	sailor	ˈselɚ	船員	せん.いん
船駕駛	captain	ˈkæptɪn	船頭	せん.どう
船錨	anchor	ˈæŋkɚ	錨	いかり
魚貨攤	fish stand	fɪʃ stænd	魚市場	うお.いち.ば
魚貨	seafood	ˈsi.fud	海産物	かい.さん.ぶつ

遊輪上	on a cruise ship ɑn ə kruz ʃɪp	クルーズで

在<u>甲板</u>散步。

Walk on <u>deck</u>.

<u>デッキ</u>で<ruby>散歩<rt>さんぽ</rt></ruby>する。

中	英		日	
船長	captain	ˈkæptɪn	船長	せん.ちょう
乘客	passenger	ˈpæsṇdʒɚ	乗客	じょう.きゃく
餐廳	restaurant	ˈrɛstərənt	レストラン	
俱樂部	club	klʌb	クラブ	
游泳池	swimming pool	ˈswɪmɪŋ pul	プール	
賭場	casino	kəˈsino	カジノ	
宴會廳	ballroom（西式）	ˈbɔlˌrum	宴会場（日式）	えん.かい.じょう
電影院	movie theater	ˈmuvɪ ˈθɪətɚ	映画館	えい.が.かん
救生船	lifeboat	ˈlaɪfˌbot	救命ボート	きゅう.めい.ボート
甲板	deck	dɛk	デッキ	
水手	sailor	ˈselɚ	船員	せん.いん
大副	first mate	fɝst met	一等航海士	い.っとう.こう.かい.し

| 捷運站 | MRT station
ˈɛmˌɑrˈti ˈsteʃən | エムアールティー　えき
Ｍ　Ｒ　Ｔ　の駅 |

走進捷運站。

Walk into the MRT station.

エムアールティー　えき　はい
Ｍ　Ｒ　Ｔ　の駅に入る。

中	英		日	
出口	exit	ˈɛksɪt	出口	で.ぐち
入口	entrance	ˈɛntrəns	入口	いり.ぐち
閘口	gate	get	改札口	かい.さつ.ぐち
售票機	ticket machine	ˈtɪkɪt məˈʃin	乗車券販売機	じょう.しゃ.けん. はん.ばい.き
加值機	AVM (add value machine)	ˈeˈviˈɛm (æd ˈvælju məˈʃin)	乗り越し 精算機	の.り.こ.し. せい.さん.き
服務處	information center	ˌɪnfəˈmeʃən ˈsɛntə	案内所	あん.ない.じょ
月台	platform	ˈplætˌfɔrm	ホーム	
手扶梯	escalator	ˈɛskəˌletə	エスカレーター	
月台間隙	platform gap	ˈplætˌfɔrm gæp	ホーム隙間	ホー.ム.すき.ま
黄色警戒線	yellow warning line	ˈjɛlo ˈwɔrnɪŋ laɪn	黄色い線	き.いろ.い.せん
捷運列車	MRT car	ˈɛmˈɑrˈti kɑr	MRT車両	エム.アール.ティー. しゃ.りょう
路線圖	route map	rut mæp	路線図	ろ.せん.ず

| 捷運車廂 | MRT carriage
ˈɛmˌɑrˈti ˈkærɪdʒ | エムアールティーしゃりょう
Ｍ Ｒ Ｔ 車 両 |

禮讓座位。

Yield the seats.

せき ゆず
席を譲る。

中	英		日	
乘客	passenger	ˈpæsn̩dʒɚ	乗客	じょう.きゃく
駕駛	driver	ˈdraɪvɚ	運転手	うん.てん.しゅ
座位	seat	sit	座席	ざ.せき
博愛座	priority seat	praɪˈɔrətɪ sit	優先席	ゆう.せん.せき
車內廣播	public announcement	ˈpʌblɪk əˈnaʊnsmənt	車内放送	しゃ.ない.ほ.そう
液晶顯示板	LCD display board	ˈɛlˈsiˈdi dɪˈsple bord	液晶モニター	えき.しょう.モ.ニ.ター
車廂	carriage	ˈkærɪdʒ	車両	しゃ.りょう
車門	door	dor	車両ドア	しゃ.りょう.ド.ア
車窗	window	ˈwɪndo	窓	まど
吊環	support ring	səˈport rɪŋ	つり革	つ.り.かわ
廣告看板	advertisement	ˌædvɚˈtaɪzmənt	広告	こう.こく
緊急對講機	emergency intercom	ɪˈmɝdʒənsɪ ˈɪntɚˌkɑm	緊急用インターホン	きん.きゅう.よう.イン.ター.ホン

| 機場 | airport `ɛrˌport` | くうこう
空 港 |

要搭飛機。

Take a plane.

ひこうき　の
飛行機に乗る。

中	英		日	
國際航線航廈	international terminal	ˌɪntəˈnæʃənl̩ ˈtɝmənl̩	国際線ターミナル	こく.さい.せん.ター.ミ.ナ.ル
國內航線航廈	domestic terminal	dəˈmɛstɪk ˈtɝmənl̩	国内線ターミナル	こく.ない.せん.ター.ミ.ナ.ル
登機報到櫃檯	check-in counter	ˈtʃɛkˌɪn ˈkaʊntɚ	チェックインカウンター	
免稅商店	duty-free shop	ˈdjutɪˈfri ʃɑp	免税店	めん.ぜい.てん
行李提領處	baggage claim	ˈbægɪdʒ klem	手荷物受取所	て.に.もつ.うけ.とり.じょ
航班顯示表	flight information board	flaɪt ˌɪnfɚˈmeʃən bord	フライトボード	
外幣兌換處	currency exchange desk	ˈkɝnsɪ ɪksˈtʃendʒ dɛsk	両替所	りょう.がえ.じょ
候機室	waiting room	ˈwetɪŋ rum	搭乗待合室	とう.じょう.まち.あい.しつ
海關	customs	ˈkʌstəmz	税関	ぜい.かん
出境大廳	departure lobby	dɪˈpartʃɚ ˈlabɪ	出国ロビー	しゅ.っこく.ロ.ビー
入境大廳	arrival lobby	əˈraɪvl̩ ˈlabɪ	入国ロビー	にゅう.こく.ロ.ビー
航空公司貴賓室	VIP lounge	ˈviˈaɪˈpi laʊndʒ	空港ラウンジ	くう.こう.ラ.ウ.ン.ジ

登機報到	check-in tʃɛk.ɪn	とうじょうてつづ 搭 乗 手 続 き

辦理<u>登機報到</u>。

<u>Check in</u> at the airport.

くうこう
<u>空 港</u>で<u>チェックインする</u>。

中	英		日	
地勤人員	ground staff	ɡraʊnd stæf	地上職員	ち.じょう.しょく.いん
乘客	passenger	ˋpæsn̩dʒɚ	搭乗者	とう.じょう.しゃ
機票	plane ticket	plen ˋtɪkɪt	航空券	こう.くう.けん
護照	passport	ˋpæsˌport	パスポート	
簽證	visa	ˋvizə	ビザ	
登機證	boarding pass	ˋbordɪŋ pæs	搭乗券	とう.じょう.けん
劃位	check-in	ˋtʃɛk.ɪn	座席割り当て	ざ.せき.わ.り.あ.て
行李託運櫃檯	baggage drop counter	ˋbæɡɪdʒ drap ˋkaʊntɚ	手荷物カウンター	て.に.もつ.カ.ウ.ン.ター
行李吊牌	baggage tag	ˋbæɡɪdʒ tæɡ	荷物タグ	に.もつ.タ.グ
班機時刻表	timetable	ˋtaɪmˌtebl̩	フライト時刻表	フ.ラ.イ.ト.じ.こく.ひょう
隨身行李	carry-on luggage	ˋkærɪɑn ˋlʌɡɪdʒ	持込手荷物	もち.こみ.て.に.もつ
行李推車	luggage cart	ˋlʌɡɪdʒ kɑrt	カート	

| 安檢處 | security checkpoint
sɪˈkjʊrətɪ ˈtʃɛk.pɔɪnt | ほあんけんさじょう
保 安 検 査 場 |

禁止攜帶危險物品。

Carrying dangerous goods is prohibited.

き けんぶつ　も　こ　きんし
危険物は持ち込み禁止です。

中	英		日	
安檢人員	security guard	sɪˈkjʊrətɪ gɑrd	保安検査員	ほ.あん.けん.さ.いん
機場警察	airport police	ˈɛrˌport pəˈlis	空港警察	くう.こう.けい.さつ
行李輸送帶	conveyor belt	kənˈveə bɛlt	ベルトコンベア	
金屬探測器	metal detector	ˈmɛtl̩ dɪˈtɛktə	金属探知機	きん.ぞく.たん.ち.き
X光檢測機	X-ray machine	ˈɛksˈre məˈʃin	X線検査機	エックス.せん.けん.さ.き
隨身行李	carry-on baggage	ˈkærɪɑn ˈbægɪdʒ	持込手荷物	もち.こみ.て.に.もつ
違禁品	banned item	bænd ˈaɪtəm	持込禁止物	もち.こみ.きん.し.ぶつ
置物籃	basket	ˈbæskɪt	バスケット	
護照	passport	ˈpæsˌport	パスポート	
行李檢測螢幕	baggage screening monitor	ˈbægɪdʒ ˈskrinɪŋ ˈmɑnətə	手荷物検査モニター	て.に.もつ.けん.さ.モ.ニ.ター
警犬	police dog	pəˈlis dɔg	警察犬	けい.さつ.けん
恐怖份子	terrorist	ˈtɛrərɪst	テロリスト	

在飛機上	on the plane ɑn ðə plen	<ruby>機内<rt>きない</rt></ruby>で

找<u>座位</u>。

Finding a <u>seat</u>.

<ruby>席<rt>せき</rt></ruby>を<ruby>探<rt>さが</rt></ruby>す。

中	英		日	
機內廣播	announcement	ə`naʊnsmənt	機内放送	き.ない.ほう.そう
機長	captain	`kæptɪn	機長	き.ちょう
空服員	flight attendant	flaɪt ə`tɛndənt	客室乗務員	きゃく.しつ.じょう.む.いん
駕駛艙	cockpit	`kɑk.pɪt	コックピット	
頭等艙	first class	fɝst klæs	ファーストクラス	
商務艙	business class	`bɪznɪs klæs	ビジネスクラス	
經濟艙	economy class	ɪ`kɑnəmɪ klæs	エコノミークラス	
靠窗座位	window seat	`wɪndo sit	窓側席	まど.がわ.せき
走道座位	aisle seat	aɪl sit	通路側席	つう.ろ.がわ.せき
折疊桌	tray	tre	テーブル	
安全帶	seatbelt	`sit.bɛlt	シートベルト	
緊急出口	emergency exit	ɪ`mɝdʒənsɪ `ɛksɪt	非常口	ひ.じょう.ぐち

| 海關 | customs ˈkʌstəmz | ぜいかん 税 関 |

填寫入境表格。

Fill out the entry forms.

にゅうこく き にゅう
入 国カードに記 入 する。

中	英		日	
移民局官員	immigration officer	͵ɪməˈgreʃən ˈɔfəsɚ	入国管理官	にゅう.こく.かん. り.かん
入境閘門	inbound gate	ˈɪnˈbaund get	入国ゲート	にゅう.こく.ゲー.ト
出境閘門	outbound gate	ˈautˈbaund get	出国ゲート	しゅっ.こく.ゲー.ト
海關申報單	customs declaration	ˈkʌstəmz ͵dɛkləˈreʃən	税関申告書	ぜい.かん.しん. こく.しょ
健康證明表	health declaration form	hɛlθ ͵dɛkləˈreʃən fɔrm	健康証明書	けん.こう.しょう. めい.しょ
審核章	verification stamp	͵vɛrɪfɪˈkeʃən stæmp	認証印	にん.しょう.いん
出入境處	immigration	͵ɪməˈgreʃən	出入国ロビー	しゅつ.にゅう.こく. ロ.ビー
旅客	passenger	ˈpæsṇdʒɚ	旅客	りょ.きゃく
入境表	immigration form	͵ɪməˈgreʃən fɔrm	入国カード	にゅう.こく.カー.ド
檢疫處	quarantine	ˈkwɔrən͵tin	検疫所	けん.えき.じょ
等候線	waiting line	ˈwetɪŋ laɪn	待機ライン	たい.き.ラ.イ.ン
海關人員	customs officer	ˈkʌstəmz ˈɔfəsɚ	税関係員	ぜい.かん.かかり. いん

高速公路上	on the freeway ɑn ðə ˈfrɪˌwe	こうそくどうろ 高 速 道 路で

時速90公里。

Ninety miles per hour.

じ そくきゅうじゅつ
時速 ９　０ キロです。

中	英		日	
路肩	shoulder	ˈʃoldə	路肩	ろ.かた
拋錨的車輛	breakdown car	ˈbrekˌdaʊn kɑr	故障車両	こ.しょう.しゃ.りょう
車輛故障 三角牌	warning triangle	ˈwɔrnɪŋ ˈtraɪˌæŋgl̩	三角表示板	さん.かく.ひょう. じ.ばん
路標	road sign	rod saɪn	道路標識	どう.ろ.ひょう.しき
警車	police car	pəˈlis kɑr	パトカー	
護欄	crash barrier	kræʃ ˈbærɪr	ガードレール	
分隔島	traffic island	ˈtræfɪk ˈaɪlənd	中央分離帯	ちゅう.おう.ぶん. り.たい
測速照相機	speed camera	spid ˈkæmərə	速度違反取締 カメラ	そく.ど.い.はん.とり. しまり.カ.メ.ラ
交流道	interchange	ˈɪntəˌtʃendʒ	インターチェンジ	
車道	lane	len	車道	しゃ.どう
匝道	ramp	ræmp	ランプ	
休息站	rest area	rɛst ˈɛrɪə	サービスエリア	

餐桌上	on the dining table ɑn ðə ˈdaɪnɪŋ ˈtebḷ	テーブルの 上うえ に

我喜歡日式料理。

I love Japanese cuisine.

日本にほんりょうり 料 理が好すきです。

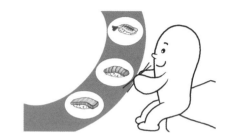

中	英		日	
碗	bowl	bol	お椀	お.わん
筷子	chopsticks	ˈtʃɑp.stɪks	箸	はし
叉子	fork	fɔrk	フォーク	
盤子	plate	plet	皿	さら
餐刀	knife	naɪf	ナイフ	
酒杯	wine glass	waɪn glæs	グラス	
胡椒研磨器	pepper mill	ˈpɛpɚ mɪl	ペパーミル	
餐墊	place mat	ples mæt	ランチョンマット	
餐巾	napkin	ˈnæpkɪn	ナプキン	
桌巾	tablecloth	ˈtebḷ.klɔθ	テーブルクロス	
杯墊	coaster	ˈkostɚ	コースター	
湯匙	spoon	spun	スプーン	

廚房	kitchen ˈkɪtʃɪn	<ruby>台 所<rt>だいどころ</rt></ruby>

洗<u>碗</u>盤。

Do <u>dishes</u>.

<ruby>皿<rt>さら</rt></ruby>を<ruby>洗<rt>あら</rt></ruby>う。

中	英		日	
廚師	cook	kʊk	シェフ	
菜刀	kitchen knife	ˈkɪtʃɪn naɪf	包丁	ほう.ちょう
瓦斯爐	stove	stov	ガスレンジ	
水槽	sink	sɪŋk	シンク	
水龍頭	faucet	ˈfɔsɪt	蛇口	じゃ.ぐち
垃圾桶	trash can	træʃ kæn	ゴミ箱	ゴ.ミ.ばこ
冰箱	refrigerator	rɪˈfrɪdʒə.reɾə	冷蔵庫	れい.ぞう.こ
鍋鏟	spatula	ˈspætjələ	フライ返し	フ.ラ.イ.がえ.し
烤箱	oven	ˈʌvən	オーブン	
抽油煙機	extractor hood	ɪkˈstræktə hʊd	換気扇	かん.き.せん
微波爐	microwave oven	ˈmaɪkroˌwev ˈʌvən	電子レンジ	でん.し.レ.ン.ジ
鍋子	cooking pot	ˈkʊkɪŋ pɑt	鍋	なべ

| 陽台 | balcony `bælkənɪ | ベランダ |

打掃<u>陽台</u>。

Cleaning the <u>balcony</u>.

<u>ベランダ</u>を掃除する。

中	英		日	
植物	plant	plænt	植物	しょく.ぶつ
晾衣桿	laundry pole	`lɔndrɪ pol	物干し竿	もの.ほ.し.ざお
花卉	flower	`flauɚ	花	はな
落地窗	French window	frɛntʃ `wɪndo	フレンチドア	
陽台欄杆	balcony railing	`bælkənɪ `relɪŋ	手すり	て.す.り
洗衣機	washing machine	`wɑʃɪŋ məʃin	洗濯機	せん.たく.き
熱水器	water heater	`wɔtɚ `hitɚ	温水器	おん.すい.き
洗衣籃	laundry basket	`lɔndrɪ `bæskɪt	洗濯かご	せん.たく.か.ご
衣夾	clothes pin	kloz pɪn	洗濯ばさみ	せん.たく.ば.さ.み
水桶	bucket	`bʌkɪt	バケツ	
風鈴	wind chime	wɪnd tʃaɪm	風鈴	ふう.りん
排水口	drain	dren	排水口	はい.すい.こう

| 浴室 | bathroom `bæθˌrum | バスルーム |

放熱水到<u>浴缸</u>。

Fill the <u>bathtub</u> with hot water.

<u>バスタブ</u>にお<ruby>湯<rt>ゆ</rt></ruby>を<ruby>張<rt>は</rt></ruby>る。

中	英		日	
毛巾	bath towel	bæθ `tauəl	タオル	
鏡子	mirror	`mɪrə	鏡	かがみ
洗手台	sink	sɪŋk	洗面台	せん.めん.だい
沖水馬桶	flush toilet	flʌʃ `tɔɪlɪt	水洗トイレ	すい.せん.ト.イ.レ
牙刷	toothbrush	`tuθˌbrʌʃ	歯ブラシ	は.ブ.ラ.シ
牙膏	toothpaste	`tuθˌpest	歯磨き粉	は.みが.き.こ
蓮蓬頭	shower head	`ʃauə hɛd	シャワーヘッド	
浴缸	bathtub	`bæθˌtʌb	バスタブ	
肥皂	soap	sop	石鹼	せ.っけん
洗髮精	shampoo	ʃæmˋpu	シャンプー	
潤髮乳	conditioner	kənˋdɪʃənə	コンディショナー	
洗面乳	facial cleanser	`feʃəl `klɛnzə	洗顔料	せん.がん.りょう

| 臥室 | bedroom
ˈbɛdˌrum | しんしつ
寝室 |

折棉被。

Folding the quilts.

ふとん　たた
布団を畳む。

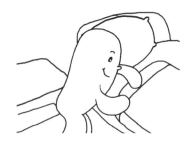

中	英		日	
床	bed	bɛd	ベッド	
床單	bed sheet	bɛd ʃit	シーツ	
枕頭	pillow	ˈpɪlo	枕	まくら
枕頭套	pillow case	ˈpɪlo kes	枕カバー	まくら.カ.バー
床頭板	headboard	ˈhɛdˌbord	ヘッドボード	
棉被	quilt	kwɪlt	布団	ふ.とん
鬧鐘	alarm clock	əˈlɑrm klɑk	目覚まし時計	め.ざ.ま.し.ど.けい
拖鞋	slippers	ˈslɪpɚz	スリッパ	
梳妝台	vanity table	ˈvænətɪ ˈtebl̩	ドレッサー	
衣櫥	wardrobe	ˈwordˌrob	クローゼット	
掛勾	hook	huk	フック	
五斗櫃	chest of drawers	tʃɛst ɑv drɔrz	箪笥	たん.す

| 書房 | reading room
ˈridɪŋ rum | しょさい
書 斎 |

看<u>小説</u>。

Reading <u>novels</u>.

しょうせつ　よ
<u>小 説</u>を読む。

中	英		日	
書桌	desk	dɛsk	机	つくえ
椅子	chair	tʃɛr	椅子	い.す
書架	bookshelf	ˈbʊk.ʃɛlf	本棚	ほん.だな
老花眼鏡	reading glasses	ˈridɪŋ ˈglæsɪz	老眼鏡	ろう.がん.きょう
書籍	book	bʊk	書籍	しょ.せき
檯燈	reading lamp	ˈridɪŋ læmp	デスクライト	
筆	pen	pɛn	ペン	
書籤	bookmarker	ˈbʊk.mɑrkɚ	しおり	
電腦	computer	kəmˈpjutɚ	コンピューター	
書擋	bookend	ˈbʊk.ɛnd	ブックエンド	
筆筒	penholder	ˈpɛn.holdɚ	ペン立て	ぺ.ん.た.て
便利貼	post-it	ˈpostɪt	付箋	ふ.せん

客廳	living room ˈlɪvɪŋ rum	リビングルーム

看<u>電視</u>。

Watching <u>TV</u>.

<u>テレビ</u>を<ruby>見<rt>み</rt></ruby>る。

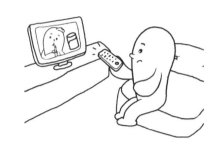

中	英		日	
沙發	sofa	ˈsofə	ソファー	
電視	television	ˈtɛləˌvɪʒən	テレビ	
茶几	coffee table	ˈkɔfɪ ˈtebḷ	サイドテーブル	
靠枕	throw pillow	θro ˈpɪlo	クッション	
電話	telephone	ˈtɛləˌfon	電話	でん.わ
搖椅	rocking chair	ˈrɑkɪŋ tʃɛr	揺り椅子	ゆ.り.い.す
花瓶	vase	ves	花瓶	か.びん
花束	bouquet	buˈke	花束	はな.たば
地毯	rug	rʌg	絨毯	じゅう.たん
天花板	ceiling	ˈsilɪŋ	天井	てん.じょう
電燈開關	light switch	laɪt swɪtʃ	照明のス イッチ	しょう.めい.の.ス. イ.ッチ
遙控器	remote control	rɪˈmot kənˈtrol	リモコン	

| 玄關 | entrance
`ɛntrəns | げんかん
玄 関 |

在玄關有<u>全身鏡</u>。

There is a <u>full-length mirror</u> at the entrance.

げんかん すがた み
玄関に <u>姿 見</u>がある。

中	英		日	
鞋櫃	shoe cabinet	ʃu `kæbənɪt	下駄箱	げ.た.ばこ
踩腳墊	doormat	`dor͵mæt	玄関マット	げん.かん.マ.ット
雨傘桶	umbrella stand	ʌm`brɛlə stænd	傘立て	かさ.た.て
雨傘	umbrella	ʌm`brɛlə	傘	かさ
鞋子	shoes	ʃuz	靴	くつ
拖鞋	slippers	`slɪpəz	スリッパ	
壁燈	wall lamp	wɔl læmp	ウォールライト	
衣帽架	coat rack	kot ræk	コートハンガー	
大門	door	dor	玄関	げん.かん
門把	door knob	dor nɑb	ドアノブ	
全身鏡	full-length mirror	͵ful`lɛŋθ `mɪrə	姿見	すがた.み
鞋拔	shoehorn	`ʃu͵hɔrn	靴べら	くつ.べ.ら

居家庭院	yard jɑrd	にわ 庭

庭院有<u>狗屋</u>。

There is a <u>kennel</u> in the yard.

にわ　いぬごや
庭に<u>犬小屋</u>がある。

中	英		日	
盆栽	plant	plænt	盆栽	ぼん.さい
車庫	garage	gə`rɑʒ	車庫	しゃ.こ
鳥籠	bird cage	bɝd kedʒ	鳥籠	とり.かご
狗屋	kennel	`kɛnḷ	犬小屋	いぬ.ご.や
池塘	pond	pɑnd	池	いけ
灑水器	sprinkler	`sprɪŋklɚ	スプリンクラー	
除草機	lawn mower	lɔn `moɚ	芝刈り機	しば.か.り.き
矮樹叢	bush	bʊʃ	低木	てい.ぼく
澆花壺	watering can	`wɔtərɪŋ kæn	如雨露	じょ.う.ろ
圍籬	fence	fɛns	フェンス	
園丁	gardener	`gɑrdənɚ	庭師	にわ.し
鞦韆	swing	swɪŋ	ブランコ	

| 梳妝台 | vanity table `ˈvænətɪ ˈtebḷ` | ドレッサー |

塗抹<u>乳液</u>。

Put on <u>lotion</u>.

にゅうえき
<u>乳 液</u>をつける。

中	英		日	
鏡子	mirror	`ˈmɪrɚ`	鏡	かがみ
梳子	comb	`kom`	ブラシ	
指甲刀	nail clipper	`nel ˈklɪpɚ`	爪切り	つめ.き.り
化妝品	cosmetics	`kɑzˈmɛtɪks`	化粧品	け.しょう.ひん
吸油面紙	oil absorbing sheet	`ɔɪl əbˈsɔrbɪŋ ʃit`	油取紙	あぶら.とり.がみ
珠寶盒	jewelry box	`ˈdʒuəlrɪ bɑks`	ジュエリーボックス	
皮膚保養品	skin care product	`skɪn kɛr ˈprɑdəkt`	基礎化粧品	き.そ.け.しょう.ひん
化妝棉	cotton puff	`ˈkɑtn̩ pʌf`	コットン	
髮飾	hair ornament	`hɛr ˈɔrnəmənt`	ヘアアクセサリー	
吹風機	hair dryer	`hɛr ˈdraɪɚ`	ドライヤー	
卸妝棉	cleansing cotton	`ˈklɛnzɪŋ ˈkɑtn̩`	クレンジングコットン	
耳環	earring	`ˈɪrˌrɪŋ`	イヤリング	

洗衣間	laundry room ˈlɔndrɪ rum	ランドリールーム

倒入<u>洗衣精</u>。

Pour in the <u>laundry detergent</u>.

<u>えきたいせんざい</u> <u>い</u>
<u>液体洗剤</u>を入れる。

中	英		日	
洗衣機	washing machine	ˈwɑʃɪŋ məˈʃin	洗濯機	せん.たく.き
烘衣機	clothes dryer	kloz ˈdraɪɚ	乾燥機	かん.そう.き
洗衣籃	laundry basket	ˈlɔndrɪ ˈbæskɪt	洗濯かご	せん.たく.か.ご
洗衣精	laundry detergent	ˈlɔndrɪ dɪˈtɝdʒənt	液体洗剤	えき.たい.せん.ざい
漂白水	bleach	blitʃ	漂白剤	ひょう.はく.ざい
衣物柔軟精	fabric softener	ˈfæbrɪk ˈsɔfənɚ	柔軟剤	じゅう.なん.ざい
洗衣粉	washing powder	ˈwɑʃɪŋ ˈpaudɚ	粉洗剤	こな.せん.ざい
洗衣網	laundry net	ˈlɔndrɪ nɛt	洗濯ネット	せん.たく.ネット
熨斗	iron	ˈaɪɚn	アイロン	
燙衣板	ironing board	ˈaɪɚnɪŋ bord	アイロン台	ア.イ.ロ.ン.だい
衣架	hanger	ˈhæŋɚ	ハンガー	
衣夾	clothes pin	kloz pɪn	洗濯ばさみ	せん.たく.ば.さ.み

| 動物園 | ZOO
zu | どうぶつえん
動 物 園 |

老虎是肉食性動物。

Tigers are carnivorous animals.

とら　にくしょくどうぶつ
虎は肉 食 動 物です。

中	英		日
售票口	ticket booth	ˈtɪkɪt buθ	入場券売場	にゅう.じょう.けん.うり.ば
圍欄	fence	fɛns	檻	おり
動物	animal	ˈænəml̩	動物	どう.ぶつ
草食動物	herbivore	ˈhɝbəˌvɔr	草食動物	そう.しょく.どう.ぶつ
肉食動物	carnivore	ˈkɑrnəˌvɔr	肉食動物	にく.しょく.どう.ぶつ
爬蟲動物	reptile	ˈrɛptaɪl	爬虫類	は.ちゅう.るい
室內展示館	indoor display area	ˈɪnˌdor dɪˈsple ˈɛrɪə	室内展示場	しつ.ない.てん.じ.じょう
園區導覽手冊	guide book	gaɪd buk	園内ガイドブック	えん.ない.ガ.イ.ド.ブ.ック
遊客中心	tourist information center	ˈturɪst ˌɪnfɚˈmeʃən ˈsɛntɚ	案内所	あん.ない.じょ
紀念品商店	gift shop	gɪft ʃɑp	記念品販売所	き.ねん.ひん.はん.ばい.じょ
入口	entrance	ˈɛntrəns	入口	いり.ぐち
出口	exit	ˈɛksɪt	出口	で.ぐち

| 遊樂園 | amusement park
əˋmjuzmənt pɑrk | ゆうえんち
遊園地 |

玩碰碰車。

Playing bumper cars.

バンパーカーを運転する。

中	英		日	
熱門遊樂設施	attraction	əˋtrækʃən	人気アトラクション	にん.き.ア.ト.ラ.ク.ション
旋轉木馬	merry-go-round	ˋmɛrɪgoˏraʊnd	メリーゴーランド	
摩天輪	Ferris wheel	ˋfɛrɪs hwil	観覧車	かん.らん.しゃ
滑水道	water slide	ˋwɔtɚ slaɪd	ウォータースライダー	
雲霄飛車	roller coaster	ˋrolɚ ˋkostɚ	ジェットコースター	
自由落體	free fall	fri fɔl	フリーフォール	
鬼屋	haunted house	ˋhɔntɪd haʊs	お化け屋敷	お.ば.け.や.しき
遊行	parade	pəˋred	パレード	
海盜船	swinging-ship ride	ˋswɪŋɪŋʃɪp raɪd	バイキング	
咖啡杯	teacup ride	ˋtiˏkʌp raɪd	コーヒーカップ	
碰碰車	bumper car	ˋbʌmpɚ kɑr	バンパーカー	
遊樂園門票	ticket	ˋtɪkɪt	入場券	にゅう.じょう.けん

超市賣場	supermarket ˋsupɚ͵markɪt	スーパー

推賣場<u>推車</u>。

Pushing a <u>cart</u> in the supermarket.

ショッピング<u>カート</u>を押^おす。

中	英		日	
顧客	customer	ˋkʌstəmɚ	買い物客	か.い.もの.きゃく
肉品區	meat	mit	精肉コーナー	せい.にく.コーナー
乳製品區	dairy goods	ˋdɛrɪ gʊdz	乳製品コーナー	にゅう.せい.ひん. コー.ナー
熟食區	deli	ˋdɛlɪ	お惣菜コーナー	お.そう.ざい.コー. ナー
蔬果區	fruit & vegetable	frut ænd ˋvɛdʒətəbḷ	青果コーナー	せい.か.コー.ナー
飲料區	beverage	ˋbɛvərɪdʒ	飲料コーナー	いん.りょう.コー. ナー
家庭清潔 用品區	household cleaners	ˋhaus͵hold ˋklinɚz	生活用品コー ナー	せい.かつ.よう.ひん. コー.ナー
促銷區	promotion section	prəˋmoʃən ˋsɛkʃən	特売コーナー	とく.ばい.コー.ナー
藥品區	pharmacy products	ˋfarməsɪ ˋpradəkts	薬局	や.っきょく
冷凍食品區	frozen food	ˋfrozn̩ fud	冷凍食品コー ナー	れい.とう.しょく. ひん.コー.ナー
賣場推車	shopping cart	ˋʃapɪŋ kart	ショッピングカート	
試吃品	free sample	fri ˋsæmpḷ	試食品	し.しょく.ひん

結帳櫃檯	check-out counter ˋtʃɛk.aʊt ˋkaʊntɚ	せいさん 精 算 カウンター

在收銀檯結帳。

Check out at the cash register.

かいけい
レジで会計する。

中	英		日
收銀機	cash register	kæʃ ˋrɛdʒɪstɚ	レジ
刷卡機	credit card processor	ˋkrɛdɪt kɑrd ˋprɑsɛsɚ	カード決済端末機 カー.ド.け.っさい.たん.まつ.き
收銀員	cashier	kæˋʃɪr	レジ
發票	receipt	rɪˋsit	レシート
信用卡	credit card	ˋkrɛdɪt kɑrd	クレジットカード
現金	cash	kæʃ	現金　げん.きん
零錢	change	tʃendʒ	硬貨　こう.か
紙鈔	bill	bɪl	紙幣　し.へい
集點卡	point card	pɔɪnt kɑrd	ポイントカード
折價券	coupon	ˋkupɑn	割引券　わり.びき.けん
商品條碼	bar code	bɑr kod	商品バーコード しょう.ひん.バー.コー.ド
條碼掃描器	scanner	ˋskænɚ	バーコードスキャナー

海灘	beach bitʃ	ビーチ

擦<u>防曬乳</u>。

Wear <u>sunscreen</u>.

<u>日焼け止めクリーム</u>を塗る。

中	英		日	
沙子	sand	sænd	砂	すな
沙雕	sand sculpture	sænd ˋskʌlptʃɚ	砂彫刻	すな.ちょう.こく
救生圈	life preserver	laɪf prɪˋzɝvɚ	救命ブイ	きゅう.めい.ブ.イ
救生員	lifeguard	ˋlaɪf.gɑrd	ライフガード	
螃蟹	crab	kræb	蟹	かに
大型遮陽傘	beach umbrella	bitʃ ʌmˋbrɛlə	パラソル	
防曬乳	sunscreen	ˋsʌn.skrin	日焼け止めクリーム	ひ.や.け.ど.め.ク.リー.ム
貝殼	shell	ʃɛl	貝殼	かい.がら
衝浪板	surfboard	ˋsɝf.bord	サーフボード	
岩石	rock	rɑk	岩	いわ
椰子樹	coconut tree	ˋkokə.nət tri	椰子の木	や.し.の.き
沙灘排球	beach volleyball	bitʃ ˋvɑlɪ.bɔl	ビーチバレー	

露營區	camping area kæmpɪŋ ˈɛrɪə	キャンプ 場 じょう

烤肉。

Barbecue.

バーベキューをする。

中	英		日
帳棚	tent	tɛnt	テント
營火	campfire	ˈkæmpˌfaɪr	キャンプファイアー
手電筒	flashlight	ˈflæʃˌlaɪt	懐中電灯　かい.ちゅう.でん.とう
打火機	lighter	ˈlaɪtɚ	ライター
淋浴間	shower room	ˈʃauɚ rum	シャワールーム
冰桶	cooler	ˈkulɚ	クーラーボックス
木炭	charcoal	ˈtʃɑrˌkol	木炭　もく.たん
睡袋	sleeping bag	ˈslipɪŋ bæg	寝袋　ね.ぶくろ
露營者	camper	ˈkæmpɚ	キャンパー
防蟲液	bug spray	bʌg spre	虫除けスプレー　むし.よ.け.ス.プ.レー
烤肉架	barbecue grill	ˈbɑrbɪkju grɪl	バーベキューグリル
火種	kindling	ˈkɪndlɪŋ	火種　ひ.だね

馬戲團	circus `sɚkəs	サーカス 団<ruby>だん</ruby>

騎<u>單輪車</u>。

Ride a <u>unicycle</u>.

<ruby>いちりんしゃ</ruby>
<u>一輪車</u>に乗る。

中	英		日	
帳棚	big top	bɪg tɑp	テント	
大象	elephant	ˈɛləfənt	象	ぞう
小丑	clown	klaʊn	ピエロ	
猩猩	gorilla	gəˈrɪlə	ゴリラ	
獅子	lion	ˈlaɪən	ライオン	
馴獸師	lion tamer	ˈlaɪən ˈtemɚ	調教師	ちょう.きょう.し
空中飛人	trapeze artist	træˈpiz ˈɑrtɪst	空中ブランコ	くう.ちゅう.ブ.ラ.ン.コ
單輪車	unicycle	ˈjunɪˌsaɪkl̩	一輪車	いち.りん.しゃ
火圈	ring of fire	rɪŋ ɑv faɪr	火の輪	ひ.の.わ
雜耍者	juggler	ˈdʒʌglɚ	曲芸師	きょく.げい.し
走鋼索	tightrope	ˈtaɪtˌrop	綱渡り	つな.わた.り
特技演員	stuntman	stʌntmæn	スタントマン	

演唱會	concert `kansət	コンサート

去聽<u>演唱會</u>。

Go to a <u>concert</u>.

<u>コンサート</u>に行<ruby>く<rt>い</rt></ruby>。

中	英		日	
歌手	singer	`sɪŋɚ	歌手	か.しゅ
舞者	dancer	`dænsɚ	ダンサー	
合音天使	choir	kwaɪr	コーラス隊	コー.ラ.ス.たい
特別嘉賓	special guest	`spɛʃəl gɛst	特別ゲスト	とく.べつ.ゲ.ス.ト
樂隊	band	bænd	バンド	
貼身保鏢	bodyguard	`badɪˌgard	ボディーガード	
工作人員	staff	stæf	コンサート係員	コ.ン.サー.ト.かかり.いん
螢幕	screen	skrin	スクリーン	
麥克風	microphone	`maɪkrəˌfon	マイク	
螢光棒	glow stick	glo stɪk	サイリウム	
安可	encore	`aŋkor	アンコール	
歌迷	fan	fæn	ファン	

舞台劇	play ple	<ruby>舞<rt>ぶ</rt></ruby><ruby>台<rt>たい</rt></ruby><ruby>劇<rt>げき</rt></ruby>

<u>主角</u>有 3 個人。

There are three <u>main characters</u>.

<ruby>主役<rt>しゅやく</rt></ruby>は <ruby>3 人<rt>さんにん</rt></ruby>いる。

中	英		日	
觀眾席	audience seating	ˋɔdɪəns ˋsitɪŋ	観客席	かん.きゃく.せき
舞台	stage	stedʒ	舞台	ぶ.たい
隔音設備	soundproof equipment	ˋsaundˏpruf ɪˋkwɪpmənt	防音設備	ぼう.おん.せつ.び
望遠鏡	binoculars	bɪˋnakjələs	望遠鏡	ぼう.えん.きょう
後台	backstage	ˋbækˋstedʒ	舞台裏	ぶ.たい.うら
布幕	curtain	ˋkɝtn̩	幕	まく
戲服	costume	ˋkastjum	コスチューム	
聚光燈	spotlight	ˋspatˏlaɪt	スポットライト	
男演員	actor	ˋæktɚ	男優	だん.ゆう
女演員	actress	ˋæktrɪs	女優	じょ.ゆう
包廂	box seat	baks sit	ボックス席	ボ.ック.ス.せき
節目單	event program	ɪˋvɛnt ˋprogræm	プログラム	

| spa 中心 | spa center
spa ˋsɛntə | スパセンター |

按摩師是女生。

The massage therapist is a woman.

マッサージセラピストは女性です。

中	英		日	
按摩油	massage oil	məˋsɑʒ ɔɪl	マッサージオイル	
按摩師	massage therapist	məˋsɑʒ ˋθɛrəpɪst	マッサージセラピスト	
按摩床	massage table	məˋsɑʒ ˋtebḷ	マッサージベッド	
浴巾	bath towel	bæθ ˋtauəl	タオル	
水療	hydrotherapy	ˋhaɪdrəˋθɛrəpɪ	水治療法	すい.ち.りょう.ほう
溫泉	hot spring	hɑt sprɪŋ	温泉	おん.せん
浴袍	robe	rob	バスローブ	
三溫暖	sauna	ˋsaunə	サウナ	
精油	essential oil	ɪˋsɛnʃəl ɔɪl	エッセンシャルオイル	
按摩水柱	massage jet	məˋsɑʒ dʒɛt	ジェットマッサージ	
熱水池	hot tub	hɑt tʌb	温水プール	おん.すい.プー.ル
冷水池	cold plunge	kold plʌndʒ	冷水プール	れい.すい.プー.ル

036

旅館大廳	hotel lobby hoˋtɛl ˋlabɪ	ホテルロビー

<u>服務台接待員很親切。</u>

The <u>front-desk receptionist</u> is very friendly.

<ruby>係<rt>かかりいん</rt></ruby> <ruby>親切<rt>しんせつ</rt></ruby>

<u>フロント 係 員</u>は 親 切です。

中	英		日
接待櫃檯	reception desk	rɪˋsɛpʃən dɛsk	フロントデスク
服務台接待員	front-desk receptionist	ˋfrʌnt͵dɛsk rɪˋsɛpʃənɪst	フロント係員　フ.ロ.ン.ト.かかり.いん
門房	doorman	ˋdor͵mæn	ドアマン
住宿客	hotel guest	hoˋtɛl gɛst	宿泊客　しゅく.はく.きゃく
電梯	elevator	ˋɛlə͵vetɚ	エレベーター
登記住宿表	registration form	͵rɛdʒɪˋstreʃən fɔrm	宿泊カード　しゅく.はく.カード
水晶吊燈	chandelier	͵ʃændlˋɪr	シャンデリア
行李	luggage	ˋlʌgɪdʒ	荷物　に.もつ
行李推車	luggage cart	ˋlʌgɪdʒ kɑrt	カート
行李服務生	bellhop	ˋbɛl.hɑp	ベルボーイ（男）／ ベルガール（女）
挑高的天花板	high ceiling	haɪ ˋsilɪŋ	吹抜け　ふき.ぬ.け
旋轉門	revolving door	rɪˋvɑlvɪŋ dor	回転ドア　かい.てん.ド.ア

| 網咖 | cybercafe `saɪbəkəˈfe | インターネットカフェ |

我經常到<u>網咖</u>。

I often go to the <u>cybercafe</u>.

<ruby>私<rt>わたし</rt></ruby> はよく、<u>インターネットカフェ</u>に<ruby>行<rt>い</rt></ruby>く。

中	英		日	
電腦	computer	kəmˈpjutə	コンピューター	
滑鼠	mouse	maʊs	マウス	
線上遊戲	online game	ˈɑnˌlaɪn gem	オンラインゲーム	
未成年者	minor	ˈmaɪnə	未成年者	み.せい.ねん.しゃ
成年人	adult	əˈdʌlt	成人	せい.じん
泡麵	instant noodles	ˈɪnstənt ˈnudḷz	インスタントラーメン	
零食	snack	snæk	スナック	
飲料	beverage	ˈbɛvərɪdʒ	飲物	のみ.もの
禁菸區	non-smoking area	ˌnɑnˈsmokɪŋ ˈɛriə	禁煙エリア	きん.えん.エ.リ.ア
吸菸區	smoking area	ˈsmokɪŋ ˈɛriə	喫煙エリア	きつ.えん.エ.リ.ア
櫃檯	counter	ˈkaʊntə	カウンター	
店員	clerk	klɝk	店員	てん.いん

| 賭場 | casino
kəˈsino | カジノ |

我賭輸了<u>一大筆錢</u>。

I've lost <u>a lot of money</u> on betting.

<ruby>私<rt>わたし</rt></ruby> はギャンブルで<ruby>負<rt>ま</rt></ruby>けて、<u><ruby>大金<rt>たいきん</rt></ruby></u>を<ruby>使<rt>つか</rt></ruby>ってしまった。

中	英		日
吃角子老虎	slot machine	slɑt ˈməʃɪn	スロットマシーン
輪盤	roulette	ruˈlɛt	ルーレット
骰子	dice	daɪs	サイコロ
賓果	bingo	ˈbɪŋgo	ビンゴ
監視攝影機	security camera	sɪˈkjʊrətɪ ˈkæmərə	監視カメラ　かん.し.カ.メ.ラ
老千	casino cheater	kəˈsino ˈtʃitɚ	イカサマ師　イ.カ.サ.マ.し
賭場經理	casino manager	kəˈsino ˈmænɪdʒɚ	カジノマネージャー
發牌員	dealer	ˈdilɚ	カジノディーラー
籌碼	token	ˈtokən	トークン
莊家	banker	ˈbæŋkɚ	バンカー
賭客	gambler	ˈgæmblɚ	カジノ客　カ.ジ.ノ.きゃく
撲克牌遊戲	poker	ˈpokɚ	ポーカー／バカラ

| 宴會廳 | ballroom
ˋbɔl͵rum | ボールルーム |

（在派對上）我<u>介紹</u>賓客認識。

I <u>introduce</u> the guests to each other.

きゃく　ほか　きゃく　しょうかい
客 を他の 客 に <u>紹 介</u>する。

中	英		日	
管弦樂團	orchestra	ˋɔrkɪstrə	オーケストラ	
禮服	dress	drɛs	ドレス	
燕尾服	tuxedo	tʌkˋsido	タキシード	
香檳	champagne	ʃæmˋpen	シャンパン	
高腳杯	goblet	ˋgɑblɪt	ワイングラス	
舞池	dance floor	dæns flor	ダンスフロア	
男主人	host	host	男性主催者	だん.せい.しゅ. さい.しゃ
女主人	hostess	ˋhostɪs	女性主催者	じょ.せい.しゅ. さい.しゃ
賓客	guest	gɛst	ゲスト	
氣泡飲料	fizzy drink	ˋfɪzɪ drɪŋk	炭酸飲料	たん.さん.いん. りょう
雞尾酒	cocktail	ˋkɑk.tel	カクテル	
餐點	food	fud	食事	しょく.じ

54

| 購物中心 | shopping mall
ˈʃɑpɪŋ mɔl | ショッピングモール |

試穿衣服。

Try on clothes.

_{ふく} _{し ちゃく}
服を試 着 する。

中	英		日	
男裝部	men's department	mɛnz dɪˈpɑrtmənt	紳士服売場	しん.し.ふく.うり.ば
女裝部	women's department	ˈwɪmɪnz dɪˈpɑrtmənt	婦人服売場	ふ.じん.ふく.うり.ば
童裝部	children's department	ˈtʃɪldrənz dɪˈpɑrtmənt	子供服売場	こ.ども.ふく.うり.ば
玩具部	toy department	tɔɪ dɪˈpɑrtmənt	おもちゃ売場	お.も.ちゃ.うり.ば
化妝品專櫃	cosmetics department	kɑzˈmɛtɪks dɪˈpɑrtmənt	化粧品売場	け.しょう.ひん.うり.ば
購物推車	shopping cart	ˈʃɑpɪŋ kɑrt	ショッピングカート	
停車場	parking lot	ˈpɑrkɪŋ lɑt	駐車場	ちゅう.しゃ.じょう
美食廣場	food court	fud kort	フードコート	
逃生門	emergency exit	ɪˈmɝdʒənsɪ ˈɛksɪt	非常口	ひ.じょう.ぐち
服務台	customer-service center	ˈkʌstəməˈsɝvɪs ˈsɛntə	サービスカウンター	
置物櫃	locker	ˈlɑkə	ロッカー	
尋人廣播	public announcement	ˈpʌblɪk əˈnaʊnsmənt	呼び出し	よ.び.だ.し

041

在酒吧	in the bar ɪn ðə bɑr	バーで

警察來臨檢。

Police rummage.

けいさつ　けんもん
警察が検問する。

中	英		日	
撞球台	pool table	pul `tebḷ	ビリヤード台	ビ.リ.ヤー.ド.だい
飛鏢	dart	dɑrt	ダーツ	
飛鏢靶	dartboard	`dɑrt.bɔrd	ダーツボード	
啤酒	beer	bɪr	ビール	
吧台	bar	bɑr	バーカウンター	
高腳椅	bar stool	bɑr stul	ハイチェア	
調酒師	bartender	`bɑr.tɛndɚ	バーテンダー	
酒吧老闆	owner	`onɚ	バーオーナー	
醉漢	drunk	`drʌŋk	酔っ払い	よ.っぱら.い
酒精飲料	alcoholic beverage	ˌælkə`hɔlɪk `bɛvərɪdʒ	アルコール 飲料	ア.ル.コー.ル. いん.りょう
遊戲機	video game	`vɪdɪo gem	ゲーム機	ゲー.ム.き
吃角子老虎	slot machine	slɑt məˈʃin	スロットマシーン	

042

| 博物館 | museum
ˈmjuˈzɪəm | はくぶつかん
博物館 |

欣賞<u>名畫</u>。

Appreciating a <u>famous painting</u>.

<ruby>名画<rt>めいが</rt></ruby>を<ruby>鑑賞<rt>かんしょう</rt></ruby>する。

中	英		日	
展覽區	exhibition area	ɛksəˈbɪʃən ˈɛrɪə	展覧エリア	てん.らん.エ.リ.ア
語音導覽	audio tour	ˈɔdɪo tur	音声ガイド	おん.せい.ガ.イ.ド
紀念品商店	gift shop	gɪft ʃɑp	記念品売場	き.ねん.ひん.うり.ば
導覽員	tour guide	tur gaɪd	ガイド	
繪畫作品	painting	ˈpentɪŋ	絵画作品	かい.が.さく.ひん
雕塑作品	sculpture	ˈskʌlptʃɚ	彫刻作品	ちょう.こく.さく.ひん
樓層簡介表	floor directory	flor dəˈrɛktərɪ	フロア案内	フ.ロ.ア.あん.ない
防盜系統	security system	sɪˈkjurətɪ ˈsɪstəm	防犯システム	ぼう.はん.シ.ス.テ.ム
詢問處	information desk	ˌɪnfɚˈmeʃən dɛsk	インフォメーションセンター	
置物櫃	locker	ˈlɑkɚ	ロッカー	
購票處	ticket counter	ˈtɪkɪt ˈkauntɚ	入場券売場	にゅう.じょう.けん.うり.ば
物品寄放處	checkroom	ˈtʃɛkˌrum	手荷物預かり所	て.に.もつ.あず.か.り.じょ

57

教室內	in the classroom ɪn ðə ˈklæs͵rum	きょうしつ 教 室 で

用<u>粉筆</u>塗鴉。

Graffiti with <u>chalk</u>.

<u>チョーク</u>で落書（らくが）きをする。

中	英		日	
桌子	desk	dɛsk	机	つくえ
椅子	chair	tʃɛr	椅子	い.す
學生	student	ˈstjudn̩t	学生	がく.せい
老師	teacher	ˈtitʃɚ	先生	せん.せい
粉筆	chalk	tʃɔk	チョーク	
黑板	blackboard	ˈblæk͵bord	黒板	こく.ばん
板擦	eraser	ɪˈresɚ	黒板消し	こく.ばん.け.し
教科書	textbook	ˈtɛkst͵buk	教科書	きょう.か.しょ
布告欄	bulletin board	ˈbulətɪn bord	掲示板	けい.じ.ばん
掃把	broom	brum	箒	ほうき
畚箕	dustpan	ˈdʌst͵pæn	塵取り	ちり.と.り
垃圾桶	trash can	træʃ kæn	ゴミ箱	ゴ.ミ.ばこ

58

書店	bookstore ˈbʊkˌstor	ほんや 本屋

翻開書。

Open the book.

ほん　ひら
本を開く。

中	英		日	
店員	clerk	klɝk	店員	てん.いん
消費者	consumer	kənˈsjumɚ	消費者	しょう.ひ.しゃ
書架	bookshelf	ˈbʊkˌʃɛlf	本棚	ほん.だな
書籍	book	bʊk	書籍	しょ.せき
暢銷書區	best seller	bɛst ˈsɛlɚ	売れ筋コーナー	う.れ.すじ.コー.ナー
新書區	new arrival	nju əˈraɪvl̩	新書コーナー	しん.しょ.コー.ナー
文學書區	literature	ˈlɪtərətʃɚ	文学書コーナー	ぶん.がく.しょ.コー.ナー
漫畫書區	comic book	ˈkɑmɪk bʊk	漫画コーナー	まん.が.コー.ナー
童書區	children's book	ˌtʃɪldrənz bʊk	児童書コーナー	じ.どう.しょ.コー.ナー
文具區	stationery	ˈsteʃənˌɛrɪ	文房具コーナー	ぶん.ぼう.ぐ.コー.ナー
暢銷排行榜	best seller list	bɛst ˈsɛlɚ lɪst	売れ筋ランキング	う.れ.すじ.ラ.ン.キ.ン.グ
雜誌區	magazine	ˌmægəˈzin	雑誌コーナー	ざ.っし.コー.ナー

操場	sports field spɔrts fild	うんどうじょう 運 動 場

做<u>廣播體操</u>。

Do <u>radio exercise</u>.

<u>ラジオ体操</u>をする。

中	英		日	
體育老師	PE teacher	ˋpiˋi ˋtitʃɚ	体育教師	たい.いく.きょう.し
學生	student	ˋstjudṇt	学生	がく.せい
司令台	stage	stedʒ	朝礼台	ちょう.れい.だい
旗杆	flagpole	ˋflæɡˏpol	旗竿	はた.ざお
籃球場	basketball court	ˋbæskɪtˏbɔl kort	バスケット場	バ.ス.ケ.ット.じょう
足球場	soccer pitch	ˋsakɚ pɪtʃ	サッカー場	サ.ッカー.じょう
沙坑	sand box	sænd baks	砂場	すな.ば
攀爬杆	jungle gym	ˋdʒʌŋgl dʒɪm	ジャングルジム	
單槓	chin-up bar	ˋtʃɪnʌp bar	鉄棒	てつ.ぼう
鞦韆	swing	swɪŋ	ブランコ	
升旗典禮	flag-raising ceremony	ˋflæɡˋrezɪŋ ˋsɛrəˏmoni	国旗掲揚式	こ.っき.けい.よう.しき
跑道	track	træk	トラック	

急診室	emergency room ɪˈmɝdʒənsɪ rum	きゅうきゅうきゅうめいしつ 救 急 救 命 室

到醫院掛急診。

Go to the hospital's emergency room.

きゅうかん　びょういん　い
急 患で 病 院に行く。

中	英		日	
醫生	doctor	ˋdɑktɚ	医師	い.し
護士	nurse	nɝs	看護師	かん.ご.し
隔簾	curtain	ˋkɝtn̩	カーテン	
病人	patient	ˋpeʃənt	患者	かん.じゃ
急救箱	first aid kit	fɝst ed kɪt	救急箱	きゅう.きゅう.ばこ
繃帶	bandage	ˋbændɪdʒ	包帯	ほう.たい
止痛藥	painkiller	ˋpen.kɪlɚ	痛み止め	いた.み.ど.め
輪椅	wheelchair	ˋhwilˋtʃɛr	車椅子	くるま.い.す
擔架	stretcher	ˋstrɛtʃɚ	担架	たん.か
枴杖	crutch	krʌtʃ	杖	つえ
口罩	facemask	ˋfes.mæsk	マスク	
棉球	cotton ball	ˋkɑtn̩ bɔl	コットンボール	

<table>
<tr><td>047</td></tr>
</table>

| 學校宿舍 | dormitory `dɔrmə,tɔrɪ | <ruby>学<rt>がっこう</rt></ruby>の <ruby>寮<rt>りょう</rt></ruby> |

共用<u>淋浴間</u>。

Shared <u>shower room</u>.

<u>シャワールーム</u>を <ruby>共 用<rt>きょうよう</rt></ruby>する。

中	英		日	
舍監	resident assistant	`rɛzədənt ə`sɪstənt	寮の管理人	りょう.の.かん.り.にん
男宿	boy's dormitory	bɔɪz `dɔrmə,tɔrɪ	男子寮	だん.し.りょう
女宿	girl's dormitory	gɝlz `dɔrmə,tɔrɪ	女子寮	じょ.し.りょう
洗衣間	laundry room	`lɔndrɪ rum	ランドリールーム	
公共電話	public phone	`pʌblɪk fon	公衆電話	こう.しゅう.でん.わ
廁所	toilet	`tɔɪlɪt	トイレ	
交誼廳	common room	`kɑmən rum	談話室	だん.わ.しつ
電視	television	`tɛlə,vɪʒən	テレビ	
寢室	dormitory room	`dɔrmə,tɔrɪ rum	寝室	しん.しつ
雙層床	bunk bed	bʌŋk bɛd	二段ベッド	に.だん.ベ.ッド
室友	roommate	`rum,met	ルームメイト	
宵禁時間	curfew	`kɝfju	門限時間	もん.げん.じ.かん

考場內	in the examination hall ɪn ði ɪgˌzæməˈneʃən hɔl	しけんかいじょう 試 験 会 場 で

考試時間是 50 分鐘。

The examination lasts for 50 minutes.

しけんじかん　ごじゅっぷん
試験時間は５０分です。

中	英		日	
考生	test taker	tɛst `tekɚ	受験生	じゅ.けん.せい
考試時間表	examination timetable	ɪgˈzæməˈneʃən `taɪm`tebl̩	試験時間表	し.けん.じ.かん.ひょう
2B 鉛筆	2B pencil	`tu`bi `pɛnsl̩	2Bの鉛筆	に.ビー.の.えん.ぴつ
考卷	question paper	`kwɛstʃən `pepɚ	問題用紙	もん.だい.よう.し
橡皮擦	eraser	ɪˋresɚ	消しゴム	け.し.ゴ.ム
原子筆	pen	pɛn	ボールペン	
立可白	white-out	`hwaɪtˌaʊt	修正液	しゅう.せい.えき
監考人員	examination supervisor	ɪgˈzæməˈneʃən ˌsupɚˋvaɪzɚ	試験官	し.けん.かん
小抄	cheat sheet	tʃit ʃit	カンニングペーパー	
答案卡	answer sheet	`ænsɚ ʃit	答案用紙	とう.あん.よう.し
作弊	cheating	`tʃitɪŋ	カンニング	
准考證	admission ticket	ədˈmɪʃən `tɪkɪt	受験票	じゅ.けん.ひょう

幼稚園	kindergarten ˈkɪndəˌɡɑrtn̩	ようちえん 幼 稚 園

我送小孩子上幼稚園。

I take my child to kindergarten.

<ruby>子<rt>こ</rt></ruby><ruby>供<rt>ども</rt></ruby>を<ruby>幼<rt>よう</rt></ruby><ruby>稚<rt>ち</rt></ruby><ruby>園<rt>えん</rt></ruby>まで<ruby>送<rt>おく</rt></ruby>る。

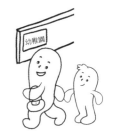

中	英		日	
老師	teacher	ˈtitʃɚ	先生	せん.せい
家長	parents	ˈpɛrənts	保護者	ほ.ご.しゃ
小朋友	children	ˈtʃɪldrən	子供	こ.ども
教室	classroom	ˈklæsˌrum	教室	きょう.しつ
遊戲場	playground	ˈpleˌɡraʊnd	遊び場	あそ.び.ば
娃娃車	school bus	skul bʌs	幼稚園バス	よう.ち.えん.バ.ス
園長	principal	ˈprɪnsəpl̩	園長	えん.ちょう
校門	school gate	skul ɡet	校門	こう.もん
辦公室	office	ˈɔfɪs	職員室	しょく.いん.しつ
保健室	nurse's office	ˈnɝsɪz ˈɔfɪs	保健室	ほ.けん.しつ
美勞作品	artworks	ˈɑrtˌwɝks	美術作品	び.じゅつ.さく.ひん
布告欄	bulletin board	ˈbʊlətɪn bord	掲示板	けい.じ.ばん

國家公園	National Park `næʃənl̩ pɑrk	こくりつこうえん 国 立 公 園

我是國家公園的<u>解說員</u>。

I am the <u>guide</u> at the National Park.

<ruby>私<rt>わたし</rt></ruby> は <ruby>国立公園<rt>こくりつこうえん</rt></ruby> の <u><ruby>解説員<rt>かいせついん</rt></ruby></u> です。

中	英		日	
保護區	protected area	prə`tɛktɪd `ɛrɪə	保護区	ほ.ご.く
野生動物	wildlife	`waɪld.laɪf	野生動物	や.せい.どう.ぶつ
植物	plant	plænt	植物	しょく.ぶつ
瀕臨絕種的動物	endangered species	ɪn`dendʒəd `spiʃiz	絶滅に瀕した動物	ぜつ.めつ.に.ひん.した.どう.ぶつ
礦物	mineral	`mɪnərəl	鉱物	こう.ぶつ
國家公園管理員	ranger	`rendʒə	国立公園管理人	こく.りつ.こう.えん.かん.り.にん
森林	forest	`fɔrɪst	森林	しん.りん
山	mountain	`mauntn̩	山	やま
溪流	stream	strim	渓流	けい.りゅう
峽谷	valley	`vælɪ	渓谷	けい.こく
懸崖	cliff	klɪf	崖	がけ
解說員	park interpreter	pɑrk ɪn`tɝprɪtə	解説員	かい.せつ.いん

65

畫室裡	in the art studio ɪn ði ɑrt ˋstjudɪ.o	アトリエで

畫了<u>水彩畫</u>。

Paint a <u>watercolor painting</u>.

<u>水彩画</u>を描いた。
<small>すいさいが　か</small>

中	英		日	
油畫	oil painting	ɔɪl ˋpentɪŋ	油絵	あぶら.え
水彩畫	watercolor painting	ˋwɑtəˏkʌlə ˋpentɪŋ	水彩画	すい.さい.が
人體模特兒	model	ˋmɑdḷ	美術モデル	び.じゅつ.モ.デル
畫家	painter	ˋpentə	画家	が.か
畫布	canvas	ˋkænvəs	キャンバス	
畫板	drawing board	ˋdrɔɪŋ bord	画板	が.ばん
調色盤	palette	ˋpælɪt	パレット	
石膏像	plaster statue	ˋplæstə ˋstætʃu	石膏像	せ.っこう.ぞう
畫架	easel	ˋizḷ	イーゼル	
靜物	still life	stɪl laɪf	静物	せい.ぶつ
素描	drawing／sketch	ˋdrɔɪŋ／skɛtʃ	デッサン	
素描本	sketchbook	ˋskɛtʃˏbuk	スケッチブック	

| 健身中心 | fitness center
ˈfɪtnɪs ˈsɛntɚ | スポーツジム |

在跑步機上走路。

Walking on the treadmill.

トレッドミルで歩く。

中	英		日
教練	personal trainer	ˈpɚsn̩ḷ ˈtrenɚ	コーチ
蒸氣室	steam room	stim rum	スチームルーム
會員制	membership	ˈmɛmbɚʃɪp	会員制　　かい.いん.せい
瑜珈	yoga	ˈjogə	ヨガ
啞鈴	dumbbell	ˈdʌm.bɛl	ダンベル
跑步機	treadmill	ˈtrɛd.mɪl	トレッドミル
健身腳踏車	stationary bike	ˈsteʃən.ɛrɪ baɪk	エアロバイク
舉重架	power rack	ˈpauɚ ræk	バーベルラック
置物櫃	locker	ˈlɑkɚ	ロッカー
游泳池	swimming pool	ˈswɪmɪŋ pul	プール
重量訓練室	weight room	wet rum	ウエイトトレーニングルーム
按摩浴池	massage tub	məˈsɑʒ tʌb	ジャグジー

田徑場	track & field stadium træk ænd fild ˈstedɪəm	りくじょうきょうぎじょう 陸 上 競 技 場

（在田徑場上）加油！快跑！

Come on. Run.

がんばって。もっと速く。

中	英		日	
撐竿跳	pole vault	pol vɔlt	棒高跳	ぼう.たか.とび
跳高	high jump	haɪ dʒʌmp	走高跳	はしり.たか.とび
跳遠	long jump	lɔŋ dʒʌmp	走幅跳	はしり.はば.とび
安全墊	mattress	ˈmætrɪs	マット	
跨欄	hurdle	ˈhɝdl̩	ハードル	
跳箱	vaulting box	ˈvɔltɪŋ bɑks	跳び箱	と.び.ばこ
跑道	track	træk	トラック	
彎道	curve	kɝv	カーブ	
起跑槍	starting gun	ˈstɑrtɪŋ gʌn	スターターピストル	
起跑線	starting line	ˈstɑrtɪŋ laɪn	スタートライン	
終點線	finish line	ˈfɪnɪʃ laɪn	ゴールライン	
碼表	stopwatch	ˈstɑpˌwɑtʃ	ストップウォッチ	

游泳池	swimming pool ˋswɪmɪŋ pul	プール

戴上泳鏡。

Wear goggles.

ゴーグルをつける。

中	英		日	
大型遮陽傘	beach umbrella	bitʃ ʌmˋbrɛlə	パラソル	
海灘椅	beach chair	bitʃ tʃɛr	ビーチチェア	
浮板	kickboard	ˋkɪkˏbord	ビート板	ビー.ト.ばん
水道	lane	len	コース	
救生員	lifeguard	ˋlaɪfˏgɑrd	ライフガード	
救生圈	life preserver	laɪf prɪˋzɝvɚ	救命ブイ	きゅう.めい.ブ.イ
孩童游泳池	children's pool	ˋtʃɪldrənz pul	子供用プール	こ.ども.よう.プー.ル
更衣室	dressing room	ˋdrɛsɪŋ rum	更衣室	こう.い.しつ
泳鏡	goggles	ˋgɑglz	ゴーグル	
泳帽	swimming cap	ˋswɪmɪŋ kæp	水泳帽	すい.えい.ぼう
跳板	diving board	ˋdaɪvɪŋ bord	飛び込み板	と.び.こ.み.ばん
跳水台	diving platform	ˋdaɪvɪŋ ˋplætˏfɔrm	飛び込み台	と.び.こ.み.だい

| （泳池）更衣室 | changing room tʃendʒɪŋ rum | こういしつ 更衣室 |

使用<u>淋浴間</u>。

Use the <u>shower room</u>.

<u>シャワールーム</u>を使<ruby>使<rt>つか</rt></ruby>う。

中	英		日	
換洗衣物	change of clothing	tʃendʒ ɑv ˈkloðɪŋ	着替え	き.が.え
置物櫃	locker	ˈlɑkɚ	ロッカー	
泳衣	swimsuit	ˈswɪmsut	水着	みず.ぎ
鏡子	mirror	ˈmɪrɚ	鏡	かがみ
長椅	bench	bɛntʃ	ベンチ	
毛巾	towel	ˈtauəl	タオル	
掛勾	hook	huk	フック	
洗手台	basin	ˈbesn̩	洗面台	せん.めん.だい
淋浴間	shower room	ˈʃauɚ rum	シャワールーム	
水龍頭	faucet	ˈfɔsɪt	蛇口	じゃ.ぐち
吹風機	hair dryer	hɛr ˈdraɪɚ	ドライヤー	
蓮蓬頭	shower head	ˈʃauɚ hɛd	シャワーヘッド	

| 拳擊比賽 | boxing match
bɑksɪŋ mætʃ | ボクシング試合（じあい） |

比賽獲勝。

Win the competition.

試合（しあい）に勝（か）った。

中	英		日	
拳擊手	boxer	ˋbɑksɚ	ボクサー	
拳擊手套	boxing gloves	ˋbɑksɪŋ glʌvz	ボクシンググローブ	
裁判	referee	͵rɛfəˋri	審判	しん.ぱん
讀秒	count	kaʊnt	カウント	
頭部護具	headgear	ˋhɛd͵gɪr	ヘッドガード	
贏家	winner	ˋwɪnɚ	勝者	しょう.しゃ
輸家	loser	ˋluzɚ	敗者	はい.しゃ
圍繩	rope	rop	ロープ	
拳擊台	boxing ring	ˋbɑksɪŋ rɪŋ	リング	
犯規	foul	faʊl	反則	はん.そく
直拳	straight punch	stret pʌntʃ	ストレート	
上鉤拳	uppercut	ˋʌpɚ͵kʌt	アッパーカット	

農牧場	farm fɑrm	のうぼくじょう 農 牧 場

飼養<u>家禽</u>。

Raise <u>poultry</u>.

<ruby>家禽<rt>か きん</rt></ruby>を<ruby>飼育<rt>し いく</rt></ruby>する。

中	英		日	
家禽	poultry	ˋpoltrɪ	家禽	か.きん
家畜	livestock	ˋlaɪv.stɑk	家畜	か.ちく
飼料	feed	fid	飼料	し.りょう
牧草	pasture	ˋpæstʃɚ	牧草地	ぼく.そう.ち
樹木	tree	tri	樹木	じゅ.もく
菜園	vegetable garden	ˋvɛdʒətəbḷ ˋgɑrdṇ	野菜畑	や.さい.ばたけ
果園	fruit farm	frut fɑrm	果樹園	か.じゅ.えん
肥料	fertilizer	ˋfɝtḷ.aɪzɚ	肥料	ひ.りょう
農藥	pesticide	ˋpɛstɪ.saɪd	農薬	のう.やく
擠奶器	milking machine	ˋmɪlkɪŋ mə`ʃɪn	搾乳機	さく.にゅう.き
農場主人	owner	ˋonɚ	農場所有者	のう.じょう.しょ. ゆう.しゃ
籬笆	fence	fɛns	フェンス	

| 宇宙 | universe `junə,vɝs | うちゅう
宇 宙 |

我希望成為<u>太空人</u>。

I wish to become an <u>astronaut</u>.

わたし　うちゅうひこうし
私 は、<u>宇 宙 飛行士</u>になりたい。

中	英		日	
行星	planet	`plænɪt	惑星	わく.せい
恆星	star	stɑr	恒星	こう.せい
黑洞	black hole	blæk hol	ブラックホール	
銀河	milky way	`mɪlkɪ we	銀河	ぎん.が
太空船	spacecraft	`spes,kræft	宇宙船	う.ちゅう.せん
太空站	space station	spes `steʃən	宇宙ステー ション	う.ちゅう.ス.テー. ション
太空人	astronaut	`æstrə,nɔt	宇宙飛行士	う.ちゅう.ひ.こう.し
外星人	alien	`elɪən	宇宙人	う.ちゅう.じん
飛碟	UFO (unidentified flying object)	`ju`ɛf`o (ʌnaɪ`dɛntɪ,faɪd `flaɪɪŋ `ɑbdʒɪkt)	UFO	ユー.フォー
衛星	natural satellite	`nætʃərəl `sætḷ,aɪt	衛星	えい.せい
人造衛星	artificial satellite	,ɑrtə`fɪʃəl `sætḷ,aɪt	人工衛星	じん.こう.えい.せい
彗星	comet	`kɑmɪt	彗星	すい.せい

天空	sky skaɪ	そら 空

彩虹出現了。

Here comes a rainbow.

にじ　で
虹が出た。

中	英		日	
氣球	balloon	bəˈlun	風船	ふう.せん
雲朵	cloud	klaʊd	雲	くも
流星	shooting star	ˈʃutɪŋ stɑr	流れ星	なが.れ.ぼし
雪	snow	sno	雪	ゆき
太陽	sun	sʌn	太陽	たい.よう
星星	star	stɑr	星	ほし
月亮	moon	mun	月	つき
滑翔翼	glider	ˈglaɪdə	ハングライダー	
彩虹	rainbow	ˈrenˌbo	虹	にじ
雪花	snowflake	ˈsnoˌflek	雪の結晶	ゆき.の.け.っしょう
雷	thunder	ˈθʌndə	雷	かみなり
閃電	lightning	ˈlaɪtnɪŋ	稲妻	いな.ずま

060

山區	mountain area `ˈmaʊntn̩ ˈɛrɪə`	さんち 山地

搭乘<u>纜車</u>。

Take the <u>cable car</u>.

<u>ロープウェイ</u>に乗^のる。

中	英		日	
森林	forest	`ˈfɔrɪst`	森林	しん.りん
小木屋	cottage	`ˈkɑtɪdʒ`	木の小屋	き.の.こ.や
登山客	hiker	`ˈhaɪkɚ`	登山客	と.ざん.きゃく
高山植物	mountain plant	`ˈmaʊntn̩ plænt`	高山植物	こう.ざん.しょく.ぶつ
纜車	cable car	`ˈkebl̩ kɑr`	ケーブルカー（地面）／ロープウェイ（空中）	
露天溫泉	hot spring	`hɑt sprɪŋ`	露天温泉	ろ.てん.おん.せん
霧	fog	`fɑg`	霧	きり
瀑布	waterfall	`ˈwɔtɚ.fɔl`	滝	たき
電塔	power tower	`ˈpaʊɚ ˈtaʊɚ`	鉄塔	て.っとう
落石	falling rocks	`ˈfɔlɪŋ rɑks`	落石	らく.せき
小溪	stream	`strim`	小川	お.がわ
山崩	landslide	`ˈlænd.slaɪd`	山崩れ	やま.くず.れ

餐車	food truck fud trʌk	キッチンカー

塗抹<u>果醬</u>。

Spread on <u>jam</u>.

<u>ジャム</u>を塗^ぬる。

中	英		日	
砧板	chopping board	ˋtʃɑpɪŋ bord	まな板	ま.な.いた
吸管	straw	strɔ	ストロー	
蕃茄醬	ketchup	ˋkɛtʃəp	ケチャップ	
胡椒	pepper	ˋpɛpɚ	胡椒	こ.しょう
紙袋	paper bag	ˋpepɚ bæg	紙袋	かみ.ぶくろ
紙杯	paper cup	ˋpepɚ kʌp	紙コップ	かみ.コ.ップ
紙巾	paper napkin	ˋpepɚ ˋnæpkɪn	紙ナプキン	かみ.ナ.プ.キ.ン
陳列櫃	display case	dɪˋsple kes	陳列棚	ちん.れつ.だな
招牌	shop signage	ʃɑp ˋsaɪnɪdʒ	看板	かん.ばん
遮雨棚	awning	ˋɔnɪŋ	オーニング	
老闆	owner	ˋonɚ	店主	てん.しゅ
顧客	customer	ˋkʌstəmɚ	客	きゃく

（速食店）櫃檯	counter `ˈkaʊntɚ	レジ

點餐。

Take an order.

<ruby>注 文<rt>ちゅうもん</rt></ruby>する。

中	英		日
菜單	menu	`ˈmɛnju	メニュー
店員	clerk	klɜk	店員　てん.いん
食物托盤	food tray	fud tre	トレー
吸管盒	straw box	strɔ bɑks	ストロー入れ　ス.ト.ロー.い.れ
餐巾盒	napkin box	`ˈnæpkɪn bɑks	紙ナプキンスタンド　かみ.ナ.プ.キ.ン.ス.タ.ン.ド
套餐	combo	`ˈkɑmbo	セットメニュー
折價券	coupon	`ˈkupɑn	割引券　わり.びき.けん
（主餐搭配的）附餐	side order	saɪd `ˈɔrdɚ	サイドメニュー
單一餐點	single order	`ˈsɪŋgl̩ `ˈɔrdɚ	単品　たん.ぴん
排隊	line	laɪn	列に並ぶ　れつ.に.なら.ぶ
點餐	order	`ˈɔrdɚ	注文　ちゅう.もん
得來速	drive through	draɪv θru	ドライブスルー

麵包店	bakery `bekərɪ	パン屋^や

夾取麵包。

Take the bread.

パンを取る。^と

中	英		日	
托盤	tray	tre	トレー	
夾子	tongs	tɔŋz	トング	
麵包	bread	brɛd	パン	
麵包籃	basket	`bæskɪt	バスケット	
烤吐司	toast	tost	トースト	
收銀機	cash register	kæʃ `rɛdʒɪstɚ	レジ	
店員	clerk	klɜk	店員	てん.いん
麵包師傅	baker	`bekɚ	パン職人	パ.ン.しょく.にん
展示架	display rack	dɪ`sple ræk	陳列棚	ちん.れつ.だな
試吃品	free sample	fri `sæmpl̩	試食品	し.しょく.ひん
手工餅乾	handmade cookie	`hænd.med `kukɪ	手作りクッキー	て.づく.り.ク.ッキー
生日蛋糕	birthday cake	`bɝθ.de kek	バースデーケーキ	

露天咖啡座	sidewalk café	カフェテラス
	ˈsaɪdˌwɔk kəˈfe	

坐有<u>遮陽傘</u>的座位。

Sit on the seat with an <u>umbrella</u>.

<u>パラソル</u>付きの席に座る。

中	英		日	
現場演奏	live performance	laɪv pɚˈfɔrməns	生演奏	なま.えん.そう
遮陽傘	sun umbrella	sʌn ʌmˈbrɛlə	パラソル	
侍者	waiter	ˈwetɚ	ホールスタッフ	
菜單	menu	ˈmɛnju	メニュー	
咖啡杯	coffee cup	ˈkɔfɪ kʌp	コーヒーカップ	
小湯匙	spoon	spun	コーヒースプーン	
糖罐	sugar jar	ˈʃugɚ dʒɑr	シュガーポット	
奶油球	creamer	ˈkrimɚ	コーヒーフレッシュ	
下午茶	afternoon tea	ˈæftɚˈnun ti	アフタヌーンティー	
蛋糕	cake	kek	ケーキ	
叉子	fork	fɔrk	フォーク	
(格子)鬆餅	waffle	ˈwafl̩	ワッフル	

065

| 辦公桌上 | on the office table
ɑn ðɪ ˈɔfɪs ˈtebl̩ | オフィスデスクの上
うえ |

使用<u>桌上型電腦</u>。

Use a <u>desktop computer.</u>

<u>デスクトップのパソコン</u>を使う。

中	英		日
筆記型電腦	notebook computer	ˈnotˌbuk kəmˈpjutɚ	ノートパソコン
電腦螢幕	computer monitor	kəmˈpjutɚ ˈmɑnətɚ	パソコンモニター
鍵盤	keyboard	ˈkiˌbord	キーボード
滑鼠	mouse	maus	マウス
滑鼠墊	mouse pad	maus pæd	マウスパッド
電腦喇叭	speaker	ˈspikɚ	スピーカー
膠帶台	tape dispenser	tep dɪˈspɛnsɚ	テープカッター
活頁夾	ring binder	rɪŋ ˈbaɪndɚ	リングバインダー
筆筒	penholder	ˈpɛnˌholdɚ	ペン立て　ペン.た.て
電話	telephone	ˈtɛləˌfon	電話　でん.わ
便利貼	post-it	ˈpostɪt	付箋　ふ.せん
便條紙	memo	ˈmɛmo	メモ用紙　メ.モ.よう.し

| 辦公室 | office `ɔfɪs | オフィス |

打卡。

Punch in.

タイムカードを押^おす。

中	英		日	
用隔板區隔的辦公座位	cubicle	`kjubɪkḷ	オフィスの個人スペース	オ.フィ.ス.の.こ.じん.ス.ペー.ス
檔案櫃	file cabinet	faɪl `kæbənɪt	ファイルキャビネット	
茶水間	pantry	`pæntrɪ	給湯室	きゅう.とう.しつ
影印機	photocopier	`fotə.kɑpɪɚ	コピー機	コ.ピー.き
印表機	printer	`prɪntɚ	プリンター	
傳真機	fax machine	fæks məʃin	ファックス	
辦公文具	office stationery	`ɔfɪs `steʃən.ɛrɪ	事務用品	じ.む.よう.ひん
空調系統	air conditioning system	ɛr kən`dɪʃənɪŋ `sɪstəm	空調システム	くう.ちょう.シ.ス.テ.ム
打卡鐘	time clock	taɪm klɑk	タイムレコーダー	
員工	employee	ˌɛmplɔɪ`i	職員	しょく.いん
老闆	employer	ɪm`plɔɪɚ	社長	しゃ.ちょう
會客室	reception room	rɪ`sɛpʃən rum	応接室	おう.せつ.しつ

會議室	conference room ˋkɑnfərəns rum	かいぎしつ 会議室

交換<u>名片</u>。

Exchange <u>business cards</u>.

<ruby>名<rt>めい</rt></ruby><ruby>刺<rt>し</rt></ruby>を<ruby>交<rt>こう</rt></ruby><ruby>換<rt>かん</rt></ruby>する。

中	英		日	
與會成員	participant	pɑrˋtɪsəpənt	参加者	さん.か.しゃ
會議桌	conference table	ˋkɑnfərəns ˋtebḷ	会議机	かい.ぎ.づくえ
折疊椅	folding chair	ˋfoldɪŋ tʃɛr	折畳み椅子	おり.たた.み.い.す
影像放映布幕	screen	skrin	スクリーン	
視訊會議	video conference	ˋvɪdɪo ˋkɑnfərəns	ビデオ会議	ビ.デ.オ.かい.ぎ
提案說明	proposal	prəˋpozḷ	企画説明	き.かく.せつ.めい
筆記型電腦	notebook computer	ˋnot.bʊk kəmˋpjutɚ	ノートパソコン	
客戶	client	ˋklaɪənt	顧客	こ.きゃく
會議主持人	chairman	ˋtʃɛrmən	会議司会者	かい.ぎ.し.かい.しゃ
麥克風	microphone	ˋmaɪkrə.fon	マイク	
白板	whiteboard	ˋhwaɪtbord	ホワイトボード	
會議大綱	outline	ˋaʊt.laɪn	概要	がい.よう

| 公園 | park
pɑrk | こうえん
公 園 |

騎<u>腳踏車</u>。

Riding a <u>bicycle</u>.

じ てんしゃ　の
<u>自転車</u>に乗る。

中	英		日	
噴泉	fountain	ˈfaʊntɪn	噴水	ふん.すい
蹺蹺板	seesaw	ˈsiˌsɔ	シーソー	
鞦韆	swing	swɪŋ	ブランコ	
單槓	chin-up bar	ˈtʃɪnˌʌp bɑr	鉄棒	てつ.ぼう
溜滑梯	slide	slaɪd	滑り台	すべ.り.だい
彈簧搖搖椅	spring rider	sprɪŋ ˈraɪdə	スプリング 遊具	ス.プ.リ.ン.グ. ゆう.ぐ
垃圾桶	trash can	træʃ kæn	ゴミ箱	ゴ.ミ.ばこ
涼亭	gazebo	gəˈzibo	屋根付き(の) 休憩場所	や.ね.つき.(の). きゅう.けい.ば.しょ
溜冰場	roller skating rink	ˈrolə ˈsketɪŋ rɪŋk	ローラースケートリンク	
飛盤	Frisbee	ˈfrɪzbi	フリスビー	
風箏	kite	kaɪt	凧	たこ
草坪	lawn	lɔn	芝生	しば.ふ

| 騎樓 | arcade ɑrˋked | アーケード |

要打<u>公共電話</u>。

Use a <u>public phone</u>.

こうしゅうでん わ　　でん わ
<u>公 衆 電話</u>から電話する。

中	英		日	
摩托車	motorcycle	ˋmotɚˌsaɪkl̩	バイク	
腳踏車	bicycle	ˋbaɪsɪkl̩	自転車	じ.てん.しゃ
商店	shop	ʃɑp	店	みせ
商店招牌	store sign	stor saɪn	店の看板	みせ.の.かん.ばん
攤販	street vendor	strit ˋvɛndɚ	露天商	ろ.てん.しょう
行人	pedestrian	pəˋdɛstrɪən	通行人	つう.こう.にん
住家	residence	ˋrɛzədəns	住宅	じゅう.たく
門牌號碼	house number	haʊs ˋnʌmbɚ	番地番号	ばん.ち.ばん.ごう
公共電話	public phone	ˋpʌblɪk fon	公衆電話	こう.しゅう.でん.わ
導盲磚	curbs for the blind	kɝbz fɔr ðə blaɪnd	誘導ブロック	ゆう.どう.ブ.ロ.ック
塗鴉	graffiti	græˋfɪtɪ	落書き	らく.が.き
自動販賣機	vending machine	ˋvɛndɪŋ məˋʃin	自動販売機	じ.どう.はん.ばい.き

地下道	underpass `ʌndɚˌpæs	ちかどう 地下道

造型搶眼的街頭藝人。

eye-catching street performer.

きばつ　かっこう
奇抜な格好をした、ストリートパフォーマー。

中	英		日	
路人	passerby	`pæsɚˈbaɪ	通行人	つう.こう.にん
街頭藝人	street performer	strit pɚˈfɔrmɚ	ストリートパフォーマー	
遊民	homeless person	`homlɪs `pɝsn̩	ホームレス	
老鼠	rat	ræt	ネズミ	
垃圾桶	trash can	træʃ kæn	ゴミ箱	ゴ.ミ.ばこ
海報	poster	`postɚ	ポスター	
階梯	stairs	stɛrz	階段	かい.だん
乞丐	beggar	`bɛgɚ	物乞い	もの.ご.い
算命攤	fortuneteller stand	`fɔrtʃənˌtɛlɚ stænd	占いブース	うらな.い.ブー.ス
排水溝	drain	dren	排水溝	はい.すい.こう
扶手欄杆	rail	rel	手すり	て.す.り
導盲磚	curbs for the blind	kɝbz fɔr ðə blaɪnd	誘導ブロック	ゆう.どう.ブ.ロ.ック

| 便利商店 | convenience store
kən`vinjəns stor | コンビニ |

使用<u>影印機</u>。

Use a <u>photocopier</u>.

コ　りょう
<u>コピー機</u>を利用する。

中	英		日	
影印機	photocopier	`fotə,kɑpɪɚ	コピー機	コ.ピー.き
傳真機	fax machine	fæks mə`ʃin	ファックス	
自動櫃員機	ATM	`e`ti`ɛm	ATM	エー.ティー.エム
結帳櫃檯	check-out counter	`tʃɛk,aut `kauntə	レジ	
報紙架	newspaper rack	`njuz,pepə ræk	新聞コーナー	しん.ぶん.コー.ナー
雜誌架	magazine shelf	,mægə`zin ʃɛlf	雑誌コーナー	ざ.っし.コー.ナー
書籍櫃位	book shelf	buk ʃɛlf	書籍コーナー	しょ.せき.コー.ナー
香菸櫃位	cigarette rack	,sɪgə`rɛt ræk	タバココーナー	
零食架	snack rack	snæk ræk	スナックコーナー	
飲料櫃	beverage cabinet	`bɛvərɪdʒ `kæbənɪt	ドリンクコーナー	
麵包架	bread rack	brɛd ræk	ベーカリーコーナー	
冰品櫃	freezer	`frizə	アイスコーナー	

郵局	post office post ˋɔfɪs	ゆうびんきょく 郵 便 局

貼<u>郵票</u>。

Glue on the <u>postal stamp</u>.

きって　は
<u>切手</u>を貼る。

中	英		日	
郵差	mailman	ˋmelˌmæn	郵便配達員	ゆう.びん.はい.たつ.いん
信件	letter	ˋlɛtɚ	手紙	て.がみ
掛號信	registered mail	ˋrɛdʒɪstɚd mel	書留	かき.とめ
包裹	package	ˋpækɪdʒ	小包	こ.づつみ
快捷郵件	express mail	ɪkˋsprɛs mel	速達	そく.たつ
海運郵件	sea mail	si mel	船便	ふな.びん
航空郵件	air mail	ɛr mel	航空便	こう.くう.びん
郵戳	postmark	ˋpostˌmɑrk	消印	けし.いん
明信片	postcard	ˋpostˌkɑrd	はがき	
信封	envelope	ˋɛnvəˌlop	封筒	ふう.とう
郵票	stamp	stæmp	切手	き.って
郵筒	mail drop	mel drɑp	ポスト	

銀行櫃檯	bank counter bæŋk ˋkaʊntɚ	ぎんこうまどぐち 銀行窓口

我要<u>提款</u>。

I would like to <u>withdraw some money</u>.

かね　お
お金を下ろしたい。

中	英		日	
銀行行員	teller	ˋtɛlɚ	銀行員	ぎん.こう.いん
存摺	passbook	ˋpæs.bʊk	通帳	つう.ちょう
提款單	withdrawal slip	wɪðˋdrɔəl slɪp	払戻請求書	はらい.もどし.せい.きゅう.しょ
存款單	deposit slip	dɪˋpɑzɪt slɪp	入金票	にゅう.きん.ひょう
匯款單	remittance form	rɪˋmɪtns fɔrm	振込用紙	ふり.こみ.よう.し
印泥	ink	ɪŋk	朱肉	しゅ.にく
鈔票	bill	bɪl	紙幣	し.へい
外幣	foreign currency	ˋfɔrɪn ˋkɝɛnsɪ	外国貨幣	がい.こく.か.へい
支票	check	tʃɛk	小切手	こ.ぎ.って
監視器	security camera	sɪˋkjʊrətɪ ˋkæmərə	監視カメラ	かん.し.カ.メ.ラ
點鈔機	bill counter	bɪl ˋkaʊntɚ	紙幣計数機	し.へい.けい.すう.き
叫號顯示器	display screen	dɪˋsple skrin	番号表示機	ばん.ごう.ひょう.じ.き

藥局	pharmacy ˈfɑrməsɪ	やっきょく 薬 局

我要買OK繃。

I would like to buy band-aids.

<ruby>絆 創 膏<rt>ばんそうこう</rt></ruby>を<ruby>買<rt>か</rt></ruby>いたい。

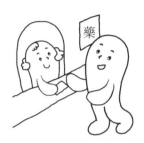

中	英		日	
藥師	pharmacist	ˈfɑrməsɪst	薬剤師	やく.ざい.し
處方籤	prescription	prɪˈskrɪpʃən	処方箋	しょ.ほう.せん
膠囊	capsule	ˈkæpsḷ	カプセル	
藥片	tablet	ˈtæblɪt	錠剤	じょう.ざい
維他命	vitamin	ˈvaɪtəmɪn	ビタミン	
咳嗽糖漿	cough syrup	kɔf ˈsɪrəp	咳止めシロップ	せき.ど.め.シ.ロ.ップ
藥膏	ointment	ˈɔɪntmənt	軟膏	なん.こう
繃帶	bandage	ˈbændɪdʒ	包帯	ほう.たい
OK 繃	band-aid	ˈbændˌed	絆創膏	ばん.そう.こう
止痛藥	painkiller	ˈpenˌkɪlɚ	痛み止め	いた.み.ど.め
避孕藥	birth control pill	ˈbɝθ kənˈtrol pɪl	ピル	
衛生棉	sanitary napkin	ˈsænəˌtɛrɪ ˈnæpkɪn	生理用ナプキン	せい.り.よう.ナ.プ.キ.ン

傳統市場	traditional market trəˈdɪʃənḷ ˈmɑrkɪt	いちば 市場

我要去買<u>水果</u>。

I am going to buy some <u>fruit</u>.

くだもの　か
<u>果物</u>を買いたい。

中	英		日	
小吃攤	food stand	fud stænd	屋台	や.たい
磅秤	scale	skel	計量器	けい.りょう.き
熟食	cooked food	kʊkt fud	加熱した食べ物	か.ねつ.し.た.た.べ.もの
生食	raw food	rɔ fud	ローフード	
家庭主婦	housewife	ˈhaʊsˌwaɪf	主婦	しゅ.ふ
菜販	vegetable stand	ˈvɛdʒətəbḷ stænd	八百屋	や.お.や
肉販	meat stand	mit stænd	肉屋	にく.や
蔬菜	vegetable	ˈvɛdʒətəbḷ	野菜	や.さい
水果	fruit	frut	果物	くだ.もの
乾貨	dry food	draɪ fud	乾物	かん.ぶつ
海鮮	seafood	ˈsiˌfud	海鮮	かい.せん
醃漬物	pickle	ˈpɪkḷ	漬物	つけ.もの

電梯	elevator `ɛləˌvetə	エレベーター

電梯門開了。

The elevator door is open.

エレベーターのドアが開いた。

中	英		日
電梯門	elevator door	`ɛləˌvetə dor	エレベーターのドア
緊急按鈕	alarm button	əˈlɑrm `bʌtn̩	緊急ボタン きん.きゅう.ボ.タ.ン
對講機	emergency intercom	ɪˈmɝdʒənsɪ `ɪntəˌkɑm	インターホン
開門鈕	door-open button	`dor`opən `bʌtn̩	"開く"ボタン "ひら.く"ボ.タ.ン
關門鈕	door-close button	`dorˌkloz `bʌtn̩	"閉じる"ボタン "と.じ.る"ボ.タ.ン
向上按鈕	up button	ʌp `bʌtn̩	上ボタン うえ.ボ.タ.ン
向下按鈕	down button	daun `bʌtn̩	下ボタン した.ボ.タ.ン
樓層按鈕	floor button	flor `bʌtn̩	フロアボタン
樓層簡介表	floor directory	flor dəˈrɛktərɪ	フロア案内 フ.ロ.ア.あん.ない
顯示螢幕	screen	skrin	モニター
禁菸標示	no smoking sign	no `smokɪŋ saɪn	禁煙表示 きん.えん.ひょう.じ
電梯小姐	elevator girl	`ɛləˌvetə gɝl	エレベーターガール

花店	flower store `flauɚ stor	はなや 花屋

送妳花。

I would like to give you these <u>flowers</u>.

あなたに<ruby>花<rt>はな</rt></ruby>をプレゼントします。

中	英		日	
花束	wrapped bouquet	ræpt buˈke	花束	はな.たば
鮮花	flower	`flauɚ	生花	せい.か
乾燥花	dried flower	draɪd `flauɚ	ドライフラワー	
花盆	flower pot	`flauɚ pɑt	植木鉢	うえ.き.ばち
澆花器	watering can	`wɔtərɪŋ kæn	如雨露	じょ.う.ろ
緞帶	ribbon	`rɪbən	リボン	
卡片	card	kɑrd	カード	
花瓶	vase	ves	花瓶	か.びん
工作圍裙	apron	`eprən	エプロン	
花籃	flower basket	`flauɚ `bæskɪt	フラワーバスケット	
盆栽	plant	plænt	盆栽	ぼん.さい
橡膠手套	rubber glove	`rʌbɚ glʌv	ゴム手袋	ゴ.ム.て.ぶくろ

美容院	beauty salon `ˈbjutɪ səˈlɑn	びょういん 美容 院

我想換個<u>髮型</u>。

I would like to change my <u>hairstyle</u>.

かみがた　か
<u>髮 型</u>を変えたい。

中	英		日	
髮型設計師	hairdresser	`hɛrˌdrɛsɚ	美容師	び.よう.し
吹風機	hair dryer	hɛr ˈdraɪɚ	ドライヤー	
梳子	comb	kom	ブラシ	
沖水台	shampoo sink	ʃæmˈpu sɪŋk	シャンプー台	シャ.ン.プー.だい
剪頭髮穿的袍子	hair cutting cape	hɛr ˈkʌtɪŋ kæp	カットクロス	
染髮劑	hair dye	hɛr daɪ	カラーリング剤	カ.ラー.リ.ン.グ.ざい
潤髮乳	conditioner	kənˈdɪʃənɚ	コンディショナー	
洗髮精	shampoo	ʃæmˈpu	シャンプー	
假髮	wig	wɪg	鬘	かつら
髮捲	hair curler	hɛr ˈkɜlɚ	カーラー	
造型產品	styling product	ˈstaɪlɪŋ ˈprɑdəkt	スタイリング製品	ス.タ.イ.リ.ン.グ.せい.ひん
髮型雜誌	hair magazine	hɛr ˌmæɡəˈzin	ヘア雑誌	ヘ.ア.ざっし

| 戶外廣場 | outdoor plaza `aʊt.dor `plæzə | やがいひろば
野外 広場 |

我想要外出走走。

I want to take a walk <u>outside</u>.

そと　ある
<u>外</u>を歩きたい。

中	英		日	
花壇	flower bed	`flaʊə bɛd	花壇	か.だん
街頭藝人	street performer	strit pə`fɔrmə	ストリートパフォーマー	
雕像	statue	`stætʃʊ	銅像	どう.ぞう
鴿子	pigeon	`pɪdʒɪn	鳩	はと
遊客	tourist	`tʊrɪst	観光客	かん.こう.きゃく
噴泉	fountain	`faʊntɪn	噴水	ふん.すい
音樂會	music concert	`mjuzɪk `kansət	コンサート	
市集	market	`markɪt	マーケット	
跳蚤市場	flea market	fli `markɪt	フリーマーケット	
許願池	wishing pond	`wɪʃɪŋ pand	願い池	ねが.い.いけ
紀念碑	monument	`manjəmənt	記念碑	き.ねん.ひ
鐘塔	clock tower	klak `taʊə	時計台	と.けい.だい

行李箱	suitcase `ˈsutˌkes	スーツケース

要出發去旅行了！

We are about to start the journey.

いま　　　りょこう　しゅっぱつ
今から旅行に 出 発する。

中	英		日	
換洗衣物	change of clothing	tʃendʒ ɑv ˈkloðɪŋ	着替え	き.が.え
盥洗用具	toiletry	ˈtɔɪlɪtrɪ	洗面用具	せん.めん.よう.ぐ
地圖	map	mæp	地図	ち.ず
收納袋	storage bag	ˈstorɪdʒ bæg	収納袋	しゅう.のう.ぶくろ
收納盒	storage box	ˈstorɪdʒ bɑks	収納ケース	しゅう.のう.ケー.ス
藥品	medicine	ˈmɛdəsn̩	薬	くすり
筆記本	notebook	ˈnotˌbuk	ノート	
密碼鎖	combination lock	ˌkɑmbəˈneʃən lɑk	ダイヤル錠	ダ.イ.ヤ.ル.じょう
拉鍊	zip	zɪp	ファスナー	
暗袋	hidden pocket	ˈhɪdn̩ ˈpɑkɪt	シークレットポケット	
皮夾	wallet	ˈwɑlɪt	財布	さい.ふ
充電器	charger	ˈtʃɑrdʒɚ	充電器	じゅう.でん.き

95

車禍現場	car accident scene kɑr ˈæksədənt sin	こうつうじ こ げんば 交 通 事故 現場

發生車禍了！

There is a car accident.

こうつうじ こ　　お
交 通 事故が起こった。

中	英		日	
醫護人員	paramedic	ˌpærəˈmɛdɪk	救護員	きゅう.ご.いん
救護車	ambulance	ˈæmbjələns	救急車	きゅう.きゅう.しゃ
擔架	stretcher	ˈstrɛtʃə	担架	たん.か
車輛故障 三角牌	warning triangle	ˈwɔrnɪŋ ˈtraɪæŋgl̩	三角表示板	さん.かく.ひょう. じ.ばん
封鎖線	cordon	ˈkɔrdn̩	規制線	き.せい.せん
駕駛	driver	ˈdraɪvə	運転者	うん.てん.しゃ
拖吊車	tow truck	to trʌk	レッカー車	レ.ッ.カー.しゃ
卡車	truck	trʌk	トラック	
小客車	passenger vehicle	ˈpæsn̩dʒə ˈviɪkl̩	乗用車	じょう.よう.しゃ
警車	police car	pəˈlis kɑr	パトカー	
交通警察	traffic police	ˈtræfɪk pəˈlis	交通警察	こう.つう.けい.さつ
傷患	injured person	ˈɪndʒəd ˈpɚsn̩	怪我人	け.が.にん

火災現場	fire spot faɪr spɑt	かさいげんば 火災 現場

失<u>火</u>了！

There is a <u>fire</u>.

^{か じ}
<u>火事</u>だ。

中	英		日	
消防員	firefighter	ˈfaɪrˌfaɪtɚ	消防員	しょう.ぼう.いん
消防車	fire engine	faɪr ˈɛndʒən	消防車	しょう.ぼう.しゃ
雲梯車	ladder truck	ˈlædɚ trʌk	はしご車	は.し.ご.しゃ
水箱車	tanker truck	ˈtæŋkɚ trʌk	タンク車	タ.ン.ク.しゃ
救護車	ambulance	ˈæmbjələns	救急車	きゅう.きゅう.しゃ
氧氣罩	oxygen mask	ˈɑksədʒən mæsk	酸素マスク	さん.そ.マ.ス.ク
濃煙	thick smoke	θɪk smok	濃い煙	こ.い.けむり
灰燼	ash	æʃ	灰	はい
圍觀人群	bystander	ˈbaɪˌstændɚ	見物人	けん.ぶつ.にん
救生氣墊	rescue air cushion	ˈrɛskju ɛr ˈkuʃən	救助マット	きゅう.じょ.マ.ット
消防水帶	fire hose	faɪr hoz	消防ホース	しょう.ぼう.ホー.ス
滅火器	fire extinguisher	faɪr ɪkˈstɪŋgwɪʃɚ	消火器	しょう.か.き

警察局	police station pəˈlis ˈsteʃən	けいさつしょ 警 察 署

警察把我攔下。

The <u>police</u> stopped me.

わたし けいさつ と
私 は<u>警察</u>に止められた。

中	英		日	
便衣警察	plainclothes officer	ˈplenˈkloz ˈɔfəsɚ	私服警官	し.ふく.けい.かん
警察	police	pəˈlis	警察	けい.さつ
警棍	nightstick	ˈnaɪt.stɪk	警棒	けい.ぼう
臂章	patch	pætʃ	パッチ	
警徽	police badge	pəˈlis bædʒ	ポリスバッジ	
手槍	handgun	ˈhænd.gʌn	拳銃	けん.じゅう
警帽	police hat	pəˈlis hæt	警察帽	けい.さつ.ぼう
手銬	handcuffs	ˈhænd.kʌfs	手錠	て.じょう
犯人	criminal	ˈkrɪmənl̩	犯人	はん.にん
嫌疑犯	suspect	ˈsəspɛkt	容疑者	よう.ぎ.しゃ
受害者	victim	ˈvɪktɪm	被害者	ひ.がい.しゃ
偵訊室	interrogation room	ɪnˌtɛrəˈgeʃən rum	取調室	とり.しらべ.しつ

| 加護病房 | ICU `aɪˈsiˈju | しゅうちゅうちりょうしつ
集 中 治 療 室 |

醫生幫我看病。

The doctor examined me.

わたし いしゃ み
私 は、医者に診てもらった。

中	英		日
重症患者	critical patient	ˈkrɪtɪkl̩ ˈpeʃənt	重症患者	じゅう.しょう.かん.じゃ
主治醫師	doctor in charge	ˈdɑktə ɪn tʃɑrdʒ	主治医	しゅ.じ.い
值班護士	nurse on-duty	nɝs ˌɑnˈdjutɪ	当直看護師	とう.ちょく.かん.ご.し
呼吸器	ventilator	vɛntl̩ˌetə	人工呼吸器	じん.こう.こ.きゅう.き
心電圖	EKG (electrocardiogram)	ˈiˈkeˈdʒi (ɪˌlɛktroˈkɑrdɪəˌgræm)	心電図	しん.でん.ず
點滴	intravenous drip	ˌɪntrəˈvinəs drɪp	点滴	てん.てき
探病時間	visiting hour	ˈvɪzɪtɪŋ aur	面会時間	めん.かい.じ.かん
心臟電擊器	defibrillator	dɪˈfɪbrəˈletə	除細動器	じょ.さい.どう.き
昏迷指數	coma scale	ˈkomə skel	意識レベル	い.しき.レ.ベ.ル
緊急呼叫鈴	emergency call button	ɪˈmɜdʒənsɪ kɔl ˈbʌtn̩	緊急ボタン	きん.きゅう.ボ.タ.ン
氧氣罩	oxygen mask	ˈɑksədʒən mæsk	酸素マスク	さん.そ.マ.ス.ク
手術服	scrubs	skrʌbz	スクラブ	

| 攝影棚 | movie or TV studio
ˈmuvɪ ɔr ˈtiˈvi ˈstjudɪo | さつえい
撮 影 スタジオ |

拍攝影片。

Making films.

えいぞう　と
映 像を撮る。

中	英		日	
藝人	artist	ˈɑrtɪst	芸能人	げい.のう.じん
主持人	MC (master of ceremony)	ˈɛmˈsi (ˈmæstɚ ɑv ˈsɛrəˌmonɪ)	司会者	し.かい.しゃ
導播	program director	ˈprogræm dəˈrɛktɚ	プログラムディレクター	
製作人	producer	prəˈdjusɚ	プロデューサー	
背景	background	ˈbækˌgraund	背景	はい.けい
迷你麥克風	mini mic	ˈmɪnɪ maɪk	ミニマイク	
燈光師	gaffer	ˈgæfɚ	照明係	しょう.めい.がかり
聚光燈	spotlight	ˈspɑtˌlaɪt	スポットライト	
化妝師	makeup artist	ˈmekʌp ˈɑrtɪst	メイクアップアーティスト	
節目流程	rundown	ˈrʌnˌdaun	番組の流れ	ばん.ぐみ.の.ながれ
攝影機	camera	ˈkæmərə	カメラ	
攝影師	cameraman	ˈkæmərəˌmæn	カメラマン	

動物醫院	animal hospital `ænəml `hɑspɪtl̩	どう ぶつ びょう いん 動 物 病 院

小狗生病了。

The <u>puppy</u> is sick.

ペットの<u>犬</u>が 病 気になった。
（いぬ）（びょう き）

中	英		日	
獸醫	veterinarian	ˌvɛtərə`nɛrɪən	獣医	じゅう.い
護士	nurse	nɝs	看護師	かん.ご.し
動物	animal	`ænəml̩	動物	どう.ぶつ
注射	injection	ɪn`dʒɛkʃən	注射	ちゅう.しゃ
針筒	syringe	`sɪrɪndʒ	注射器	ちゅう.しゃ.き
麻醉劑	anesthesia	ˌænəs`θiʒə	麻酔	ま.すい
鎮靜劑	sedative	`sɛdətɪv	鎮静剤	ちん.せい.ざい
體溫計	thermometer	θɚ`mɑmətɚ	体温計	たい.おん.けい
等候室	waiting room	`wetɪŋ rum	待合室	まち.あい.しつ
診療室	examination room	ɪg.zæmən`neʃən rum	診察室	しん.さつ.しつ
手術室	operating room	`ɑpəretɪŋ rum	手術室	しゅ.じゅつ.しつ
狂犬病疫苗	rabies vaccine	`rebiz `væksin	狂犬病ワクチン	きょう.けん.びょう.ワ.ク.チ.ン

命案現場	crime scene kraɪm sin	さつじんげんば 殺　人　現　場

凶器是手槍。

The <u>murder weapon</u> is a handgun.

<ruby>凶<rt>きょう</rt></ruby><ruby>器<rt>き</rt></ruby>は<ruby>拳<rt>けん</rt></ruby><ruby>銃<rt>じゅう</rt></ruby>です。

中	英		日	
血跡	bloodstain	`blʌd͵sten	血痕	け.っ.こん
凶器	murder weapon	`mɝdə `wɛpən	凶器	きょう.き
死前留言	dying message	`daɪɪŋ `mɛsɪdʒ	ダイイングメッセージ	
指紋	fingerprint	`fɪŋgɚ͵prɪnt	指紋	し.もん
鞋印	shoeprint	`ʃu͵prɪnt	足跡	あし.あと
目擊證人	witness	`wɪtnɪs	目擊者	もく.げき.しゃ
警察	police	pə`lis	警察	けい.さつ
法醫	coroner	`kɔrənə	法医	ほう.い
屍體	corpse	kɔrps	遺体	い.たい
倖存者	survivor	sə`vaɪvə	生存者	せい.ぞん.しゃ
封鎖線	cordon	`kɔrdn̩	規制線	き.せい.せん
證物袋	evidence bag	`ɛvədəns bæg	証拠品袋	しょう.こ.ひん. ぶくろ

（天主教）教堂裡	in a Catholic church ɪn ə ˈkæθəlɪk tʃɜtʃ	きょうかい 教 会 で

大家一起唱聖歌。

Let's sing the hymn.

みんなで聖歌を歌おう。
せいか うた

中	英		日	
聖母像	Virgin Mary Statue	ˈvɜdʒɪn ˈmɛrɪ ˈstætʃʊ	聖母像	せい.ぼ.ぞう
十字架	cross	krɔs	十字架	じゅう.じ.か
耶穌像	statue of Jesus	ˈstætʃʊ ɑv ˈdʒizəs	キリスト像	キ.リ.ス.ト.ぞう
壁畫	mural	ˈmjʊrəl	壁画	へき.が
彩繪玻璃	stained glass	stend glæs	ステンドグラス	
聖經	Bible	ˈbaɪbḷ	聖書	せい.しょ
神職人員	clergy	ˈklɜdʒɪ	聖職者	せい.しょく.しゃ
修女	nun	nʌn	修道女	しゅう.どう.じょ
神父	priest	prist	神父	しん.ぷ
唱詩班	choir	kwaɪr	聖歌隊	せい.か.たい
彌撒／ 禮拜儀式	mass	mæs	ミサ	
教宗	Pope	pop	教皇	きょう.こう

103

| 寺廟裡 | in the temple
ɪn ðə tɛmpḷ | てら
寺 で |

來擲筊吧！

Let's throw the divining blocks.

<ruby>台湾式<rt>たいわんしき</rt></ruby>おみくじをしましょう。

中	英		日	
佛經	Buddhist scripture	ˋbudɪst ˋskrɪptʃɚ	お経	お.きょう
神壇	altar	ˋɔltɚ	神壇	しん.だん
祭品	sacrifice	ˋsækrəˏfaɪs	お供え物	お.そな.え.もの
佛像	Buddhist statue	ˋbudɪst ˋstætʃu	仏像	ぶつ.ぞう
籤筒	lots container	lɑts kənˋtenɚ	籤筒	くじ.づつ
籤詩	fortune slip	ˋfɔrtʃən slɪp	御神籤	お.み.くじ
筊杯	divining blocks	dəˋvaɪnɪŋ blɑkz	台湾式お みくじ	たい.わん.しき.お. み.くじ
護身符	amulet	ˋæmjəlɪt	お守り	お.まも.り
線香	incense	ˋɪnsɛns	線香	せん.こう
香爐	incense burner	ˋɪnsɛns ˋbɝnɚ	香炉	こう.ろ
僧侶	monk	mʌŋk	僧侶	そう.りょ
尼姑	nun	nʌn	尼	あま

溫室裡	in the greenhouse ɪn ðə ˈgrin.haʊs	おんしつ 温室で

我吃有機蔬菜。

I eat <u>organic vegetables</u>.

<ruby>私<rt>わたし</rt></ruby> は、<u><ruby>有機野菜<rt>ゆう き や さい</rt></ruby></u>を<ruby>食<rt>た</rt></ruby>べている。

中	英		日	
植物	plant	plænt	植物	しょく.ぶつ
小鏟子	scoop	skup	スコップ	
大鏟子	shovel	ˈʃʌvl̩	シャベル	
雜草	weed	wid	雜草	ざ.っそう
害蟲	harmful insect	ˈhɑrmfəl ˈɪnsɛkt	害虫	がい.ちゅう
土壤	soil	sɔɪl	土壤	ど.じょう
肥料	fertilizer	ˈfɝtl̩.aɪzɚ	肥料	ひ.りょう
除蟲劑	pesticide	ˈpɛstɪ.saɪd	殺虫剤	さ.っちゅう.ざい
有機蔬菜	organic vegetable	ɔrˈgænɪk ˈvɛdʒətəbl̩	有機野菜	ゆう.き.や.さい
有機水果	organic fruit	ɔrˈgænɪk frut	有機果物	ゆう.き.くだ.もの
農藥噴霧器	pesticide sprayer	ˈpɛstɪ.saɪd ˈspreɚ	農薬噴霧器	のう.やく.ふん.む.き
灑水設備	sprinkler	ˈsprɪŋklɚ	スプリンクラー	

| 建築工地 | construction site
kənˈstrʌkʃən saɪt | けんちくげんば
建築現場 |

戴上安全帽。

Put on my <u>helmet</u>.

<u>ヘルメット</u>をかぶる。

中	英		日	
鷹架	scaffold	ˈskæfḷd	足場	あし.ば
建築工人	construction worker	kənˈstrʌkʃən ˈwɝkɚ	建築作業員	けん.ちく.さ.ぎょう.いん
建築師	architect	ˈɑrkəˌtɛkt	建築家	けん.ちく.か
吊車	crane truck	kren trʌk	クレーン車	ク.レー.ン.しゃ
地基	foundation	faʊnˈdeʃən	基礎	き.そ
磚塊	brick	brɪk	レンガ	
臨時工	temporary worker	ˈtɛmpəˌrɛrɪ ˈwɝkɚ	臨時作業員	りん.じ.さ.ぎょう.いん
起重機	crane	kren	クレーン	
鋼筋混凝土	reinforced concrete	ˌriɪnˈfɔrst ˈkɑnkrit	鉄筋コンクリート	て.っきん.コ.ン.ク.リー.ト
安全帽	helmet	ˈhɛlmɪt	ヘルメット	
監工者	supervisor	ˈsupɚˌvaɪzɚ	現場監督	げん.ば.かん.とく
手推車	wheelbarrow	ˈhwilˌbæro	一輪車	いち.りん.しゃ

| 記者會 | press conference `prɛs ˌkɑnfərəns | きしゃかいけん 記者会見 |

記者會開始了。

The press conference has just started.

きしゃかいけん　はじ
記者会見が始まった。

中	英		日	
記者	reporter	rɪ`portɚ	記者	き.しゃ
攝影機	camera	`kæmərə	カメラ	
發言人	spokesperson	`spoksˌpɝsn̩	発表者	は.っぴょう.しゃ
受害者	victim	`vɪktɪm	被害者	ひ.がい.しゃ
名人	celebrity	sɪ`lɛbrətɪ	有名人	ゆう.めい.じん
律師	lawyer	`lɔjɚ	弁護士	べん.ご.し
攝影師	photographer	fə`tagrəfɚ	カメラマン	
麥克風	microphone	`maɪkrəˌfon	マイク	
SNG 車	SNG car (satellite news gathering)	`ɛsˈɛnˈdʒi kar (`sætl̩ˌaɪt njuz `gæðərɪŋ)	SNG車	エス.エヌ.ジー.しゃ
保鏢	bodyguard	`badɪˌgard	ボディーガード	
警衛	security	sɪ`kjʊrətɪ	ガードマン	
狗仔隊	paparazzi	ˌpapə`ratsɪ	パパラッチ	

法院裡	in the court ɪn ðə kɔrt	ほうてい 法廷で

被告不停地哭泣。

The defendant is crying non-stop.

ひこく　な　つづ
被告が泣き続けている。

中	英		日	
法官	judge	dʒʌdʒ	裁判官	さい.ばん.かん
法庭	court	kɔrt	法廷	ほう.てい
檢察官	prosecutor	ˋprɑsɪˌkjutɚ	検察官	けん.さつ.かん
陪審員	juror	ˋdʒʊrɚ	陪審員	ばい.しん.いん
證人	witness	ˋwɪtnɪs	証人	しょう.にん
證詞	testimony	ˋtɛstəˌmonɪ	証言	しょう.げん
旁聽席	public gallery	ˋpʌblɪk ˋgælərɪ	傍聴席	ぼう.ちょう.せき
原告	plaintiff	ˋplentɪf	原告	げん.こく
被告	defendant	dɪˋfɛndənt	被告	ひ.こく
證據	evidence	ˋɛvədəns	証拠	しょう.こ
判決	judgment	ˋdʒʌdʒmənt	判決	はん.けつ
辯護律師	attorney	əˋtɝnɪ	弁護人	べん.ご.にん

上課時	during a lecture ˈdjʊrɪŋ ə ˈlɛktʃɚ	じゅぎょうちゅう 授　業　中

課堂<u>聽講</u>。

<u>Taking a lecture</u> in class.

じゅぎょう　き
授 業 を聞く。

中	英		日	
發呆	absent-minded	ˈæbsnt-ˈmaɪndɪd	ぼうっとする	
做筆記	take notes	tek nots	ノートを取る	ノー.ト.を.と.る
打瞌睡	doze	doz	居眠りをする	い.ねむ.り.を.す.る
傳紙條	pass a note	pæs ə not	手紙回し	て.がみ.まわ.し
遲到	late	let	遅刻	ち.こく
早退	leave early	liv ˈɝlɪ	早退	そう.たい
體罰	corporal punishment	ˈkɔrpərəl ˈpʌnɪʃmənt	体罰	たい.ばつ
小考	quiz	kwɪz	小テスト	しょう.テ.ス.ト
點名	roll call	rol kɔl	出席を取る	しゅ.っせき.を.と.る
出席	present	ˈprɛznt	出席	しゅ.っせき
缺席	absent	ˈæbsnt	欠席	け.っせき
蹺課	skip class	skɪp klæs	授業をさぼる	じゅ.ぎょう.を.さ.ぼ.る

095

學校生活	school life skul laɪf	がっこうせいかつ 学 校 生 活

和班上同學交談。

Speaking with <u>classmates</u>.

<u>クラスメート</u>と話す。

中	英		日	
上學	go to school	go tu skul	学校へ行く	が.っこう.へ.い.く
放學	after school	ˋæftɚ skul	放課後	ほう.か.ご
開學	semester start	səˋmɛstɚ start	始業	し.ぎょう
作業	homework	ˋhom͵wɝk	宿題	しゅく.だい
上學期	first semester	fɝst səˋmɛstɚ	前期	ぜん.き
下學期	second semester	ˋsɛkənd səˋmɛstɚ	後期	こう.き
學費	tuition	tjuˋɪʃən	学費	がく.ひ
註冊	enroll	ɪnˋrol	登録	とう.ろく
午休時間	lunch break	lʌntʃ brek	昼休み	ひる.やす.み
寒假	winter vacation	ˋwɪntɚ veˋkeʃən	冬休み	ふゆ.やす.み
暑假	summer vacation	ˋsʌmɚ veˋkeʃən	夏休み	なつ.やす.み
校慶	school birthday	skul ˋbɝθ͵de	創立記念日	そう.りつ.き.ねん.び

讀書	study ˋstʌdɪ	べんきょう 勉 強

啊～唸書好無趣～

Man, studying is boring.

ああ、勉 強はつまらない。

中	英		日	
知識	knowledge	ˋnɑlɪdʒ	知識	ち.しき
畫重點	underline	ˌʌndɚˋlaɪn	下線を引く	か.せん.を.ひ.く
背誦	recite	rɪˋsaɪt	暗唱	あん.しょう
理解	understand	ˌʌndɚˋstænd	理解	り.かい
預習	preview	ˋpriˌvju	予習	よ.しゅう
複習	review	rɪˋvju	復習	ふく.しゅう
讀書計畫	study plan	ˋstʌdɪ plæn	学習計画	がく.しゅう.けい.かく
成績優秀	straight A's	stret ez	成績優秀	せい.せき.ゆう.しゅう
專心	focus	ˋfokəs	集中	しゅう.ちゅう
不專心	not focus	nɑt ˋfokəs	気が散る	き.が.ち.る
書呆子	nerd	nɝd	がり勉	が.り.べん
壓力	pressure	ˋprɛʃɚ	プレッシャー	

考試	examination ɪɡˌzæməˋneʃən	テスト

交卷。

Turn in the answer sheet.

テストを<ruby>提 出<rt>ていしゅつ</rt></ruby>する。

考試時間
50分鐘

中	英		日	
答案	answer	ˋænsɚ	答え	こたえ
考卷	question paper	ˋkwɛstʃən ˋpepɚ	問題用紙	もん.だい.よう.し
答案紙	answer sheet	ˋænsɚ ʃit	答案用紙	とう.あん.よう.し
合格	pass	pæs	合格	ごう.かく
不合格	fail	fel	不合格	ふ.ごう.かく
作弊	cheat	tʃit	カンニング	
可帶課本和筆記	open book	ˋopən buk	教科書ノート持ち込み	きょう.か.しょ.ノー.ト.も.ち.こ.み
選擇題	multiple choice question	ˋmʌltəpḷ tʃɔɪs ˋkwɛstʃən	選択問題	せん.たく.もん.だい
填充題	cloze question	kloz ˋkwɛstʃən	穴埋め問題	あな.う.め.もん.だい
科目	subject	ˋsʌbdʒɪkt	教科	きょう.か
期中考	midterm exam	ˋmɪdˌtɝm ɪɡˋzæm	中間テスト	ちゅう.かん.テ.ス.ト
期末考	final exam	ˋfaɪnḷ ɪɡˋzæm	期末テスト	き.まつ.テ.ス.ト

098

| 成績優異 | good grades
gʊd gredz | せいせきゆうしゅう
成 績 優 秀 |

獲得 <u>100分</u>。

Receiving <u>100 points</u> on the score.

ひゃくてん　と
<u>100点</u>を取った。

中	英		日	
高分	high score	haɪ skor	高得点	こう.とく.てん
優等生	straight A student	stret e ˈstjudn̩t	優等生	ゆう.とう.せい
獎學金	scholarship	ˈskɑləʃɪp	奨学金	しょう.がく.きん
勤奮	hard-working	ˌhɑrdˈwɝkɪŋ	勤勉	きん.べん
努力	effort	ˈɛfɚt	努力	ど.りょく
頭腦好	brainy	ˈbrenɪ	頭が良い	あたま.が.よ.い
前途光明	bright future	braɪt ˈfjutʃɚ	前途洋々	ぜん.と.よう.よう
第一名	first place	fɝst ples	一位	いち.い
引以為傲	proud	praʊd	誇りに思う	ほこ.り.に.おも.う
唸書秘訣	study tip	ˈstʌdɪ tɪp	勉強の秘訣	べん.きょう.の.ひ.けつ
出國進修	study abroad	ˈstʌdɪ əˈbrɔd	海外進学	かい.がい.しん.がく
天才	genius	ˈdʒinjəs	天才	てん.さい

大學生活	college life `kɑlɪdʒ laɪf`	だいがくせいかつ 大 学 生 活

快要<u>期中考</u>了。

The <u>mid-term</u> is coming.

もうすぐ<u>中間テスト</u>です。
（ちゅうかん）

中	英		日	
教授	professor	prə`fɛsɚ	教授	きょう.じゅ
學分	credit	`krɛdɪt	単位	たん.い
聯誼活動	group dating activity	grup `detɪŋ æk`tɪvəti	合コン	ごう.こ.ん
蹺課	skip class	skɪp klæs	授業をさぼる	じゅ.ぎょう.を.さ.ぼる
必修課	required course	rɪ`kwaɪrd kors	必修科目	ひ.っしゅう.か.もく
選修課	optional course	`ɑpʃənḷ kors	選択科目	せん.たく.か.もく
點名	roll call	rol kɔl	出席を取る	しゅ.っせき.を.と.る
休學	leave of absence	liv ɑv `æbsns̩	休学	きゅう.がく
退學	drop out	drɑp aut	退学	たい.がく
社團	club	klʌb	サークル	
課程	lecture	`lɛktʃɚ	講義	こう.ぎ
實習	internship	`ɪntɚnʃɪp	実習	じ.っしゅう

| 畢業 | graduation
ˌɡrædʒʊˋɛʃən | そつぎょう
卒 業 |

找<u>工作</u>。

Look for a <u>job</u>.

しごと　さが
<u>仕事</u>を探す。

中	英		日
學士服	academic dress	ˌækəˋdɛmɪk drɛs	アカデミックガウン
畢業考	graduation examination	ˌɡrædʒʊˋeʃən ɪɡˌzæməˋneʃən	卒業試験 そつ.ぎょう.し.けん
畢業證書	diploma	dɪˋplomə	卒業証書 そつ.ぎょう.しょう.しょ
畢業典禮	graduation ceremony	ˌɡrædʒʊˋeʃən ˋsɛrəˌmonɪ	卒業式 そつ.ぎょう.しき
畢業論文	thesis／dissertation	ˋθisɪs／ˌdɪsəˋteʃən	卒業論文 そつ.ぎょう.ろん.ぶん
畢業紀念冊	yearbook	ˋjɪrˌbʊk	卒業アルバム そつ.ぎょう.ア.ル.バ.ム
畢業照	yearbook photo	ˋjɪrˌbʊk ˋfoto	卒業写真 そつ.ぎょう.しゃ.しん
畢業旅行	graduation trip	ˌɡrædʒʊˋeʃən trɪp	卒業旅行 そつ.ぎょう.りょ.こう
應屆畢業生	new graduate	nju ˋɡrædʒʊˌet	新卒 しん.そつ
研究所	graduate school	ˋɡrædʒʊˌet skul	大学院 だい.がく.いん
就業諮詢	career counseling	kəˋrɪr ˋkaʊnslɪŋ	就職相談 しゅう.しょく.そう.だん
肄業	drop out	drɑp aʊt	中途退学 ちゅう.と.たい.がく

115

留學	study abroad ˋstʌdɪ əˋbrɔd	りゅうがく 留 学

打算<u>出國留學</u>。

Plan to <u>study overseas</u>.

<ruby>私<rt>わたし</rt></ruby> は、<u><ruby>海外<rt>かいがい</rt></ruby>に <ruby>留 学<rt>りゅうがく</rt></ruby>する</u>つもりです。

中	英		日	
唸書	study	ˋstʌdɪ	勉強	べん.きょう
公費	government-financed	ˋgʌvənmənt-ˌfaɪˋnænst	国費	こく.ひ
自費	at one's own expense	æt wʌns on ɪkˋspɛns	私費	し.ひ
學位	degree	dɪˋgri	学位	がく.い
學生簽證	student visa	ˋstjudn̩t ˋvɪzə	学生ビザ	がく.せい.ビ.ザ
學分抵免	credit transfer	ˋkrɛdɪt trænsˋfɚ	単位互換	たん.い.ご.かん
申請學校	apply for school	əˋplaɪ fɔr skul	学校の申請	が.っこう.の.しん.せい
指導教授	advisor	ədˋvaɪzɚ	指導教授	し.どう.きょう.じゅ
種族歧視	racial discrimination	ˋreʃəl dɪˌskrɪ-məˋneʃən	人種差別	じん.しゅ.さ.べつ
交換學生	exchange student	ɪksˋtʃendʒ ˋstjudn̩t	交換留学生	こう.かん.りゅう.がく.せい
文化衝擊	culture shock	ˋkʌltʃɚ ʃak	カルチャーショック	
想家	homesick	ˋhomˌsɪk	ホームシック	

| 閱讀 | reading
ˋrɪdɪŋ | どくしょ
読　書 |

翻到<u>下一頁</u>。

Turn to the <u>next page</u>.

つぎ　　　　　　　　　 み
<u>次のページ</u>を<u>見</u>る。

中	英		日	
書	book	bʊk	本	ほん
電子書	e-book	ˋiˋbʊk	電子書籍	でん.し.しょ.せき
報紙	newspaper	ˋnjuzˌpepɚ	新聞	しん.ぶん
雜誌	magazine	ˌmægəˋzin	雑誌	ざ.っし
閱讀習慣	reading habit	ˋrɪdɪŋ ˋhæbɪt	読書習慣	どく.しょ.しゅう.かん
瀏覽	browse	braʊz	ざっと見る	ざ.っと.み.る
精讀	intensive reading	ɪnˋtɛnsɪv ˋrɪdɪŋ	精読	せい.どく
速讀	speed reading	spid ˋrɪdɪŋ	速読	そく.どく
引人入勝的書	page-turner	ˋpedʒˌtɝnɚ	読者を虜にする本	どく.しゃ.を.とりこ.に.す.る.ほん
書籤	bookmark	ˋbʊkˌmark	しおり	
書評	book review	bʊk rɪˋvju	書評	しょ.ひょう
序言	preface	ˋprɛfɪs	序	じょ

作文	essay `ɛse	さくぶん 作 文

我沒有<u>靈感</u>。

I am out of <u>inspiration</u>.

ひらめかない。

中	英		日	
起（開端）	beginning	bɪˈɡɪnɪŋ	起	き
承（承接 並申述）	middle	ˈmɪdl̩	承	しょう
轉（轉折）	climax	ˈklaɪmæks	転	てん
合（總結）	conclusion	kənˈkluʒən	結	けつ
論點	argument	ˈɑrgjəmənt	論点	ろん.てん
陳述	state	stet	述べる	の.べ.る
抄襲	plagiarism	ˈpledʒəˌrɪzəm	盗作	とう.さく
參考資料	reference	ˈrefərəns	参考資料	さん.こう.し.りょう
段落	paragraph	ˈpærəˌgræf	段落	だん.らく
標題	title	ˈtaɪtl̩	タイトル	
句子	sentence	ˈsɛntəns	文	ぶん
主題	theme	θim	テーマ	

書	book bʊk	ほん 本

這本書真有趣！

This is an <u>interesting</u> book.

この<ruby>本<rt>ほん</rt></ruby>はすごく<ruby>面白<rt>おもしろ</rt></ruby>いね。

中	英		日	
作者	author	`ɔθɚ	作者	さく.しゃ
譯者	translator	træns`letɚ	訳者	やく.しゃ
出版社	publisher	`pʌblɪʃɚ	出版社	しゅ.っぱん.しゃ
編輯	editor	`ɛdɪtɚ	編集	へん.しゅう
版權	copyright	`kɑpɪˌraɪt	著作権	ちょ.さく.けん
排版	layout	`leˌaʊt	レイアウト	
校對	proofread	`prufˌrid	校正	こう.せい
印刷	print	prɪnt	印刷	いん.さつ
裝訂	bookbinding	`bʊkˌbaɪndɪŋ	製本	せい.ほん
刷次／版本	version	`vɝʒən	版数	はん.すう
二手書	second-hand book	`sɛkəndˈhænd bʊk	古本	ふる.ほん
絕版	out of print	aʊt ɑv prɪnt	絶版	ぜ.っぱん
封面	cover	`kʌvɚ	表紙	ひょう.し
內頁	content	`kɑntɛnt	中身	なか.み

日常數學	normal mathematics	にちじょう　すうがく
	ˈnɔrml̩ ˌmæθəˈmætɪcs	日 常 の 数 学

看看有幾副？（指眼鏡）

How many <u>pairs</u> are there?

<ruby>眼鏡<rt>め が ね</rt></ruby>を<ruby>持<rt>も</rt></ruby>っていますか。

<u>いくつ</u>眼鏡を持っていますか。

中	英		日	
加法	addition	əˈdɪʃən	足算	たし.ざん
減法	subtraction	səbˈtrækʃən	引算	ひき.ざん
乘法	multiplication	ˌmʌltəpləˈkeʃən	掛算	かけ.ざん
除法	division	dəˈvɪʒən	割算	わり.ざん
九九乘法表	multiplication table	ˌmʌltəpləˈkeʃən ˈtebl̩	九九表	く.く.ひょう
奇數	odd number	ɑd ˈnʌmbə	奇数	き.すう
偶數	even number	ˈivən ˈnʌmbə	偶数	ぐう.すう
四捨五入	round	raʊnd	四捨五入	し.しゃ.ご.にゅう
小數點	decimal point	ˈdɛsɪml̩ pɔɪnt	小数点	しょう.すう.てん
計算	calculate	ˈkælkjəˌlet	計算	けい.さん
平均值	average	ˈævərɪdʒ	平均値	へい.きん.ち
阿拉伯數字	Arabic numerals	ˈærəbɪk ˈnjumərəlz	アラビア数字	ア.ラ.ビ.ア.すう.じ

| 度量衡 | measuring `mɛʒrɪŋ | どりょうこう
度 量 衡 |

你有<u>多高</u>（身高是<u>多少公分</u>）？

<u>How tall</u> are you?

しんちょう なん
身 長 は<u>何センチ</u>ですか。

中	英		日
公里	kilometer	`kɪlə,mitɚ	キロメートル
公尺	meter	`mitɚ	メートル
公分	centimeter	`sɛntə,mitɚ	センチメートル（＝センチ）
公釐	millimeter	`mɪlə,mitɚ	ミリメートル
公斤	kilogram	`kɪlə,græm	キログラム
公克	gram	græm	グラム
公升	liter	`litɚ	リットル
毫升	milliliter	`mɪlɪ,litɚ	CC　　　シー.シー
磅	pound	paʊnd	ポンド
盎司	ounce	aʊns	オンス
哩	mile	maɪl	マイル
呎	foot	fʊt	フィート

初次見面	first meet fɝst mit	しょたいめん 初 対 面

我們很合得來。

We get along well.

わたし
私 たち、気が合うね。
き あ

中	英		日	
自我介紹	self introduction	sɛlf ˌɪntrəˈdʌkʃən	自己紹介	じ.こ.しょう.かい
名片	name card	nem kɑrd	名刺	めい.し
似曾相識	deja vu	ˌdeʒɑˈvu	既視感	き.し.かん
握手	shake hands	ʃek hændz	握手	あく.しゅ
寒暄	greeting	ˈgritɪŋ	挨拶	あい.さつ
合得來	get along well	get əˈlɔŋ wɛl	気が合う	き.が.あ.う
不對盤	don't get along	dont get əˈlɔŋ	気が合わない	き.が.あ.わ.な.い
打破沈默	break the ice	brek ði aɪs	沈黙を破る	ちん.もく.を.やぶる
緊張	nervous	ˈnɝvəs	緊張	きん.ちょう
第一印象	first impression	fɝst ɪmˈprɛʃən	第一印象	だい.いち.いん.しょう
戒心	vigilance	ˈvɪdʒələns	警戒心	けい.かい.しん
陌生人	stranger	ˈstrendʒɚ	知らない人	し.ら.な.い.ひと

生日	birthday ˋbɝθ͵de	たんじょうび 誕 生 日

切<u>生日</u>蛋糕。

Cutting a <u>birthday</u> cake.

<u>バースデーケーキ</u>を切^きる。

中	英		日	
驚喜	surprise	səˋpraɪz	驚き喜ぶ	おどろ.き.よろこ.ぶ
派對	party	ˋpɑrtɪ	パーティー	
生日蛋糕	birthday cake	ˋbɝθ͵de kek	バースデーケーキ	
生日快樂歌	birthday song	ˋbɝθ͵de sɔg	バースデーソング	
生日禮物	birthday present	ˋbɝθ͵de ˋprɛzn̩t	誕生日プレゼント	たん.じょう.び.プ.レ.ゼ.ン.ト
蠟燭	candle	ˋkændl̩	蝋燭	ろう.そく
許願	make a wish	mek ə wɪʃ	願をかける	がん.を.か.け.る
感動的	touching	ˋtʌtʃɪŋ	感動的	かん.とう.てき
生日卡	birthday card	ˋbɝθ͵de kɑrd	バースデーカード	
慶祝	celebrate	ˋsɛlə͵bret	お祝いする	お.いわ.い.す.る
誕生	born	bɔrn	誕生	たん.じょう
電子賀卡	e-card	ˋiˋkɑrd	電子カード	でん.し.カード

打電話	making a call ˈmekɪŋ ə kɔl	でんわ 電話をかける

接聽電話。

Taking a phone call.

でんわ　と
電話を取る。

中	英		日	
撥號	dial	ˈdaɪəl	電話をかける	でん.わ.を.か.け.る
打錯電話	wrong number	rɔŋ ˈnʌmbɚ	間違い電話	ま.ちが.い.でん.わ
無人接聽	no answer	no ˈænsɚ	不在で電話に出ない	ふ.ざい.で.でん.わ.に.で.な.い
通話紀錄	call log	kɔl lɔg	通話記録	つう.わ.き.ろく
留話	leave a message	liv ə ˈmɛsɪdʒ	メッセージを残す	メ.ッセー.ジ.を.のこ.す
總機	operator	ˈɑpəˌretɚ	オペレーター	
詐騙電話	telephone scam	ˈtɛləˌfon ˈskæm	詐欺電話	さ.ぎ.でん.わ
電話號碼	phone number	fon ˈnʌmbɚ	電話番号	でん.わ.ばん.ごう
接聽	answer	ˈænsɚ	応答	おう.とう
轉接	transfer	trænsˈfɚ	転送	てん.そう
分機	extension	ɪkˈstɛnʃən	内線	ない.せん
忙線	busy	ˈbɪzɪ	話し中	はな.し.ちゅう

時間	time taɪm	じかん 時 間

現在剛好<u>六點</u>。

It is <u>six o'clock</u> sharp.

いま　ろくじ
今、<u>6 時</u>ちょうどです。

中	英		日	
時間到	time's up	taɪmz ʌp	時間だ	じ.かん.だ
當地時間	local time	ˈlokl̩ taɪm	現地時間	げん.ち.じ.かん
日期	date	det	日付	ひ.づけ
月	month	mʌnθ	月	つき
分	minute	ˈmɪnɪt	分	ふん
秒	second	ˈsɛkənd	秒	びょう
小時	hour	aur	時間	じ.かん
未來	future	ˈfjutʃɚ	未来	み.らい
現在	present	ˈprɛzn̩t	現在	げん.ざい
過去	past	pæst	過去	か.こ
今天	today	təˈde	今日	きょう
明天	tomorrow	təˈmɔro	明日	あした

談戀愛	be in love bi ɪn lʌv	こい 恋 する

寫<u>情</u>書。

Write a <u>love letter</u>.

<u>ラブレター</u>を書^かく。

中	英		日	
約會	date	det	デート	
親吻	kiss	kɪs	キス	
牽手	hold hands	hold hændz	手を繋ぐ	て.を.つな.ぐ
浪漫	romantic	rəˈmæntɪk	ロマンチック	
情書	love letter	lʌv ˈlɛtɚ	ラブレター	
劈腿	two-time	ˈtuˌtaɪm	二股をかける	ふた.また.を.か.け.る
情人	lover	ˈlʌvɚ	恋人	こい.びと
同居	live together	lɪv təˈgɛðɚ	同棲	どう.せい
墜入愛河	fall in love	fɔl ɪn lʌv	恋に落ちる	こい.に.お.ち.る
承諾	promise	ˈpramɪs	約束	やく.そく
紀念日	anniversary	ˌænəˈvɚsərɪ	記念日	き.ねん.び
一見鍾情	love at first sight	lʌv æt fɚst saɪt	一目惚れ	ひと.め.ぼ.れ

搬家	move muv	ひっこ 引越し

搬<u>新家</u>。

Move to a <u>new house</u>.

しんきょ　ひっこ
<u>新居</u>に引越しする。

中	英		日	
卡車	truck	trʌk	トラック	
搬家工人	mover	ˈmuvɚ	引越作業員	ひ.っこし.さ.ぎょう.いん
搬家公司	moving company	ˈmuvɪŋ ˈkʌmpənɪ	引越業者	ひ.っこし.ぎょう.しゃ
家具	furniture	ˈfɝnɪtʃɚ	家具	か.ぐ
轉學	transfer	trænsˈfɝ	転校	てん.こう
鄰居	neighbor	ˈnebɚ	近所の人	きん.じょ.の.ひと
搬入	move in	muv ɪn	転入	てん.にゅう
遷出	move out	muv aʊt	転出	てん.しゅつ
新生活	new life	nju laɪf	新しい生活	あたら.し.い.せい.かつ
行李	luggage	ˈlʌgɪdʒ	荷物	に.もつ
打包裝箱	pack	pæk	箱詰めする	はこ.づ.め.す.る
厚紙箱	cardboard box	ˈkɑrdˌbord baks	ダンボール箱	ダ.ン.ボー.ル.ばこ

說話	talk		はな
	tɔk		話す

說悄悄話。

Whisper.

<ruby>内緒 話<rt>ないしょばなし</rt></ruby>をする。

中	英		日	
說話	speak	spik	話す	はな.す
（說話）速度	speed	spid	（話す）スピード	（はな.す）ス.ピー.ド
語調	intonation	ˌɪntoˈneʃən	語調	ご.ちょう
對話	dialogue	ˈdaɪəˌlɔg	会話	かい.わ
方言	dialect	ˈdaɪəlɛkt	方言	ほう.げん
發音	pronunciation	prəˌnʌnsiˈeʃən	発音	はつ.おん
口齒清晰	clearly	ˈklɪrlɪ	言葉がはっきりしている	こと.ば.が.は.っき.り.し.て.い.る
口齒不清	lisp	lɪsp	舌足らず	した.た.ら.ず
自言自語	talk to oneself	tɔk tu wʌnˈsɛlf	独り言	ひと.り.ごと
胡言亂語	talk nonsense	tɔk ˈnɑnsɛns	出任せを言う	で.まか.せ.を.い.う
口吃	stutter	ˈstʌtɚ	どもる	
插嘴	interrupt	ˌɪntəˈrʌpt	口を挟む	くち.を.はさ.む

| 發言 | speaking `spikɪŋ | はつげん
発 言 |

好無聊的<u>演講</u>。

It is a boring <u>speech</u>.

つまらない<ruby>講演<rt>こうえん</rt></ruby>。

中	英		日	
陳述	state	stet	述べる	の.べ.る
舉手	raise one's hand	rez wʌns hænd	手を挙げる	て.を.あ.げ.る
形容	describe	dɪ`skraɪb	形容	けい.よう
解釋	explain	ɪk`splen	解釈	かい.しゃく
溝通	communication	kə`mjunə`keʃən	コミュニケーション	
立場	position	pə`zɪʃən	立場	たち.ば
發言人	speaker	`spikɚ	発言者	はつ.げん.しゃ
官方說法	official announcement	ə`fɪʃəl ə`naʊnsmənt	公式発表	こう.しき.は.っぴょう
打斷發言	interrupt	ˌɪntə`rʌpt	発言を中断する	はつ.げん.を.ちゅう.だん.す.る
爭論	debate	dɪ`bet	争論	そう.ろん
說話緩慢	speak slowly	spik `sloli	ゆっくり話す	ゆ.っく.り.はな.す
口才好	eloquent	`ɛləkənt	弁が立つ	べん.が.た.つ

	antagonistic æn.tægəˈnɪstɪk	てきたい 敵 対
敵對		

可惡！掛你電話！

<u>Damn</u>, I am hanging up on you.

<u>むかつく</u>。 電話切るよ。

中	英		日	
盛怒	rage	redʒ	立腹する	り.っぷく.す.る
選邊站	take sides	tek saɪdz	（〜の） 味方をする	（〜の） み.かた.を.す.る
憤慨	resent	rɪˈzɛnt	憤慨	ふん.がい
吼叫	yell	jɛl	大声で叫ぶ	おお.ごえ.で.さけ.ぶ
口出惡言	curse	kɝs	罵る	ののし.る
髒話	curse word	kɝs wɝd	汚い言葉	きたな.い.こと.ば
中傷	smear	smɪr	中傷	ちゅう.しょう
惡意	malice	ˈmælɪs	悪意	あく.い
敵意	hostility	hɑsˈtɪlətɪ	敵意	てき.い
保持中立	sit on the fence	sɪt ɑn ðə fɛns	中立を保つ	ちゅう.りつ.を.たも.つ
憎恨	hate	het	恨み嫌う	うら.み.きら.う
敵人	enemy	ˈɛnəmɪ	敵	てき

吵架	fight faɪt	けんか 喧嘩

為什麼<u>不理我</u>？

Why won't you speak with me?

<ruby>何<rt>なん</rt></ruby>で<u><ruby>無視<rt>む し</rt></ruby>する</u>の。

中	英		日	
和好	make up	mek ʌp	仲直りする	なか.なお.り.す.る
誤解	misunderst-anding	ˈmɪsʌndəˈstændɪŋ	誤解	ご.かい
道歉	apologize	əˈpɑləˌdʒaɪz	謝る	あやま.る
面子	face	fes	面子	めん.つ
安慰	comfort	ˈkʌmfət	慰める	なぐさ.め.る
冷戰	silent treatment	ˈsaɪlənt ˈtritmənt	冷戦	れい.せん
口角	wrangle	ˈræŋɡl̩	口喧嘩をする	くち.げん.か.を.す.る
抱怨	complain	kəmˈplen	文句を言う	もん.く.を.い.う
爭辯	argue	ˈɑrgju	言い争う	い.い.あらそ.う
絕交	break off	brek ɔf	絶交する	ぜ.っこう.す.る
指責	point the finger	pɔɪnt ðə ˈfɪŋɡə	非難する	ひ.なん.す.る
哭泣	cry	kraɪ	泣く	な.く

討論事情	discuss dɪˋskʌs	とうろん 討 論 する

我們討論<u>企劃案</u>。

We are going over a <u>project</u>.

<ruby>話<rt>はな</rt></ruby>し<ruby>合<rt>あ</rt></ruby>っている。<u>ビジネスプラン</u>について

企劃

中	英		日	
提出建議	propose	prəˋpoz	提案する	てい.あん.す.る
同意	agree	əˋgri	賛成	さん.せい
不同意	disagree	ˌdɪsəˋgri	反対	はん.たい
指出	point out	pɔɪnt aut	指摘する	し.てき.す.る
不予置評	no comment	no ˋkɑmɛnt	ノーコメント	
意見	opinion	əˋpɪnjən	意見	い.けん
總結	conclude	kənˋklud	まとめる	
考慮	consider	kənˋsɪdɚ	考慮する	こう.りょ.す.る
妥協	compromise	ˋkɑmprəˌmaɪz	妥協	だ.きょう
爭論	debate	dɪˋbet	争論	そう.ろん
主題	theme	θim	テーマ	
占上風	dominant	ˋdɑmənənt	優位に立つ	ゆう.い.に.た.つ

送禮	gift-giving `ˈgɪftˌgɪvɪŋ`	プレゼントを送る おく

打上緞帶。

Tie a ribbon.

リボンをかける。

中	英		日	
禮物	gift	ɡɪft	プレゼント	
禮儀	manners	ˈmænɚz	礼儀	れい.ぎ
包裝紙	wrapping paper	ˈræpɪŋ ˈpepɚ	包装紙	ほう.そう.し
蝴蝶結	bow	bo	蝶々結び	ちょう.ちょう.むす.び
緞帶	ribbon	ˈrɪbən	リボン	
拆開（包裝）	unwrap	ʌnˈræp	開ける	あ.け.る
阿諛奉承	kiss up to someone	kɪs ʌp tu ˈsʌmˌwʌn	お世辞を言う	お.せ.じ.を.い.う
交換禮物	gift exchange	ɡɪft ɪksˈtʃendʒ	プレゼント交換	プ.レ.ゼ.ン.ト.こう.かん
禁忌	taboo	təˈbu	タブー	
得體	appropriate	əˈproprɪet	適切	てき.せつ
人情世故	the ways of the world	ðə wez ɑv ðə wɝld	義理人情	ぎ.り.にん.じょう
禮品店	gift shop	ɡɪft ʃɑp	ギフトショップ	

洗衣服	do the laundry du ðə ˈlɔndrɪ	せんたく 洗濯

搓洗衣服。

Scrub the clothes.

ふく　も　あら
服を揉み洗いする。

中	英		日	
洗衣機	washing machine	ˈwɑʃɪŋ məˈʃɪn	洗濯機	せん.たく.き
烘乾機	dryer	ˈdraɪɚ	乾燥機	かん.そう.き
乾洗	dry cleaning	draɪ ˈklinɪŋ	ドライクリーニング	
手洗	wash by hand	wɑʃ baɪ hænd	手洗い	て.あら.い
洗衣粉	washing powder	ˈwɑʃɪŋ ˈpaudɚ	粉洗剤	こな.せん.ざい
洗衣精	detergent	dɪˈtɝdʒənt	液体洗剤	えき.たい.せん.ざい
漂白	bleach	blitʃ	漂白	ひょう.はく
褪色	fade	fed	色褪せ	いろ.あ.せ
毛球	pill	pɪl	毛玉	け.だま
縮水	shrink	ʃrɪŋk	縮む	ちぢ.む
脱水	spin dry	spɪn draɪ	脱水	だ.っすい
洗滌標示	care label	kɛr ˈlebḷ	洗濯表示	せん.たく.ひょうじ

朋友	friend frɛnd	ともだち 友 達

我們是<u>好朋友</u>。

We are <u>close friends</u>.

わたし　　　しんゆう
私 たちは親 友です。

中	英		日	
友誼	friendship	ˈfrɛndʃɪp	友情	ゆう.じょう
信賴	trust	trʌst	信頼	しん.らい
親近	close	kloz	仲良し	なか.よ.し
點頭之交	acquaintance	əˈkwentəns	顔見知り	かお.み.し.り
童年好友	childhood friend	ˈtʃaɪldˌhʊd frɛnd	幼馴染	おさな.な.じみ
人際關係	interpersonal relationship	ˌɪntɚˈpɝsən̩ rɪˈleʃənˈʃɪp	人間関係	にん.げん.かん.けい
酒肉朋友	fair-weather friend	ˈfɛrˌwɛðɚ frɛnd	都合のいい時 だけの友達	つ.ごう.の.い.い.とき. だ.け.の.とも.だち
網友	internet friend	ˈɪntɚˌnɛt frɛnd	ネット仲間	ネット.なか.ま
好友	close friend	kloz frɛnd	親友	しん.ゆう
知音	soul mate	sol met	ソウルメイト	
絕交	end friendship	ɛnd ˈfrɛndʃɪp	絶交	ぜ.っこう
依靠	rely on	rɪˈlaɪ ɑn	頼る	たよ.る

135

| 居家裝潢 | decoration
 ˌdɛkəˋreʃən | そうしょく
 装 飾 |

我的房間採光很好。

There is good lighting in my room.

<ruby>私<rt>わたし</rt></ruby> の部屋は、<ruby>日当<rt>ひあ</rt></ruby>たりがいい。

中	英		日	
裝潢	decorate	ˋdɛkəˌret	装飾する	そう.しょく.す.る
設計	design	dɪˋzaɪn	デザイン	
藍圖	blueprint	ˋbluˋprɪnt	青写真	あお.じゃ.しん
室內設計師	interior designer	ɪnˋtɪrɪɚ dɪˋzaɪnɚ	インテリアデザイナー	
刷油漆	paint	pent	ペンキを塗る	ペ.ン.キ.を.ぬ.る
採光	lighting	ˋlaɪtɪŋ	日当たり	ひ.あ.た.り
隔間	partition	parˋtɪʃən	仕切り	し.き.り
木匠	carpenter	ˋkarpəntɚ	大工	だい.く
家具	furniture	ˋfɝnɪtʃɚ	家具	か.ぐ
施工	construction	kənˋstrʌkʃən	工事	こう.じ
建材	construction material	kənˋstrʌkʃən məˋtɪrɪəl	建材	けん.ざい
壁紙	wallpaper	ˋwɔlˌpepɚ	壁紙	かべ.がみ

清潔環境	cleaning `klɪnɪŋ	そうじ 掃 除

拖地板。

Mop the <u>floor</u>.

モップがけをする。

中	英		日
掃地	sweep	swip	掃き掃除する は.き.そう.じ.す.る
拖地	mop	mɑp	モップがけをする
倒垃圾	take out the garbage	tek aut ðə gɑrbɪdʒ	ゴミを捨てる ゴ.ミ.を.す.て.る
灰塵	dust	dʌst	埃 ほこり
蜘蛛網	spider web	`spaɪdɚ wɛb	クモの巣 ク.モ.の.す
發霉	get moldy	gɛt `moldɪ	カビが生える カ.ビ.が.は.え.る
雜亂	mess	mɛs	散らかった ち.ら.か.った
骯髒	dirty	`dɝtɪ	不潔 ふ.けつ
汙垢	filth	fɪlθ	汚れ よご.れ
打蠟	wax	wæks	ワックスをかける
居家衛生	household hygiene	`haʊsˌhold `haɪdʒin	家庭の衛生 か.てい.の.えい.せい
消毒	sterilize	`stɛrəˌlaɪz	消毒 しょう.どく

137

睡覺	sleeping ˋslipɪŋ	すいみん 睡 眠

作惡夢了。

I had a nightmare.

あくむ　み
悪夢を見た。

中	英		日	
熟睡	deep sleep	dip slip	熟睡	じゅく.すい
淺睡	light sleep	laɪt slip	浅い眠り	あさ.い.ねむ.り
作夢	dream	drim	夢を見る	ゆめ.を.み.る
說夢話	talk in someone's sleep	tɔk ɪn ˋsʌmˏwʌnz slip	寝言を言う	ね.ごと.を.い.う
失眠	insomnia	ɪnˋsɑmnɪə	不眠	ふ.みん
數羊	count sheep	kaʊnt ʃip	羊を数える	ひつじ.を.かぞ.え.る
翻身	toss and turn	tɔs ænd tɝn	寝返り	ね.がえ.り
磨牙	grind one's teeth	graɪnd wʌnz tiθ	歯軋り	は.ぎし.り
打呼	snore	snor	いびき	
睡眠品質	sleep quality	slip ˋkwɑlətɪ	眠りの質	ねむ.り.の.しつ
睡過頭	oversleep	ˋovɚˋslip	寝坊	ね.ぼう
打瞌睡	snooze	snuz	居眠りをする	い.ねむ.り.を.す.る

| 用電 | electricity ˌɪlɛkˈtrɪsətɪ | でんりょく
電力 |

啊！停電了！

Oh no! There is a blackout.

あ、停電だ。

中	英		日	
電線	electric wire	ɪˈlɛktrɪk waɪr	電線	でん.せん
觸電	electrical shock	ɪˈlɛktrɪkl̩ ʃɑk	感電	かん.でん
短路	short circuit	ʃɔrt ˈsɝkɪt	ショートする	
發電機	generator	ˈdʒɛnəˌretɚ	発電機	はつ.でん.き
電度表	electric meter	ɪˈlɛktrɪk ˈmitɚ	電力量計	でん.りょく.りょう.けい
發電廠	power station	ˈpaʊɚ ˈsteʃən	発電所	はつ.でん.しょ
插頭	plug	plʌg	電源プラグ	でん.げん.プ.ラ.グ
變壓器	transformer	trænsˈfɔrmɚ	変圧器	へん.あつ.き
電量超載	overload	ˈovɚˈlod	使用電力オーバー	し.よう.でん.りょく.オー.バー
漏電	electric leakage	ɪˈlɛktrɪk ˈlikɪdʒ	漏電	ろう.でん
充電	charge	tʃɑrdʒ	充電	じゅう.でん
停電	blackout	ˈblækˌaʊt	停電	てい.でん

美容保養	beauty care ˈbjutɪ kɛr	びようびがん 美容美顔

敷<u>面膜</u>。

Applying a <u>facial mask</u>.

<u>フェイスマスク</u>をする。

中	英		日
面膜	facial mask	ˈfeʃəl mæsk	フェイシャルマスク
去角質	exfoliation	ɛks.folɪˈeʃən	角質除去　かく.しつ.じょ.きょ
卸妝	remove makeup	rɪˈmuv ˈmekʌp	クレンジング
防曬	sun block	sʌn blɑk	日焼け止め　ひ.や.け.ど.め
美白	skin whitening	skɪn ˈhwaɪtnɪŋ	美白　び.はく
按摩	massage	məˈsɑʒ	マッサージ
粉刺	blackheads	ˈblæk.hɛdz	毛穴の黒ずみ　け.あな.の.くろ.ず.み
面皰	acne	ˈækni	ニキビ
毛孔	pore	por	毛穴　け.あな
深層清潔	deep clean	dip klin	ディープクレンジング
抗老	anti-aging	ˌæntɪˈedʒɪŋ	アンチエイジング
控油	oil control	ɔil kənˈtrol	オイルコントロール

| 盥洗 | cleaning ˈklinɪŋ | せいけつ 清潔 |

刷牙。

<u>Brush</u> your teeth.

は みが
歯<u>磨</u>きをする。

中	英		日	
刷牙	brush teeth	brʌʃ tiθ	歯磨き	は.みが.き
洗臉	wash face	wɑʃ fes	洗顔	せん.がん
漱口	rinse mouth	rɪns mauθ	うがい	
洗澡	take a shower	tek ə ˈʃauɚ	入浴	にゅう.よく
泡澡	bathe	beð	バスタブに浸かる	バ.ス.タ.ブ.に.つ.か.る
淋浴	shower	ˈʃauɚ	シャワー	
蓮蓬頭	shower head	ˈʃauɚ hɛd	シャワーヘッド	
洗頭	wash hair	wɑʃ hɛr	シャンプー	
裸體	naked	ˈnekɪd	裸	はだか
熱水	hot water	hɑt ˈwɔtɚ	お湯	お.ゆ
冷水	cold water	kold ˈwɔtɚ	冷水	れい.すい
沐浴鹽	bath salt	bæθ sɔlt	バスソルト	

個人衛生	personal hygiene ˈpɝsn̩l̩ ˈhaɪdʒin	こじんえいせい 個人 衛 生

洗手。

Wash hands.

て　　あら
手を洗う。

中	英		日	
衛生	hygiene	ˈhaɪdʒin	衛生	えい.せい
乾淨	clean	klin	清潔	せい.けつ
骯髒	dirty	ˈdɝtɪ	不潔	ふ.けつ
細菌	germ	dʒɝm	細菌	さい.きん
口臭	bad breath	bæd brɛθ	口臭	こう.しゅう
潔癖	clean freak	klin frik	潔癖	け.っぺき
病毒	virus	ˈvaɪrəs	ウイルス	
體味	body odor	ˈbadɪ ˈodə	体臭	たい.しゅう
皮膚病	skin disease	skɪn dɪˈziz	皮膚病	ひ.ふ.びょう
儀容	looks	luks	ルックス	
盥洗用具	toiletry	ˈtɔɪlɪtrɪ	洗面用具	せん.めん.よう.ぐ
免疫力	immunity	ɪˈmjunətɪ	免疫力	めん.えき.りょく

禮儀	manners `mænɚz	れい ぎ 礼儀

好久不見，你好。

It has been a while. How are you?

こんにちは。久しぶりですね。

中	英		日	
請	please	pliz	どうぞ	
謝謝	thank you	θæŋk ju	ありがとう	
對不起	sorry	`sɑrɪ	ごめんなさい	
有禮貌	good manners	gʊd `mænɚz	礼儀正しい	れい.ぎ.ただ.し.い
沒禮貌	bad manners	bæd `mænɚz	礼儀を知らない	れい.ぎ.を.し.ら.な.い
尊敬	respect	rɪ`spɛkt	尊敬	そん.けい
鞠躬	bow	baʊ	お辞儀	お.じ.ぎ
禮節	etiquette	`ɛtɪkɛt	礼節	れい.せつ
握手	shake hands	ʃek hændz	握手	あく.しゅ
好感	good feeling	gʊd `filɪŋ	好感	こう.かん
粗魯	rude	rud	無礼	ぶ.れい
隱私	privacy	`praɪvəsɪ	プライバシー	

143

起床	get up gɛt ʌp	きしょう 起 床

鬧鐘響了。

The <u>alarm</u> rang.

<ruby>目<rt>め</rt></ruby><ruby>覚<rt>ざ</rt></ruby>まし<ruby>時<rt>ど</rt></ruby><ruby>計<rt>けい</rt></ruby>が鳴り<ruby>始<rt>はじ</rt></ruby>めた。

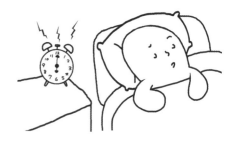

中	英		日	
早起	get up early	gɛt ʌp ˋɝlɪ	早起き	は.や.お.き
鬧鐘	alarm clock	əˋlɑrm klɑk	目覚まし時計	め.ざ.ま.し.ど.けい
早安	good morning	gʊd ˋmɔrnɪŋ	おはようございます	
想睡的	sleepy	ˋslipɪ	眠い	ね.む.い
睡過頭	oversleep	ˋovɚˋslip	寝過ごす	ね.す.ご.す
低血壓	hypotension	ˌhaɪpəˋtɛnʃən	低血圧	てい.けつ.あつ
眼皮水腫	puffy eyes	ˋpʌfɪ aɪz	目が腫れる	め.が.は.れ.る
回籠覺	go back to sleep	go bæk tu slip	二度寝	に.ど.ね
伸懶腰	stretch	strɛtʃ	背伸びする	せ.の.び.す.る
賴床	sleep in	slip ɪn	ゴロゴロして起きない	ゴ.ロ.ゴ.ロ.し.て.お.き.な.い
醒來	wake up	wek ʌp	目が覚める	め.が.さ.め.る
呵欠	yawn	jɔn	あくび	

寵物	pet pɛt	ペット

我養一隻<u>小狗</u>。

I'm raising a <u>puppy</u>.

わたし　いぬ　か
<u>私</u> は<u>犬</u>を飼っている。

中	英		日	
寵物玩具	pet toy	pɛt tɔɪ	ペット玩具	ペ.ット.がん.ぐ
寵物訓練師	pet trainer	pɛt ˋtrenɚ	調教師	ちょう.きょう.し
寵物旅館	pet hotel	pɛt hoˋtɛl	ペットホテル	
項圈	collar	ˋkɑlɚ	首輪	くび.わ
飼料	feed	fid	餌	えさ
飼主	owner	ˋonɚ	飼い主	か.い.ぬし
寵物衣服	pet clothing	pɛt ˋkloðɪŋ	ペット服	ペ.ット.ふ.く
品種	breed	brid	品種	ひん.しゅ
動物醫院	animal hospital	ˋænəmḷ ˋhɑspɪtḷ	動物病院	どう.ぶつ.びょう.いん
結紮（公的）	neuter	ˋnjutɚ	去勢手術する	きょ.せい.しゅ.じゅつ.す.る
結紮（母的）	spay	spe	避妊手術する	ひ.にん.しゅ.じゅつ.す.る
認養	adopt	əˋdɑpt	引き取る	ひ.き.と.る

| 商店 | store
stor | みせ
店 |

在餐廳用餐。

Dining in a restaurant.

レストランで 食事をする。
しょくじ

中	英		日	
精品店	boutique	bu`tik	ブティック	
小吃攤	food stand	fud stænd	屋台	や.たい
連鎖商店	chain store	tʃen stor	チェーンストア	
書店	book store	bʊk stor	書店	しょ.てん
購物中心	shopping mall	`ʃɑpɪŋ mɔl	ショッピングモール	
二手商店	second-hand store	`sɛkənd`hænd stor	リサイクルショップ	
超級市場	supermarket	`supɚˌmɑrkɪt	スーパー	
線上商店	online store	`ɑnˌlaɪn stor	オンラインストア	
便利商店	convenience store	kən`vinjəns stor	コンビニ	
文具行	stationery store	`steʃənˌɛrɪ stor	文房具屋	ぶん.ぼう.ぐ.や
暢貨中心	outlet	`aʊtˌlɛt	アウトレットストア	
寵物店	pet shop	pɛt ʃɑp	ペットショップ	

駕車	driving ˈdraɪvɪŋ	運 転 (うんてん)

發動汽車引擎。

Starting a car engine.

エンジンをかける。

中	英		日	
超速	speeding	ˈspidɪŋ	スピード違反	ス.ピー.ド.い.はん
回轉	U-turn	ˈjut.ɚn	ユーターン	
闖紅燈	run a red light	rʌn ə rɛd laɪt	信号無視	しん.ごう.む.し
塞車	traffic jam	ˈtræfɪk dʒæm	渋滞	じゅう.たい
安全距離	safe distance	sef ˈdɪstəns	安全な車間距離	あん.ぜん.な.しゃ.かん.きょ.り
酒測	breath test	brɛθ tɛst	アルコール検査	ア.ル.コー.ル.けん.さ
酒駕	drunk driving	drʌŋk ˈdraɪvɪŋ	飲酒運転	いん.しゅ.うん.てん
速限	speed limit	spid ˈlɪmɪt	制限速度	せい.げん.そく.ど
駕照	driver's license	ˈdraɪvɚz ˈlaɪsn̩s	運転免許証	うん.てん.めん.きょ.しょう
無照駕駛	drive without a license	draɪv wɪðaut ə ˈlaɪsn̩s	無免許運転	む.めん.きょう.うん.てん
罰單	ticket	ˈtɪkɪt	違反切符	い.はん.き.っぷ
無鉛汽油	unleaded gasoline	ʌnˈlɛdɪd ˈgæsəlin	無鉛ガソリン	む.えん.ガ.ソ.リ.ン

133

| 聚餐 | dining together
ˈdaɪnɪŋ təˈgɛðɚ | かいしょく
会 食 |

喝吧，乾杯！

Cheers!

の　　　　かんぱい
飲もう。乾 杯。

中	英		日	
預訂	reservation	ˌrɛzəˈveʃən	予約	よ.やく
菜單	menu	ˈmɛnju	メニュー	
點菜	order	ˈɔrdɚ	注文する	ちゅう.もん.す.る
上菜	serve	sɚv	料理が出る	りょう.り.が.で.る
付現	pay cash	pe kæʃ	現金で支払う	げん.きん.で.し.はら.う
分攤費用	split	splɪt	割り勘にする	わ.り.かん.に.す.る
慶祝	celebration	ˌsɛləˈbreʃən	お祝い	お.いわ.い
刷卡	pay by credit card	pe baɪ ˈkrɛdɪt kɑrd	カードで支払う	カー.ド.で.し.はら.う
敬酒	toast	tost	酒をすすめる	さけ.を.す.す.め.る
乾杯	cheers	tʃɪrz	乾杯	かん.ぱい
酩酊大醉	drunk	drʌŋk	酩酊する	めい.てい.す.る
打包	doggy-bag	ˈdɔgɪbæg	持ち帰る	も.ち.かえ.る

| 美食 | delicacy `dɛləkəsɪ | グルメ |

我是<u>大胃王</u>。

I am a <u>big eater</u>.

<small>わたし　おおぐ</small>
私 は<u>大食い</u>です。

中	英		日	
精緻餐點	delicacy	`dɛləkəsɪ	凝った料理	こ.った.りょう.り
美味的	delicious	dɪˋlɪʃəs	美味しい	お.い.し.い
異國料理	exotic cuisine	ɛgˋzɑtɪk kwɪˋzin	異国料理	い.こく.りょう.り
獨家祕方	secret ingredient	ˋsikrɪt ɪnˋgridɪənt	隠し味	かく.し.あじ
食慾	appetite	ˋæpə.taɪt	食欲	しょく.よく
食慾大振	appetizing	ˋæpə.taɪzɪŋ	食欲旺盛	しょく.よく.おう.せい
餐館	restaurant	ˋrɛstərənt	レストラン	
商業機密	trade secret	tred ˋsikrɪt	企業秘密	き.ぎょう.ひ.みつ
醬汁	sauce	sɔs	ソース	
饕客	foodie	fudɪ	美食家	び.しょく.か
美食家	gourmet	ˋgʊrme	グルメ	
地方料理	local cuisine	ˋlokl̩ kwɪˋzin	地方料理	ち.ほう.りょう.り

烹調	cooking `kʊkɪŋ	りょうり 料 理

這是我的<u>拿手菜</u>。

This is my <u>signature dish</u>.

わたし　とくいりょうり
私 の<u>得意 料 理</u>はこれです。

中	英		日	
食譜	recipe	`rɛsəpɪ	レシピ	
食材	ingredient	ɪnˈɡridɪənt	食材	しょく.ざい
燒焦	scorch	skɔrtʃ	焦げる	こ.げ.る
調味	season	`sizṇ	味付け	あじ.つ.け
嘗試味道	taste	test	味見する	あじ.み.す.る
切	cut	kʌt	切る	き.る
切片	slice	slaɪs	スライス	
切丁	cube	kjub	さいころ状	さ.い.こ.ろ.じょう
剁	chop	tʃɑp	みじん切り	み.じ.ん.ぎ.り
混合	mix	mɪks	混ぜる	ま.ぜ.る
削皮	peel	pil	皮を剥く	かわ.を.む.く
廚藝	cooking skill	`kʊkɪŋ `skɪl	料理の腕	りょう.り.の.うで

飲酒	drink drɪŋk	さけ の 酒 を飲む

我喝醉了。

I am drunk.

よ ぱら
酔っ払った。

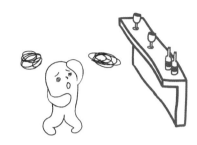

中	英		日	
喝醉	drunk	drʌŋk	酔っ払う	よ.っぱら.う
酒精中毒	alcohol poisoning	ˈælkəˌhɔl ˈpɔɪznɪŋ	アルコール 中毒	ア.ル.コー.ル. ちゅう.どく
酒精濃度	alcohol content	ˈælkəˌhɔl kənˈtɛnt	アルコール度数	ア.ル.コー.ル.ど. すう
酗酒	alcoholism	ˈælkəhɔl- ˌɪzəm	大酒飲み	おお.ざけ.の.み
酒駕	drunk driving	drʌŋk ˈdraɪvɪŋ	飲酒運転	いん.しゅ.うん.てん
爛醉	wasted	ˈwestɪd	酔いつぶれる	よ.い.つ.ぶ.れ.る
嘔吐	throw up	θro ʌp	吐く	は.く
酒杯	wine glass	waɪn glæs	グラス	
乾杯	cheers	tʃɪrz	乾杯	かん.ぱい
敬酒	toast	tost	酒をすすめる	さけ.を.す.す.め.る
面紅耳赤	red face	rɛd fes	顔が赤くなる	かお.が.あか.く. な.る
酒精性飲料	liquor	ˈlɪkə	アルコール飲料	ア.ル.コー.ル.いん. りょう

雞蛋	egg ɛg	たまご 卵

煎個荷包蛋吧。

Let me make a fried egg.

めだまや　　つく
目玉焼きを作る。

中	英		日	
蛋殼	egg shell	ɛg ʃɛl	卵の殻	たまご.の.から
蛋黃	yolk	jok	黄身	き.み
蛋白	egg white	ɛg hwaɪt	白身	しろ.み
孵蛋	hatch	hætʃ	孵化する	ふ.か.す.る
母雞	hen	hɛn	雌鶏	めん.どり
小雞	chick	tʃɪk	雛	ひよこ
打破（蛋）	break	brek	（卵を）割る	（たまご.を）わ.る
打散（蛋）	beat	bit	（卵を）溶く	（たまご.を）と.く
半熟蛋	soft-boiled	ˋsɔftˋbɔɪld	半熟卵	はん.じゅく.たまご
蛋白質	protein	ˋprotiɪn	蛋白質	たん.ぱく.しつ
歐姆蛋	omelet	ˋɑmlɪt	オムレツ	
炒蛋	scrambled eggs	ˋskræmbḷd ɛgz	スクランブルエッグ	

西式早餐	Western style breakfast `wɛstən staɪl `brɛkfəst	せいようしきちょうしょく 西 洋 式 朝 食

烤片吐司吧。

Let's toast a slice of bread.

トーストを作<ruby>作<rt>つく</rt></ruby>る。

中	英		日
培根	bacon	`bekən	ベーコン
奶油	butter	`bʌtə	バター
穀片	cereal	`sɪrɪəl	シリアル
咖啡	coffee	`kɔfɪ	コーヒー
蛋	egg	ɛg	卵　　　　たまご
法式吐司	French toast	frɛntʃ tost	フレンチトースト
三明治	sandwich	`sændwɪtʃ	サンドイッチ
火腿	ham	hæm	ハム
果醬	jam	dʒæm	ジャム
燕麥片	oatmeal	`ot.mil	オートミール
貝果	bagel	`begəl	ベーグル
鬆餅	pancake	`pæn.kek	ホットケーキ

飲食習慣	eating habits `ˈitɪŋ ˈhæbɪts`	いんしょく しゅうかん 飲 食 の 習 慣

我愛吃<u>垃圾食物</u>。

I love <u>junk food</u>.

わたし
私 は、<u>ジャンクフード</u>が好きです。

中	英		日	
挑食	picky	`ˈpɪkɪ`	偏食	へん.しょく
暴飲暴食	binge	`bɪndʒ`	暴飲暴食	ぼう.いん.ぼう.しょく
垃圾食物	junk food	`dʒʌŋk fud`	ジャンクフード	
細嚼慢嚥	eat slowly	`it ˈslolɪ`	よく噛んで食べる	よ.く.か.ん.で.た.べ.る
清淡	light	`laɪt`	あっさりした	
油膩	greasy	`ˈgrizɪ`	脂っこい	あぶら.っこ.い
鹹的	salty	`ˈsɔltɪ`	塩辛い	しお.から.い
辣的	spicy	`ˈspaɪsɪ`	辛い	から.い
甜食	sweet	`swit`	スイーツ	
食物過敏	food allergy	`fud ˈælədʒɪ`	食物アレルギー	しょく.もつ.ア.レ.ル.ギー
營養失調	malnutrition	`ˌmælnju-ˈtrɪʃən`	栄養失調	えい.よう.し.っちょう
文化差異	cultural difference	`ˈkʌltʃərəl ˈdɪfərəns`	文化の違い	ぶん.か.の.ちが.い

食物保存	preserving food prɪˋzɝvɪŋ fud	たべもの　ほぞん 食 物 の保 存

咦！這個東西味道怪怪的。

Ugh… This thing tastes weird.

なに　　あじ
何、この味。

中	英		日	
新鮮	fresh	frɛʃ	新鮮	しん.せん
過期	expire	ɪkˋspaɪr	賞味期限切れ	しょう.み.き.げん.ぎ.れ
有效日期	expiration date	ˌɛkspəˋreʃən det	賞味期限	しょう.み.き.げん
封口夾	sealing clip	ˋsilɪŋ klɪp	密封クリップ	み.っぷう.ク.リ.ップ
腐敗	rotten	ˋrɑtn̩	腐った	くさ.った
食物中毒	food poisoning	fud ˋpɔɪznɪŋ	食中毒	しょく.ちゅう.どく
防腐劑	preservative	prɪˋzɝvətɪv	保存料	ほ.ぞん.りょう
避免日曬	keep out of the sun	kip aut ɑv ðə sʌn	直射日光を避ける	ちょく.しゃ.に.っこう.を.さ.け.る
發霉	turn moldy	tɝn ˋmoldɪ	カビが生える	カ.ビ.が.は.え.る
冰箱	refrigerator	rɪˋfrɪdʒəˌretə	冷蔵庫	れい.ぞう.こ
冷凍	freeze	friz	冷凍	れい.とう
未吃完的食物	leftovers	ˋleft.ovɚz	残り物	のこ.り.もの

| 咖啡 | coffee ˋkɔfɪ | コーヒー |

煮咖啡。

Make coffee.

コーヒーを入^いれる。

中	英		日	
咖啡廳	café	kəˋfe	喫茶店	き.っさ.てん
咖啡因	caffeine	ˋkæfiin	カフェイン	
心悸	palpitation	ˌpælpəˋteʃən	動悸	どう.き
咖啡豆	coffee bean	ˋkɔfɪ bin	コーヒー豆	コー.ヒー.まめ
烘焙	bake	bek	焙煎	ばい.せん
研磨	grind	graɪnd	挽く	ひ.く
磨豆機	coffee grinder	ˋkɔfɪ ˋgraɪndɚ	コーヒーミル	
濾紙	filter	ˋfɪltɚ	フィルター	
咖啡渣	coffee grounds	ˋkɔfɪ graʊndz	コーヒーかす	
奶泡	foam	fom	ミルクフォーム	
熱咖啡	hot coffee	hɑt ˋkɔfɪ	ホットコーヒー	
即溶咖啡	instant coffee	ˋɪnstənt ˋkɔfɪ	インスタントコーヒー	

看電影	watching movies wɑtʃɪŋ ˈmuvɪz	えい が み 映画を見る

買電影票。

Buy movie tickets.

えい が か
映画のチケットを買う。

中	英		日	
首映場	premiere	prɪˈmjɛr	プレミア	
片長	length	lɛŋθ	上映時間	じょう.えい.じ.かん
續集	sequel	ˈsikwəl	続編	ぞく.へん
熱門鉅片	blockbuster	ˈblɑkˌbʌstɚ	人気超大作	にん.き.ちょう. たい.さく
爛片	bad movie	bæd ˈmuvɪ	ワースト映画	ワー.ス.ト.えい.が
爆米花	popcorn	ˈpɑpˌkɔrn	ポップコーン	
開演時間	showtime	ˈʃoʊtaɪm	開演時間	かい.えん.じ.かん
院線片	currently showing	ˈkɚəntlɪ ˈʃoɪŋ	公開中の映画	こう.かい.ちゅう. の.えい.が
二輪片	second-run movie	ˈsɛkəndˈrʌn ˈmuvɪ	セカンドラン	
字幕	subtitle	ˈsʌbˌtaɪtḷ	字幕	じ.まく
影評	review	rɪˈvju	映画レビュー	えい.が.レ.ビュー
上映日期	release date	rɪˈlis det	上映日	じょう.えい.び

看電視	watching TV wɑtʃɪŋ ˈtivi	テレビを見る <ruby>見<rt>み</rt></ruby>

打開電視。

Turn on the TV.

テレビをつける。

中	英		日	
遙控器	remote control	rɪˈmot kənˈtrol	リモコン	
頻道	channel	ˈtʃænl̩	チャンネル	
音量	volume	ˈvɑljəm	音量	おん.りょう
轉台	change the channel	tʃendʒ ðə ˈtʃænl̩	チャンネルを変える	チャ.ン.ネ.ル.を.か.え.る
觀眾	audience	ˈɔdɪəns	視聴者	し.ちょう.しゃ
時段	time slot	taɪm slɑt	時間帯	じ.かん.たい
節目表	TV schedule	ˈtivi ˈskɛdʒul	番組表	ばん.ぐみ.ひょう
有線電視	cable TV	ˈkebl̩ ˈtivi	有線放送	ゆう.せん.ほう.そう
廣告	commercial	kəˈmɝʃəl	コマーシャル	
重播	repeat	rɪˈpit	再放送	さい.ほう.そう
收視率	rating	ˈretɪŋ	視聴率	し.ちょう.りつ
收訊微弱	weak signal	wik ˈsɪgnl̩	電波が弱い	でん.ぱ.が.よわ.い

| 新聞 | news njuz | ニュース |

收看<u>新聞</u>。

Watch the <u>news</u>.

<u>ニュース</u>を見る。

中	英		日	
現場直播	live broadcast	laɪv brɔd‚kæst	生放送	なま.ほう.そう
頭條新聞	headline	ˋhɛd‚laɪn	ヘッドラインニュース	
採訪	interview	ˋɪntɚ‚vju	インタビュー	
國際新聞	international news	‚ɪntɚˋnæʃənļ njuz	国際ニュース	こく.さい.ニュー.ス
專題報導	featured report	fitʃəd rɪˋport	特集	とく.しゅう
焦點新聞	in focus	ɪn ˋfokəs	注目ニュース	ちゅう.もく.ニュー.ス
新聞主播	newscaster	ˋnjuz‚kæstɚ	ニュースキャスター	
吃螺絲	tongue-tied	ˋtʌŋ‚taɪd	舌足らず	した.た.ら.ず
新聞跑馬燈	news ticker	njuz tɪkɚ	ニュースのテロップ	
新聞快報	breaking news	ˋbrekɪŋ njuz	ニュース速報	ニュー.ス.そく.ほう
偏頗	biased	ˋbaɪəst	偏った	かたよ.った
獨家	exclusive	ɪkˋsklusɪv	独占	どく.せん

| 旅行 | traveling
ˈtrævl̩ɪŋ | りょこう
旅 行 |

我要租一輛車。

I will rent a car.

レンタカーを借りる。
_か

租車行

中	英		日
背包客	backpacker	ˈbækˌpækɚ	バックパッカー
旅館	hotel	hoˈtɛl	ホテル
打工遊學	working holiday	wɝkɪŋ ˈhɑləˌde	ワーキングホリデー
行程	schedule	ˈskɛdʒul	スケジュール
迷路	lost	lɔst	道に迷う　みち.に.まよ.う
地陪	local guide	ˈlokl̩ gaɪd	地元のガイド　じ.もと.の.ガ.イ.ド
導遊	tour guide	tur gaɪd	ガイド
當地人	local	ˈlokl̩	現地の人　げん.ち.の.ひと
一日通行票	one day pass	wʌn de pæs	ワンデーパス
租車	rental car	ˈrɛntl̩ kɑr	レンタカー
紀念品	souvenir	ˈsuvəˌnir	おみやげ
自由行	independent travel	ˌɪndɪˈpɛndənt ˈtrævl̩	自由旅行　じ.ゆう.りょ.こう

160

藝人	artist `ɑrtɪst	げいのうじん 芸能人

他是個<u>搞笑藝人</u>。

He is a <u>comedian</u>.

かれ　わら　げいにん
彼は<u>お笑い芸人</u>です。

中	英		日	
演員	actor／ actress（女）	`æktɚ／ `æktrɪs	俳優	はい.ゆう
歌手	singer	`sɪŋɚ	歌手	か.しゅ
綜藝節目	variety show	vəˈraɪətɪ ʃo	バラエティー 番組	バ.ラ.エ.ティー. ばん.ぐみ
經紀人	manager	`mænɪdʒɚ	マネージャー	
經紀公司	agency	`edʒənsɪ	プロダクション	
合約	contract	`kɑntrækt	契約	けい.やく
出道	debut	dɪˈbju	デビュー	
八卦	gossip	`gɑsəp	噂	うわさ
緋聞	scandal	`skændl̩	スキャンダル	
偶像	idol	`aɪdl̩	アイドル	
粉絲	fan	fæn	ファン	
巡迴演唱會	concert tour	`kɑnsət tur	コンサートツアー	

| 逛街 | shopping `ʃɑpɪŋ` | ショッピング |

我<u>花太多</u>錢了。

I am over my budget.

お<ruby>金<rt>かね</rt></ruby>を<u><ruby>使<rt>つか</rt></ruby>いすぎて</u>しまった。

中	英		日	
退貨	return	rɪˋtɝn	返品	へん.ぴん
百貨公司	department store	dɪˋpartmənt stor	デパート	
購物袋	shopping bag	ˋʃɑpɪŋ bæg	ショッピングバッグ	
特價	on sale	ɑn sel	セール中	セー.ル.ちゅう
打折	discount	ˋdɪskaʊnt	値引き	ね.び.き
清倉拍賣	clearance sale	ˋklɪrəns sel	在庫一掃セール	ざい.こ.い.っそう.セー.ル
精品店	boutique	buˋtik	ブティック	
（只看不買）逛街	window shopping	ˋwɪndo ʃɑpɪŋ	ウインドウショッピング	
價位	price	praɪs	値段	ね.だん
瑕疵品	lemon	ˋlɛmən	不良品	ふ.りょう.ひん
昂貴	expensive	ɪkˋspɛnsɪv	（値段が）高い	（ね.だん.が）たか.い
奢華的	luxury	ˋlʌkʃərɪ	贅沢	ぜい.たく

聽音樂	listen to music ˈlɪsn̩ tu ˈmjuzɪk	おんがく　き 音 楽を聴く

戴上<u>耳機</u>。

Put on <u>earphones</u>.

<u>イヤホン</u>をつける。

中	英		日	
聆聽	listen	ˈlɪsn̩	鑑賞する	かん.しょう.す.る
現場演唱會	live concert	laɪv ˈkɑnsət	ライブコンサート	
線上音樂	online music	ˈɑnˌlaɪn ˈmjuzɪk	オンラインミュージック	
音樂品味	musical taste	ˈmjuzɪkl̩ test	音楽の好み	おん.がく.の.この.み
唱片行	record store	ˈrɛkəd stor	CDショップ	シー.ディー.ショ.ップ
MP3 播放器	MP3 player	ˈɛmˈpiˈθri ˈpleɚ	MP3プレーヤー	エム.ピー.スリー.プ.レー.ヤー
背景音樂	background music	ˈbækˌgraund ˈmjuzɪk	バックミュージック	
電台	radio station	ˈredɪo ˈsteʃən	ラジオ放送局	ラ.ジ.オ.ほう.そう.きょく
電台主持人	radio host	ˈredɪo host	パーソナリティー	
耳機	earphones	ˈɪr.fonz	イヤホン	
全罩耳機	headphones	ˈhɛd.fonz	ヘッドホン	
走音	off-key	ˈɔfˈki	音を外す	おと.を.はず.す

163

歌曲	song sɔŋ	うた 歌

我喜歡這個旋律。

I like this melody.

このメロディーが好きです。

中	英		日	
發行	release	rɪˋlis	発行	はっ.こう
旋律	melody	ˋmɛlədɪ	メロディー	
編曲	arrangement	əˋrendʒmənt	編曲	へん.きょく
作曲	compose	kəmˋpoz	作曲	さ.っきょく
節奏	rhythm	ˋrɪðəm	リズム	
配樂	score	skor	スコア	
歌名	title	ˋtaɪtl̩	曲名	きょく.めい
副歌	chorus	ˋkorəs	サビ	
主歌	verse	vɝs	Aメロ	エー.メ.ロ
專輯	album	ˋælbəm	アルバム	
原聲帶	soundtrack	ˋsaʊnd.træk	オリジナルサウンドトラック	
單曲	single	ˋsɪŋgl̩	シングル	

時尚	fashion ˈfæʃən	ファッション

這是新買的<u>名牌包</u>。

This is a <u>brand-name purse</u> I just bought.

<ruby>新<rt>あたら</rt></ruby>しく<ruby>買<rt>か</rt></ruby>った<u>ブランド<ruby>物<rt>もの</rt></ruby>のバッグ</u>は、これです。

中	英		日
品牌	brand	brænd	ブランド
時裝秀	fashion show	ˈfæʃən ʃo	ファッションショー
時尚雜誌	fashion magazine	ˈfæʃən ˌmægəˈzin	ファッション雑誌　ファ.ッショ.ン.ざ.っし
潮流	trend	trɛnd	流行　りゅう.こう
紐約第五大道	Fifth Avenue	fɪfθ ˈævəˌnju	ニューヨーク五番街　ニュー.ヨー.ク.ご.ばん.がい
模特兒	model	ˈmɑdḷ	モデル
時裝設計師	fashion designer	ˈfæʃən dɪˈzaɪnɚ	ファッションデザイナー
走秀	walking	ˈwɔkɪŋ	ウォーキング
伸展台(1)	catwalk	ˈkætˌwɔk	キャットウォーク
伸展台(2)	runway	ˈrʌnˌwe	ランウェイ
品味	taste	test	センス
風格	style	staɪl	スタイル
名流人士	celebrity	sɪˈlɛbrətɪ	セレブリティー

唱歌	sing sɪŋ	うた うた 歌を歌う

聽前奏。

Listen to the intro.

ぜんそう　き
前奏を聴く。

中	英		日	
走音	off-key	ˋɔfˋki	音を外す	おと.を.はず.す
破音	crack	kræk	声が裏返る	こえ.が.うら.がえ.る
歌詞	lyrics	ˋlɪrɪks	歌詞	か.し
好嗓子	good voice	gʊd vɔɪs	声が良い	こえ.が.よ.い
音量	volume	ˋvɑljəm	音量	おん.りょう
合唱	chorus	ˋkorəs	合唱	が.っしょう
和聲	harmony	ˋhɑrmənɪ	ハーモニー	
背景音樂	background music	ˋbæk.graʊnd ˋmjuzɪk	バックミュージック	
伴奏	accompaniment	əˋkʌmpənɪmənt	伴奏	ばん.そう
樂譜	sheet music	ʃit ˋmjuzɪk	楽譜	がく.ふ
前奏	intro	ˋɪntro	前奏	ぜん.そう
發聲練習	vocal warmup	ˋvokl̩ ˋwɔrm.ʌp	発声練習	は.っせい.れん.しゅう

線上購物	online shopping ˈɑnˌlaɪn ˈʃɑpɪŋ	オンラインショッピング

選擇 ATM 轉帳。

Transfer money via ATM.

エーティーエム　ふりこみ　えら
ＡＴＭでの振込を選ぶ。

中	英		日
網路商店	webstore	ˈwɛbstɔr	ネットショップ
線上型錄	online catalog	ˈɑnˌlaɪn ˈkætəlɔg	オンラインカタログ
購物車	shopping cart	ˈʃɑpɪŋ kɑrt	ショッピングカート
有庫存	in stock	ɪn stɑk	在庫あり　ざい.こ.あ.り
貨到付款	cash on delivery	kæʃ ɑn dɪˈlɪvərɪ	着払い　ちゃく.ばら.い
匯款	remittance	rɪˈmɪtn̩s	銀行振込　ぎん.こう.ふり.こみ
禮券	gift card	gɪft kɑrd	ギフトカード
運費	shipping cost	ˈʃɪpɪŋ kɔst	送料　そう.りょう
來店取貨	in-store pickup	ɪnˈstɔr ˈpɪkʌp	店舗受け取り　てん.ぽ.う.け.と.り
線上刷卡	pay by credit card	pe baɪ ˈkrɛdɪt kɑrd	オンラインカード決済　オ.ン.ラ.イ.ン.カ.ー.ド.け.っさい
競標	bid	bɪd	入札する　にゅう.さつ.す.る
沒有庫存	out of stock	aut ɑf stɑk	在庫切れ　ざい.こ.ぎ.れ

153

線上遊戲	online game `ɑnˌlaɪn gem`	オンラインゲーム

（網路）連線速度好<u>慢</u>….

The connection is <u>slow</u>.

ネットの<ruby>通信<rt>つうしんそく</rt></ruby><ruby>速度<rt>ど</rt></ruby>が<ruby>遅<rt>おそ</rt></ruby>い。

中	英		日	
多人玩家	multi-player	`ˈmʌltɪˈpleɚ`	マルチプレイヤー	
單人玩家	single player	`ˈsɪŋɡl ˈpleɚ`	シングルプレイヤー	
伺服器	server	`ˈsɝvɚ`	サーバー	
線上社群	online community	`ɑnˌlaɪn kəˈmjunətɪ`	ネットコミュニティー	
連線緩慢	lag	`læg`	ラグい	
註冊	register	`ˈrɛdʒɪstɚ`	登録	とう.ろく
會員	member	`ˈmɛmbɚ`	会員	かい.いん
點數卡	gift card	`gɪft kɑrd`	ギフトカード	
升等	level up	`ˈlɛvl ʌp`	レベルアップ	
角色扮演	role-playing	`ˈrolˈpleɪŋ`	ロールプレイング	
虛擬實境	virtual reality	`ˈvɝtʃuəl riˈælətɪ`	バーチャルリアリティー	
攻略	strategy guide	`ˈstrætədʒɪ gaɪd`	攻略	こう.りゃく

電影	film fɪlm	えいが 映画

我參加試鏡。

I am taking an audition.

オーディションに出た。

中	英		日	
特效	special effect	ˈspɛʃəl ɪˈfɛkt	特殊効果	とく.しゅ.こう.か
幕後花絮	behind the scenes	bɪˈhaɪnd ðə sinz	舞台裏	ぶ.たい.うら
腳本	script	skrɪpt	脚本	きゃく.ほん
劇本	screenplay	ˈskrinˌple	台本	だい.ほん
電影旁白	narration	næˈreʃən	ナレーション	
感謝名單	film credits	fɪlm ˈkrɛdɪts	スペシャルサンクス	
預告片	trailer	ˈtrelɚ	予告編	よ.こく.へん
剪輯	edit	ˈɛdɪt	カット編集	カ.ット.へん.しゅう
配樂	score	skor	スコア	
工作人員	staff	stæf	スタッフ	
勘景	location scouting	loˈkeʃən ˈskaʊtɪŋ	ロケハン	
演員試鏡	audition	ɔˈdɪʃən	オーディション	

飯店住宿	accommodation ə.kɑmə`deʃən	と ホテルに泊まる

預訂<u>單人房</u>。

Reserve a <u>single room</u>.

<u>シングルルーム</u>を予約する。

中	英		日	
預訂	reservation	͵rɛzə`veʃən	予約	よ.やく
入住	check in	tʃɛk ɪn	チェックイン	
退房	check out	tʃɛk aut	チェックアウト	
單人房	single room	`sɪŋgl̩ rum	シングルルーム	
雙人房	twin room	twɪn rum	ツインルーム	
加床	extra bed	`ɛkstrə bɛd	エキストラベッド	
五星級	five-star	`faɪv`stɑr	五つ星	いつ.つ.ぼし
套房	suite	swit	スイートルーム	
汽車旅館	motel	mo`tɛl	モーテル	
膠囊旅館	capsule hotel	`kæpsl̩ ho`tɛl	カプセルホテル	
渡假村	resort	rɪ`zɔrt	リゾート	
續住	extended stay	ɪk`stɛndɪd ste	連泊	れん.ぱく

故事	story `storɪ	ものがたり 物 語

男女主角是青梅竹馬。

The male character and the female character are childhood sweethearts.

しゅじんこう　だんじょ　　おさな な じみ
主人公の男女は、幼馴染です。

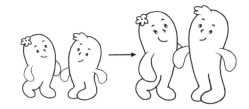

中	英		日	
情節	plot	plɑt	プロット	
架構	structure	ˈstrʌktʃə	構成	こう.せい
角色	character	ˈkærɪktə	キャラクター	
主角	protagonist	proˈtægənɪst	主役	しゅ.やく
配角	supporting character	səˈportɪŋ ˈkærɪktə	脇役	わき.やく
反派角色	villain	ˈvɪlən	悪役	あく.やく
戲劇性	drama	ˈdrɑmə	ドラマ性	ド.ラ.マ.せい
懸疑性	suspense	səˈspɛns	サスペンス性	サ.ス.ペ.ン.ス.せい
起頭	beginning	bɪˈgɪnɪŋ	始まり	はじ.ま.り
結尾	ending	ˈɛndɪŋ	終わり	お.わ.り
快樂結局	happy ending	ˈhæpɪ ˈɛndɪŋ	ハッピーエンド	
從前從前…	once upon a time…	wʌns əˈpɑn ə taɪm	昔昔…	むかし.むかし…

颱風	typhoon taɪˈfun	たいふう 台 風

哇！<u>超級強風</u>！

What a <u>super strong wind</u>.

あ、<u>すごい風</u>。

中	英		日	
停電	blackout	ˈblækˌaut	停電	てい.でん
淹水	flood	flʌd	洪水	こう.ずい
土石流	debris flow	dəˈbri flo	土石流	ど.せき.りゅう
搜救隊	rescue team	ˈrɛskju tim	救助隊	きゅう.じょ.たい
颱風強度	intensity of a typhoon	ɪnˈtɛnsətɪ ɑv ə taɪˈfun	台風の強度	たい.ふう.の.きょう.ど
豪雨	heavy rain	ˈhɛvɪ ren	豪雨	ごう.う
強風	heavy wind	ˈhɛvɪ wɪnd	強風	きょう.ふう
颱風眼	eye	aɪ	台風の目	たい.ふう.の.め
風速／降雨量	speed／rainfall	spid／ˈrenˌfɔl	風速／雨量	ふう.そく／う.りょう
颱風假	day-off	ˈdeˌɔf	台風休暇	たい.ふう.きゅう.か
颱風路徑	path	pæθ	台風の進路	たい.ふう.の.しん.ろ
颱風警報	typhoon warning	taɪˈfun ˈwɔrnɪŋ	台風警報	たい.ふう.けい.ほう

| 火災 | fire
faɪr | かさい
火災 |

啊！失火了！

Oh no! There is a fire!

あ、火事だ。

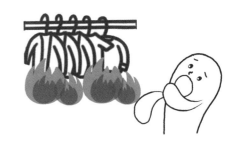

中	英		日	
濃煙	thick smoke	θɪk smok	濃煙	のう.えん
缺氧	oxygen shortage	ˈɑksədʒən ˈʃɔrtɪdʒ	酸素不足	さん.そ.ぶ.そく
火災保險	fire insurance	faɪr ɪnˈʃurəns	火災保険	か.さい.ほ.けん
二氧化碳	carbon dioxide	ˈkɑrbən daɪˈɑksaɪd	二酸化炭素	に.さん.か.たん.そ
窒息	asphyxiation	æsˌfɪksiˈeʃən	窒息	ち.っそく
能見度	visibility	ˌvɪzəˈbɪləti	見通し	み.とお.し
逃生門	emergency exit	ɪˈmɝdʒənsi ˈɛksɪt	非常ドア	ひ.じょう.ド.ア
疏散路線	evacuation route	ɪˌvækjuˈeʃən rut	避難経路	ひ.なん.けい.ろ
自動灑水系統	sprinkler system	ˈsprɪŋklɚ ˈsɪstəm	自動スプリンクラーシステム	じ.どう.ス.プ.リ.ン.ク.ラー.シ.ス.テ.ム
火災警鈴	fire alarm	faɪr əˈlɑrm	火災警報	か.さい.けい.ほう
滅火	extinguish a fire	ɪkˈstɪŋgwɪʃ ə faɪr	消火する	しょう.か.す.る
濕毛巾	wet towel	wɛt ˈtauəl	濡れタオル	ぬ.れ.タ.オ.ル

159

山難	mountain accident ˈmaʊntn̩ ˈæksədənt	やま　そうなん 山での遭難

我迷路了。

I am lost.

みち　まよ
道に迷ってっしまった。

中	英		日	
迷路	lost	lɔst	道に迷う	みち.に.まよ.う
失溫	hypothermia	ˌhaɪpəˈθɝmɪə	低体温症	てい.たい.おん.しょう
受傷	injure	ˈɪndʒɚ	怪我をする	け.が.を.す.る
昏迷	coma	ˈkomə	意識不明になる	い.しき.ふ.めい.に.な.る
高山症	altitude sickness	ˈæltəˌtjud ˈsɪknɪs	高山病	こう.ざん.びょう
失聯	lose contact	luz ˈkɑntækt	連絡が途絶える	れん.らく.が.と.だ.え.る
等待救援	wait for rescue	wet fɔr ˈrɛskju	救援を待つ	きゅう.えん.を.ま.つ
搜救隊	search team	sɝtʃ tim	捜索隊	そう.さく.たい
無線電對講機	walkie-talkie	ˈwɔkɪˈtɔkɪ	トランシーバー	
獲救	rescued	ˈrɛskjud	救出される	きゅう.しゅつ.さ.れ.る
登山客	hiker	ˈhaɪkɚ	登山客	と.ざん.きゃく
登山隊	hiking group	ˈhaɪkɪŋ grup	登山隊	と.ざん.たい

174

| 環保 | environmental protection
ɪnˌvaɪrənˈmɛntl̩ prəˈtɛkʃən | かんきょうほご
環 境 保 護 |

做<u>垃圾</u>分類。

Separating the <u>garbage</u>.

ゴミを分類する。

中	英		日	
購物袋	shopping bag	ˈʃɑpɪŋ bæg	買い物袋	か.い.もの.ぶくろ
資源回收	recycle	riˈsaɪkl̩	資源回収	し.げん.かい.しゅう
節能	energy saving	ˈɛnədʒɪ ˈsevɪŋ	エネルギー 節約	エ.ネ.ル.ギー. せつ.やく
減碳	carbon reduction	ˈkɑrbən rɪˈdʌkʃən	二酸化炭素 削減	に.さん.か.たん. そ.さく.げん
汙水處理	sewage treatment	ˈsjuɪdʒ ˈtritmənt	汚水処理	お.すい.しょ.り
無鉛汽油	unleaded gasoline	ʌnˈlɛdɪd ˈgæsəˌlin	無鉛ガソリン	む.えん.ガ.ソ.リ.ン
太陽能	solar energy	ˈsolə ˈɛnədʒɪ	太陽エネルギー	たい.よう.エ.ネ. ル.ギー
再生紙	recycled paper	riˈsaɪkld̩ ˈpepə	再生紙	さい.せい.し
地球	earth	ɝθ	地球	ち.きゅう
世界地球日	Earth Day	ɝθ de	アースデー	
垃圾分類	waste sorting	west ˈsɔrtɪŋ	ゴミの分類	ゴ.ミ.の.ぶん.るい
生態系統	ecosystem	ˈɛkoˌsɪstəm	生態系	せい.たい.けい

汗染	pollution pəˈluʃən	おせん 汚染

排放<u>廢氣</u>。

Emit <u>exhaust gas</u>.

はい き　　だ
<u>排気ガス</u>を出す。

中	英		日	
空氣污染	air pollution	ɛr pəˈluʃən	大気汚染	たい.き.お.せん
水污染	water pollution	ˈwɔtɚ pəˈluʃən	水質汚染	すい.しつ.お.せん
噪音污染	noise pollution	nɔɪz pəˈluʃən	騒音	そう.おん
放射性污染	radioactive contamination	ˌredɪoˈæktɪv kənˌtæməˈneʃən	放射能汚染	ほう.しゃ.のう.お. せん
污染源	pollutant	pəˈlutənt	汚染源	お.せん.げん
汞中毒	mercury poisoning	ˈmɝkjərɪ ˈpɔɪznɪŋ	水銀中毒	すい.ぎん.ちゅう. どく
溫室效應	greenhouse effect	ˈgrinˌhaus ɪˈfɛkt	温室効果	おん.しつ.こう.か
臭氧層破洞	ozone hole	ˈozon hol	オゾンホール	
砍伐森林	deforestation	ˌdifɔrəsˈteʃən	森林破壊	しん.りん.は.かい
汽機車廢氣	exhaust fumes	ɪgˈzɔst fjumz	排気ガス	はい.き.ガ.ス
二氧化碳	carbon dioxide	ˈkɑrbən daɪˈɑksaɪd	二酸化炭素	に.さん.か.たん.そ
酸雨	acid rain	ˈæsɪd ren	酸性雨	さん.せい.う

| 地震 | earthquake
`ɝθ.kwek` | じしん
地震 |

發生地震。

There is an earthquake.

じしん　お
地震が起こった。

中	英		日	
地殼	crust	krʌst	地殼	ち.かく
板塊	plate	plet	プレート	
震央	epicenter	`ɛpɪˌsɛntɚ	震央	しん.おう
芮氏地震 規模	Richter scale	`rɪktɚ skel	リヒタースケール	
地震帶	seismic belt	`saɪzmɪk bɛlt	地震帶	じ.しん.たい
倒塌	collapse	kəˋlæps	倒壊する	とう.かい.す.る
搖晃	shake	ʃek	揺れる	ゆ.れ.る
震度	intensity	ˌɪnˋtɛnsətɪ	震度	しん.ど
耐震的	earthquake- proof	`ɝθ.kwekˌpruf	耐震	たい.しん
餘震	aftershock	`æftɚˌʃɑk	余震	よ.しん
山崩	landslide	`lændˌslaɪd	山崩れ	やま.くず.れ
火山爆發	eruption	ɪˋrʌpʃən	火山噴火	か.ざん.ふん.か

懷孕	pregnancy `prɛgnənsɪ	にんしん 妊 娠

害喜。

Morning sickness.

つわりになる。

中	英		日	
驗孕棒	pregnancy test	`prɛgnənsɪ tɛst	妊娠検査薬	にん.しん.けん.さ. やく
孕婦	pregnant woman	`prɛgnənt `wʊmən	妊婦	にん.ぷ
預產期	EDD (expected date of delivery)	`i`di`di (ɪk`spɛktɪd det ɑv dɪ`lɪvərɪ)	出産予定日	しゅ.っさん.よ. てい.び
產檢	prenatal diagnosis	pri`netl̩ ˌdaɪəg`nosɪs	出生前診断	しゅ.っせい.まえ. しん.だん
分娩	childbirth	`tʃaɪd.bɝθ	分娩	ぶん.べん
胎教	fetal education	`fitl̩ ˌɛdʒʊ`keʃən	胎教	たい.きょう
墮胎	abortion	ə`bɔrʃən	中絶	ちゅう.ぜつ
流產	miscarry	mɪs`kærɪ	流産	りゅう.ざん
陣痛	labor pain	`lebɚ pen	陣痛	じん.つう
產假	maternity leave	mə`tɝnətɪ liv	出産育児休暇	しゅ.っさん.いく. じ.きゅう.か
不孕	infertility	ɪnfɚ`tɪlətɪ	不妊	ふ.にん
試管嬰兒	test tube baby	tɛst tjub `bebɪ	試験管ベビー	し.けん.かん.べ. ビー

減肥	weight loss wet lɔs	ダイエット

消除腹部贅肉。

Get rid of belly fat.

おなかの贅肉を落とす。

中	英		日	
過重	overweight	ˋovɚ͵wet	過体重	か.たい.じゅう
體脂肪	body fat	ˋbɑdɪ fæt	体脂肪	たい.し.ぼう
減重諮詢	diet consultation	ˋdaɪət ͵kɑnsəlˋteʃən	ダイエットの相談	ダ.イ.エット.の.そう.だん
營養師	nutritionist	njuˋtrɪʃənɪst	栄養士	えい.よう.し
厭食症	anorexia	͵ænəˋrɛksɪə	拒食症	きょ.しょく.しょう
貪食症	bulimia	bjuˋlɪmɪə	過食症	か.しょく.しょう
減肥食譜	weight loss diet	wet lɔs ˋdaɪət	ダイエットレシピ	
低卡路里	low calorie	lo ˋkælərɪ	低カロリー	てい.カ.ロ.リー
節食	diet	ˋdaɪət	節食する	せ.っしょく.す.る
副作用	side effect	saɪd ɪˋfɛkt	副作用	ふく.さ.よう
不實廣告	deceptive advertisement	dɪˋsɛptɪv ædvɚˋtaɪzmənt	詐欺広告	さ.ぎ.こう.こく
抽脂	liposuction	ˋlɪpo͵sʌkʃən	脂肪吸引	し.ぼう.きゅう.いん

健康	healthy ˋhɛlθɪ	けんこう 健 康

戒菸。

Quit smoking.

タバコを<u>やめる</u>。

中	英		日	
生理時鐘	biological clock	ˏbaɪəˋlɑdʒɪkḷ klɑk	体内時計	たい.ない.ど.けい
新陳代謝	metabolism	mɛˋtæbḷˏɪzəm	新陳代謝	しん.ちん.たい.しゃ
血壓	blood pressure	blʌd ˋprɛʃɚ	血圧	けつ.あつ
健康食品	health food	hɛlθ fud	健康食品	けんこう.しょく.ひん
有機食品	organic food	ɔrˋgænɪk fud	有機食品	ゆう.き.しょく.ひん
運動	exercise	ˋɛksɚˏsaɪz	運動	うん.どう
有活力的	energetic	ˏɛnɚˋdʒɛtɪk	元気	げん.き
體重控制	weight control	wet kənˋtrol	体重制限	たい.じゅう.せい.げん
有氧運動	aerobic exercise	eəˋrobɪk ˋɛksɚˏsaɪz	有酸素運動	ゆう.さん.そ.うん.どう
心理健康	mental health	ˋmɛntḷ hɛlθ	心の健康	こころ.の.けん.こう
生理健康	physical health	ˋfɪzɪkḷ hɛlθ	体の健康	からだ.の.けん.こう
健康檢查	health evaluation	hɛlθ ɪˏvæljuˋeʃən	健康診断	けん.こう.しん.だん

166

不健康	unhealthy ʌnˈhɛlθɪ	ふけんこう 不健康

總是睡眠不足。

I never get enough sleep.

わたし
私 はいつも 睡眠不足です。
すいみんぶそく

中	英		日	
病厭厭	sick	sɪk	病弱	びょう.じゃく
營養失調	malnutrition	ˌmælnju-ˈtrɪʃən	栄養失調	えい.よう.し.っちょう
睡眠不足	inadequate sleep	ɪnˈædəkwɪt slip	睡眠不足	すい.みん.ぶ.そく
抽菸	smoke	smok	喫煙	きつ.えん
喝酒	drink	drɪŋk	飲酒	いん.しゅ
高血壓	high blood pressure	haɪ blʌd ˈprɛʃə	高血圧	こう.けつ.あつ
高膽固醇	high cholesterol	haɪ kəˈlɛstəˌrol	高コレステロール	こう.コ.レ.ス.テ.ロー.ル
高熱量	high calorie	haɪ ˈkælərɪ	高カロリー	こう.カ.ロ.リー
消化不良	indigestion	ˌɪndəˈdʒɛstʃən	消化不良	しょう.か.ふ.りょう
偏食	picky	ˈpɪkɪ	偏食	へん.しょく
臉色蒼白	pale	pel	顔色が悪い	かお.いろ.が.わる.い
骨質疏鬆	osteoporosis	ˌɑstiopəˈrosɪs	骨粗鬆症	こつ.そ.しょう.しょう

眼睛	eye aɪ	め 目

測量視力。

Measuring vision.

しりょく はか
視 力 を測る。

中	英		日	
瞳孔放大	mydriasis	mɪˋdraɪəsɪs	散瞳	さん.どう
瞳孔縮小	miosis	maɪˋosɪs	縮瞳	しゅく.どう
雙眼皮	double eyelid	ˋdʌbl̩ ˋaɪˌlɪd	二重まぶた	ふた.え.ま.ぶ.た
單眼皮	single eyelid	ˋsɪŋgl̩ ˋaɪˌlɪd	一重まぶた	ひと.え.ま.ぶ.た
眨眼	wink	wɪŋk	まばたきをする	
閉眼	close eyes	kloz aɪz	目を閉じる	め.を.と.じ.る
揉眼睛	rub eyes	rʌb aɪz	目をこする	め.を.こ.す.る
視線	line of vision	laɪn ɑv ˋvɪʒən	視線	し.せん
視力	vision	ˋvɪʒən	視力	し.りょく
眼睛痠痛	sore eye	sor aɪ	目が痛い	め.が.いた.い
眼皮水腫	puffy eyes	ˋpʌfɪ aɪz	目が腫れる	め.が.は.れ.る
雷射手術	LASIK surgery	ˋlezɪk ˋsɝdʒərɪ	レーシック手術	レー.シ.ッ.ク.しゅ.じゅつ

182

血液	blood blʌd	けつえき 血 液

我是 B 型的。

My blood type is B.

わたし　けつえきがた　ビーがた
私 の 血 液 型 は B 型 です。

中	英		日	
輸血	blood transfusion	blʌd træns`fjuʒən	輸血	ゆ.けつ
捐血	blood donation	blʌd do`neʃən	献血	けん.けつ
驗血	blood test	blʌd tɛst	血液検査	けつ.えき.けん.さ
抽血	draw blood	drɔ blʌd	採血	さい.けつ
貧血	anemia	ə`nimɪə	貧血	ひん.けつ
血型	blood type	blʌd taɪp	血液型	けつ.えき.がた
A 型	blood type A	blʌd taɪp e	A型	エー.がた
B 型	blood type B	blʌd taɪp bi	B型	ビー.がた
罕見血型	rare blood type	rɛr blʌd taɪp	珍しい血液型	めずら.し.い.けつ.えき.がた
排斥現象	rejection	rɪ`dʒɛkʃən	拒絶反応	きょ.ぜつ.はん.のう
血紅素	hemoglobin	ˌhimə`globɪn	ヘモグロビン	
紅血球	red blood cells	rɛd blʌd sɛlz	赤血球	せ.っけ.っきゅう
白血球	white blood cells	hwaɪt blʌd sɛlz	白血球	は.っけ.っきゅう

| 看診 | see the doctor
si ðə ˈdɑktə | びょういん　い
病　院へ行く |

測量<u>血壓</u>。

Taking <u>blood pressure</u>.

けつあつ　　はか
<u>血圧</u>を測る。

中	英		日	
生病	sick	sɪk	病気になる	びょう.き.に.な.る
急診	emergency	ɪˈmɝdʒənsɪ	急診	きゅう.しん
病歷	medical record	ˈmɛdɪkḷ ˈrɛkəd	病歴	びょう.れき
診斷	diagnosis	ˌdaɪəgˈnosɪs	診断	しん.だん
量體溫	measure body temperature	ˈmɛʒə ˈbɑdɪ ˈtɛmprətʃə	体温を測る	たい.おん.を.はか.る
打針	inject	ɪnˈdʒɛkt	注射を打つ	ちゅう.しゃ.を.う.つ
打點滴	have an intravenous drip	hæv æn ˌɪntrəˈvinəs drɪp	点滴を打つ	てん.てき.を.う.つ
藥物過敏	drug allergy	drʌg ˈæləʤɪ	薬物アレルギー	やく.ぶつ.ア.レ.ル.ギー
診療室	consulting room	kənˈsʌltɪŋ rum	診察室	しん.さつ.しつ
症狀	symptom	ˈsɪmptəm	症状	しょう.じょう
發病	fall ill	fɔl ɪl	発病	はつ.びょう
處方籤	prescription	prɪˈskrɪpʃən	処方箋	しょ.ほう.せん

感冒	catching a cold `kætʃɪŋ ə kold	かぜ 風邪

發高燒。

Having a <u>fever</u>.

<u>熱</u>が出た。

中	英		日	
發燒	fever	`fivɚ	発熱	はつ.ねつ
冷汗	cold sweat	kold swɛt	冷や汗	ひ.や.あせ
看醫生	see a doctor	si ə `dɑktɚ	医者にかかる	い.しゃ.に.か.か.る
暈眩	dizzy	`dɪzɪ	めまい	
咳嗽	cough	kɔf	咳	せき
喉嚨痛	sore throat	sor θrot	喉が痛い	のど.が.いた.い
流鼻水	runny nose	`rʌnɪ noz	鼻水が出る	はな.みず.が.で.る
流行性感冒	flu	flu	インフルエンザ	
病毒	virus	`vaɪrəs	ウイルス	
止咳糖漿	cough syrup	kɔf `sɪrəp	咳止めシロップ	せき.ど.め.シ.ロ.ップ
疫苗	vaccine	`væksin	ワクチン	
補充水分	get lots of fluids	gɛt lɑts əv `fluɪdz	水分補給	すい.ぶん.ほ.きゅう

身材	body `bɑdɪ	スタイル

變瘦了。

Becoming thinner.

痩せた。

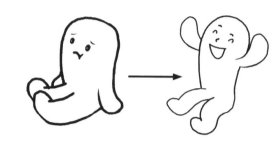

中	英		日	
沙漏型	hourglass figure	`aur,glæs `fɪgjɚ	砂時計型	すな.ど.けい.がた
蘋果型	apple-shaped	`æpl,ʃept	リンゴ型	リ.ン.ゴ.がた
梨型	pear-shaped	`pɛr,ʃept	洋ナシ型	よう.ナ.シ.がた
倒三角	V-shaped	`vi,ʃept	逆三角形	ぎゃく.さん.か.っけい
肩膀寬闊的	broad-shouldered	`brɔd`ʃoldɚd	肩幅が広い	かた.はば.が.ひろ.い
寬臀的	wide hipped	waɪd hɪpt	お尻が大きい	お.しり.が.おお.き.い
火辣	sexy	`sɛksɪ	セクシー	
肌肉發達	muscular	`mʌskjəlɚ	筋肉の発達した	きん.にく.の.は.ったつ.し.た
肌肉鬆弛的	flabby	`flæbɪ	筋肉がたるんだ	きん.にく.が.た.る.ん.だ
六塊肌	six-pack	`sɪks,pæk	割れた腹筋	わ.れ.た.ふ.っきん
水桶腰	spare tire	spɛr taɪr	わき腹の贅肉	わ.き.ばら.の.ぜい.にく
壯碩	stout	staut	たくましい	

高矮胖瘦

body shape
ˋbɑdɪ ʃep

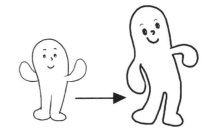

たいけい
体 型

長高了。

Growing taller.

しんちょう　の
身 長 が伸びた。

中	英		日	
高	tall	tɔl	背が高い	せ.が.たか.い
矮	short	ʃɔrt	背が低い	せ.が.ひく.い
肥胖	fat	fæt	太った	ふと.った
小腹凸出	potbelly	ˋpɑt.bɛlɪ	お腹が出た	お.なか.が.で.た
瘦弱	thin	θɪn	痩せた	や.せ.た
苗條	slim	slɪm	スリム	
瘦得皮包骨	skinny	ˋskɪnɪ	ガリガリに痩せた	ガ.リ.ガ.リ.に.や.せ.た
適中	medium build	ˋmidɪəm bɪld	中肉中背	ちゅう.にく.ちゅう.ぜい
過重	overweight	ˋovɚ.wet	太りすぎ	ふと.り.す.ぎ
過輕	underweight	ˋʌndɚ.wet	痩せすぎ	や.せ.す.ぎ
胖嘟嘟	chubby	ˋtʃʌbɪ	ぶくぶく太った	ぶ.く.ぶ.く.ふと.った
豐腴	plump	plʌmp	豊満	ほう.まん

| 籃球 | basketball `bæskɪtˌbɔl | バスケットボール |

投籃。

Shooting a basket.

シュートする。

中	英		日	
籃球賽	game	gem	バスケットの試合	バ.ス.ケ.ット.の.し.あい
地主隊	home team	hom tim	ホームチーム	
客隊	guest team	gɛst tim	アウェイチーム	
先發球員	starter	ˈstartɚ	スターティングメンバー	
運球	dribble	ˈdrɪbl̩	ドリブル	
傳球	pass	pæs	パス	
三分球	three-pointer	ˈθriˈpɔɪntɚ	スリーポイントシュート	
罰球	free throw	fri θro	フリースロー	
蓋火鍋	block	blɑk	ブロック	
投籃	shoot	ʃut	シュート	
灌籃	dunk	dʌŋk	ダンクシュート	
假動作	fake	fek	フェイント	

| 足球 | soccer
`sɑkɚ | サッカー |

玩<u>足球</u>。

Playing <u>soccer</u>.

<u>サッカー</u>をする。

中	英		日
球門	goal	gol	ゴール
罰球區	penalty area	`pɛnl̩tɪ `ɛrɪə	ペナルティーエリア
PK 大戰	penalty shootout	`pɛnl̩tɪ `ʃut͟ˌaut	PK戦　　　ピー.ケー.せん
界外球	throw-in	`θroɪn	スローイン
守門員	goalkeeper	`gol.kipɚ	ゴールキーパー
射門	shot	ʃat	シュート
踢球	kick	kɪk	キック
接球	take a pass	tek ə pæs	ストッピング
頭槌	header	`hɛdɚ	ヘディング
越位	offside	`ɔf`saɪd	オフサイド
黃牌	yellow card	`jɛlo kɑrd	イエローカード
紅牌	red card	rɛd kɑrd	レッドカード

棒球場	baseball field ˈbesˌbɔl fild	やきゅうじょう 野 球 場

（觀眾）在看台區<u>加油</u>。

The spectators are <u>cheering</u>.

おうえん
スタンドで<u>応 援</u>する。

中	英		日	
內野	infield	ˈInˌfild	内野	ない.や
外野	outfield	ˈautˌfild	外野	がい.や
投手丘	pitcher's mound	ˈpɪtʃəz maund	マウンド	
本壘	home plate	hom plet	本塁	ほん.るい
一／二／三壘	first／second／third base	fɜst／ˈsɛkənd／θɜd bes	一／二／三塁	いち／に／さん.るい
（比分）超前	take the lead	tek ðə lid	リードする	
好球帶	strike zone	straɪk zon	ストライクゾーン	
主審	home plate umpire	hom plet ˈʌmpaɪr	主審	しゅ.しん
球探	scout	skaut	スカウト陣	ス.カ.ウ.ト.じん
上半場	top of the inning	tɑp ɑv ði ˈInɪŋ	表	おもて
下半場	bottom of the inning	ˈbatəm ɑv ði ˈInɪŋ	裏	うら
暗號	signal	ˈsɪgn̩l	サイン	

（棒球）攻守	offense·defense ˈɔfɛns ˈdɪfɛns	こうげき しゅび 攻撃と守備

球數是<u>兩好球</u>。

It is <u>two strikes</u> now.

カウントは<u>ツーストライク</u>です。

中	英		日	
打擊	batting	ˈbætɪŋ	打擊	だ.げき
守備	defense	ˈdɪfɛns	守備	しゅ.び
安打	hit	hɪt	安打	あん.だ
短打	bunt	bʌnt	バント	
全壘打	home run	hom rʌn	ホームラン	
高飛球	fly ball	flaɪ bɔl	フライ	
滾地球	ground ball	graund bɔl	ゴロ	
界外球	foul	faul	ファウルボール	
安全上壘	safe	sef	セーフ	
暴投	wild pitch	waɪld pɪtʃ	ワイルドピッチ	
雙殺	double play	ˈdʌbl̩ ple	ダブルプレー	
四壞保送	walk	wɔk	フォアボール	
三振	strikeout	ˈstraɪk.aut	三振	さん.しん
好球	strike	straɪk	ストライク	
壞球	ball	bɔl	ボール	

| 棒球選手 | baseball player `bes.bɔl `pleɚ | やきゅうせんしゅ
野 球 選 手 |

上場打擊。

Up to bat.

だせき　た
打席に立つ。

中	英		日
先發球員	starting players	`startɪŋ `pleɚz	先発選手　せん.ぱつ.せん.しゅ
投手	pitcher	`pɪtʃɚ	ピッチャー
捕手	catcher	`kætʃɚ	キャッチャー
救援投手	relief pitcher	rɪ`lif `pɪtʃɚ	リリーフピッチャー
打者	batter	`bætɚ	バッター
代打者	pinch hitter	pɪntʃ `hɪtɚ	代打　だい.だ
游擊手	shortstop	`ʃɔrt.stap	遊撃手　ゆう.げき.しゅ
一／二／三壘手	first／second／third baseman	fɚst／`sɛkənd／θɚd `besmən	一／二／三塁手　いち／に／さん.るい.しゅ
內野手	infielder	`ɪn.fildɚ	内野手　ない.や.しゅ
左／右／中外野手	left／right／center fielder	lɛft／raɪt／`sɛntɚ `fildɚ	レフト／ライト／センター
指定打擊	designated hitter	`dɛzɪg.netɪd `hɪtɚ	指名打者　し.めい.だ.しゃ
職業球員	professional player	prə`fɛʃənl̩ `pleɚ	プロ野球選手　プ.ロ.や.きゅう.せん.しゅ

	運動		sports spɔrts		うんどう 運 動

我愛<u>運動</u>。

I love <u>sports</u>.

<u>スポーツ</u>が好きです。

中	英		日	
慢跑	jog	dʒɑg	ジョギング	
快走	fast walk	fæst wɔk	ファストウォーキング	
流汗	sweat	swɛt	汗を流す	あせ.を.なが.す
喘氣	catch breath	kætʃ brɛθ	息を整える	いき.を.ととの.え.る
燃脂	burning fat	ˋbɜnɪŋ fæt	脂肪を燃やす	し.ぼう.を.も.や.す
肌肉痠痛	sore muscle	sor ˋmʌsḷ	筋肉痛	きん.にく.つう
保持身材	stay in shape	ste ɪn ʃep	スタイルを 維持する	ス.タ.イ.ル.を. い.じ.す.る
肌耐力	muscle endurance	ˋmʌsḷ ɪnˋdjʊrəns	筋持久力	きん.じ.きゅう. りょく
減肥	weight loss	wet lɔs	ダイエット	
新陳代謝	metabolism	mɛˋtæbḷˏɪzəm	新陳代謝	しん.ちん.たい.しゃ
運動鞋	sports shoes	spɔrts ʃuz	運動靴	うん.どう.ぐつ
運動彩券	sports lottery	spɔrts ˋlɑtərɪ	スポーツ宝 くじ	ス.ポー.ツ.たから. く.じ

179

冷・熱	cold・hot kold hɑt	さむ　　あつ 寒い・暑い

下雪了。

It's snowing.

ゆき　　ふ
雪が降った。

中	英		日	
發抖	shake	ʃek	震える	ふる.え.る
羽絨外套	down coat	daʊn kot	ダウンジャケット	
暖氣	heating system	ˈhitɪŋ ˈsɪstəm	暖房	だん.ぼう
寒流	cold wave	kold wev	寒波	かん.ぱ
零下	below zero	bəˈlo ˈzɪro	零下	れい.か
低溫特報	low temperature warning	lo ˈtɛmprətʃɚ ˈwɔrnɪŋ	低温注意報	てい.おん.ちゅう.い.ほう
流汗	sweat	swɛt	汗をかく	あせ.を.か.く
中暑	heatstroke	ˈhitˌstrok	熱中症	ね.っちゅう.しょう
冷氣	air conditioner	ɛr kənˈdɪʃənɚ	冷房	れい.ぼう
曬傷	sunburn	ˈsʌnˌbɝn	ひどく日焼けする	ひ.ど.く.ひ.や.け.する
悶熱	sultry	ˈsʌltrɪ	蒸し暑い	む.し.あつ.い
細肩帶上衣	spaghetti straps	spəˈgɛtɪ stræps	キャミソール	

194

方向・位置	direction・position də`rɛkʃən pə`zıʃən	<ruby>方<rt>ほう</rt></ruby><ruby>向<rt>こう</rt></ruby>・<ruby>位<rt>い</rt></ruby><ruby>置<rt>ち</rt></ruby>

房子是<u>朝南的</u>。

The house <u>faces south</u>.

この<ruby>家<rt>いえ</rt></ruby>は <u><ruby>南<rt>みなみ</rt></ruby><ruby>向<rt>む</rt></ruby>き</u>です。

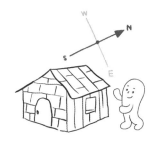

中	英		日	
指南針	compass	`kʌmpəs	方位磁針	ほう.い.じ.しん
東方	east	ist	東	ひがし
西方	west	wɛst	西	にし
南方	south	sauθ	南	みなみ
北方	north	nɔrθ	北	きた
東南	southeast	ˌsauθ`ist	東南	とう.なん
東北	northeast	`nɔrθ`ist	東北	とう.ほく
西南	southwest	ˌsauθ`wɛst	西南	せい.なん
西北	northwest	`nɔrθ`wɛst	西北	せい.ほく
正面	front	frʌnt	表	おもて
反面	back	bæk	裏	うら
左	left	lɛft	左	ひだり
右	right	raɪt	右	みぎ
在～之前	ahead	ə`hɛd	～の前に	～の.まえ.に
在～之後	behind	bɪ`haɪnd	～の後に	～の.うしろ.に
在～之上	above	ə`bʌv	～の上に	～の.うえ.に
在～之下	below	bə`lo	～の下に	～の.した.に

天氣	weather `wɛðɚ	てんき 天 気

明天會是晴天。

Tomorrow will be a <u>sunny day</u>.

あした　は
明日は<u>晴れ</u>です。

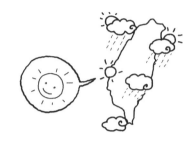

中		英		日	
下雨的	rainy	`renɪ	雨の降った	あめ.の.ふ.った
陽光普照的	sunny	`sʌnɪ	太陽が照った	たい.よう.が.て.った
多雲的	cloudy	`klaʊdɪ	雲の多い	くも.の.おお.い
有風的	windy	`wɪndɪ	風の吹く	かぜ.の.ふ.く
寒冷的	chilly	`tʃɪlɪ	寒い	さむ.い
微涼的	cool	kul	涼しい	すず.し.い
潮濕的	humid	`hjumɪd	湿気の多い	し.っけ.の.おお.い
悶熱的	sultry	`sʌltrɪ	蒸し暑い	む.し.あつ.い
下雪的	snowy	snoɪ	雪が降る	ゆき.が.ふ.る
有霧的	foggy	`fagɪ	霧の出る	きり.の.で.る
溫暖的	warm	wɔrm	温暖	おん.だん
乾燥的	dry	draɪ	乾燥した	かん.そう.し.た

火	fire faɪr	ひ 火

起火點在六樓。

The fire started on the 6th floor.

<ruby>出<rt>しゅっか</rt></ruby> <ruby>火<rt></rt></ruby><ruby>場所<rt>ばしょ</rt></ruby>は 6 <ruby>階<rt>ろっかい</rt></ruby>です。

中	英		日	
燒焦	burnt	bɜnt	焦げた	こ.げ.た
火災	fire	faɪr	火災	か.さい
縱火者	arsonist	ˈɑrsṇɪst	放火魔	ほう.か.ま
燒傷	burn	bɜn	やけど	
燃料	fuel	ˈfjʊəl	燃料	ねん.りょう
縱火	arson	ˈɑrsṇ	放火	ほう.か
燃燒	combustion	kəmˈbʌstʃən	燃焼	ねん.しょう
火焰	flame	flem	炎	ほのお
燃點	fire point	faɪ pɔɪnt	燃焼点	ねん.しょう.てん
森林大火	forest fire	ˈfɔrɪst faɪr	森林火災	しん.りん.か.さい
木材	log	lɔg	木材	もく.ざい
蠟燭	candle	ˈkændḷ	蝋燭	ろう.そく

競選	election ɪˈlɛkʃən	せんきょ 選 挙

<u>候選人</u>的海報。

<u>Candidate</u> posters.

りっこうほしゃ
<u>立 候 補 者</u>のポスター。

① 懇請支持

中	英		日	
候選人	candidate	ˈkændədet	立候補者	り.っこう.ほ.しゃ
政黨	party	ˈpɑrtɪ	政党	せい.とう
抹黑	smear campaign	smɪr kæmˈpen	中傷合戦	ちゅう.しょう. が.っせん
政見	political opinion	pəˈlɪtɪkḷ əˈpɪnjən	政見	せい.けん
民調	poll	pol	世論調査	よ.ろん.ちょう.さ
政治獻金	political donation	pəˈlɪtɪkḷ doˈneʃən	政治献金	せい.じ.けん.きん
競選廣告	campaign commercial	kæmˈpen kəˈmɝʃəl	選挙広告	せん.きょ.こう.こ く
競選口號	slogan	ˈslogən	選挙スローガン	せん.きょ.ス.ロー ガ.ン
支持者	supporter	səˈportɚ	支持者	し.じ.しゃ
競選宣傳車	campaign van	kæmˈpen væn	選挙カー	せん.きょ.カー
醜聞	scandal	ˈskændḷ	スキャンダル	
賄選	bribery	ˈbraɪbərɪ	選挙を買収する	せん.きょ.を.ばい. しゅう.す.る

投票	vote vot	とうひょう 投 票

投下選票。

Cast my vote.

ひょう　い
票 を入れる。

中	英		日	
投票率	voter turnout	ˋvotɚ ˋtɝnˌaʊt	投票率	とう.ひょう.りつ
投票權	suffrage	ˋsʌfrɪdʒ	投票権	とう.ひょう.けん
選票	ballot	ˋbælət	投票用紙	とう.ひょう.よう.し
計票	vote counting	vot ˋkaʊntɪŋ	開票	かい.ひょう
廢票	spoiled ballot	spɔɪlt ˋbælət	無効票	む.こう.ひょう
得票數	tally	ˋtælɪ	獲得票数	かく.とく.ひょう.すう
投票亭	voting booth	ˋvotɪŋ buθ	投票ブース	とう.ひょう.ブー.ス
投票箱	ballot box	ˋbælət bɑks	投票箱	とう.ひょう.ばこ
不記名投票	secret ballot	ˋsikrɪt ˋbælət	無記名投票	む.き.めい.とう.ひょう
黑箱作業	rigged ballot	rɪgd ˋbælət	不正投票	ふ.せい.とう.ひょう
灌票	ballot stuffing	ˋbælət ˋstʌfɪŋ	票の水増し	ひょう.の.みず.ま.し
亮票	display one's ballot	dɪˋsple wʌns ˋbælət	票を見せる	ひょう.を.み.せ.る

離婚	divorce də`vors	りこん 離婚

在離婚協議書上蓋章。

Sign the divorce papers.

りこんとどけ　はん　お
離婚届 に判を押す。

中	英		日	
監護權	child custody	tʃaɪld `kʌstədɪ	監護権	かん.ご.けん
財產分配	distribution of property	ˌdɪstrə`bjuʃən ɑv `prɑpətɪ	財産分与	ざい.さん.ぶん.よ
贍養費	alimony	`ælə.monɪ	養育費	よう.いく.ひ
分居	separate	`sɛpə.ret	別居	べ.っきょ
離婚手續	divorce procedure	də`vors prə`sidʒɚ	離婚手続き	り.こん.て.つづ.き
協商	negotiation	nɪ.goʃɪ`eʃən	協議	きょう.ぎ
律師	lawyer	`lɔjɚ	弁護士	べん.ご.し
律師事務所	law firm	lɔ fɝm	弁護士事務所	べん.ご.し.じ.む.しょ
協議離婚	collaborative divorce	kə`læbərətɪv də`vors	協議離婚	きょう.ぎ.り.こん
離婚協議書	divorce papers	də`vors `pepɚz	離婚届	り.こん.とどけ
離婚率	divorce rate	də`vors ret	離婚率	り.こん.りつ
婚外情	affair	ə`fɛr	不倫	ふ.りん

| 親子 | parents-children `pɛrənts ˈtʃɪldrən` | おやこ
親 子 |

爸爸、媽媽、和<u>小孩</u>。

Father, mother and <u>children</u>.

ちち　はは　こども
父と母と<u>子供</u>。

中	英		日	
叛逆	rebel	`rɪˈbɛl`	反抗する	はん.こう.す.る
代溝	generation gap	`dʒɛnəˈreʃən gæp`	ジェネレーションギャップ	
服從	obey	`əˈbe`	言う事を聞く	い.う.こと.を.き.く
忤逆	disobey	`dɪsəˈbe`	従わない	したが.わ.な.い
家庭氣氛	family atmosphere	`ˈfæməlɪ ˈætməs.fɪr`	家庭の雰囲気	か.てい.の.ふん.い.き
溝通	communication	`kəˌmjunəˈkeʃən`	コミュニケーション	
親密的	intimate	`ˈɪntəmɪt`	親密	しん.みつ
教育	education	`ˌɛdʒʊˈkeʃən`	教育	きょう.いく
寵溺	spoil	`spɔɪl`	溺愛する	でき.あい.す.る
疏離	distant	`ˈdɪstənt`	疎遠	そ.えん
獨生子女	only child	`ˈonlɪ tʃaɪld`	一人っ子	ひとり.っこ
親子衝突	parent-offspring conflict	`ˈpɛrəntˈɔf-ˌsprɪŋ ˈkɑnflɪkt`	親子の衝突	おや.こ.の.しょう.とつ

國家・政治	nation·politics ˈneʃən ˈpɑlətɪks	こっか　せいじ 国家・政治

世界地球村。

Global village.

グローバル・ヴィレッジ。

中	英		日	
人民	people	ˈpipl̩	人民	じん.みん
領土	territory	ˈtɛrəˌtorɪ	領土	りょう.ど
領海	territorial water	ˌtɛrəˈtorɪəl ˈwɔtɚ	領海	りょう.かい
主權	sovereignty	ˈsɑvrɪntɪ	主権	しゅ.けん
憲法	constitution	ˌkɑnstəˈtjuʃən	憲法	けん.ぽう
法律	law	lɔ	法律	ほう.りつ
總統	president	ˈprɛzədənt	総統／ 大統領	そう.とう／ だい.とう.りょう
政黨	party	ˈpɑrtɪ	政党	せい.とう
政權	regime	rɪˈʒim	政権	せい.けん
政黨輪替	change in ruling party	tʃendʒ ɪn ˈrulɪŋ ˈpɑrtɪ	政権交代	せい.けん.こう.たい
執政黨	ruling party	ˈrulɪŋ ˈpɑrtɪ	与党	よ.とう
在野黨	opposition party	ˌɑpəˈzɪʃən ˈpɑrtɪ	野党	や.とう

188

| 借貸 | loan
lon | か　か
貸し借り |

我<u>負債累累</u>。

I am in <u>debt</u>.

わたし　　　しゃっきん　しゃっきん　かさ
<u>私 は、借 金</u>に 借 金を重ねている。

中	英		日	
借（入）錢	borrow money	ˋbɑro ˋmʌnɪ	お金を借りる	お.かね.を.か.り.る
借（出）錢	lend money	lɛnd ˋmʌnɪ	お金を貸す	お.かね.を.か.す
歸還	return	rɪˋtɝn	返す	かえ.す
期限	deadline	ˋdɛd͵laɪn	期限	き.げん
逾期	overdue	͵ovˋdju	期限切れ	き.げん.ぎ.れ
保證人	guarantor	ˋgærəntɚ	保証人	ほ.しょう.にん
借據	IOU	ˋaɪoˋju	借用書	しゃく.よう.しょ
金錢糾紛	money dispute	ˋmʌnɪ dɪˋspjut	金銭トラブル	きん.せん.ト.ラ.ブ.ル
債務	debt	dɛt	債務／借金	さい.む／しゃ.っきん
討債公司	debt collection company	dɛt kəˋlɛkʃən ˋkʌmpənɪ	取り立て業者	と.り.た.て.ぎょう.しゃ
跑路	on the run	ɑn ðə rʌn	夜逃げする	よ.に.げ.す.る
信用	credit	ˋkrɛdɪt	信用	しん.よう

203

金錢	money ˈmʌnɪ	きんせん 金 銭

我<u>投資</u>失利。

I lost money on an <u>investment</u>.

<ruby>私<rt>わたし</rt></ruby> は、<ruby>投資<rt>とうし</rt></ruby>で<ruby>失敗<rt>しっぱい</rt></ruby>した。

中	英		日	
收入	income	ˈɪn.kʌm	収入	しゅう.にゅう
支出	expense	ɪkˈspɛns	支出	し.しゅつ
儲蓄	savings	ˈsevɪŋz	貯金	ちょ.きん
花錢	spend	spɛnd	お金を使う	お.かね.を.つか.う
投資	invest	ɪnˈvɛst	投資	とう.し
幣值升值	appreciation	əˌprɪʃɪˈeʃən	貨幣価値が 上がる	か.へい.か.ち.が. あ.が.る
幣值貶值	depreciation	dɪˈprɪʃɪˈeʃən	貨幣価値が 下がる	か.へい.か.ち.が. さ.が.る
外幣	foreign currency	ˈfɔrɪn ˈkɝənsɪ	外貨	がい.か
外匯	foreign exchange	ˈfɔrɪn ɪksˈtʃendʒ	外国為替	がい.こく.かわせ
外匯存底	foreign exchange reserve	ˈfɔrɪn ɪksˈtʃendʒ rɪˈzɝv	外貨準備高	がい.か.じゅん.び. だか
紙鈔	bill	bɪl	紙幣	し.へい
硬幣	coin	kɔɪn	硬貨	こう.か

儲蓄	savings ˋsevɪŋz	ちょきん 貯 金

提領現金。

Withdraw cash.

げんきん　ひ　だ
現 金を引き出す。

中	英		日	
帳戶	account	əˋkaunt	口座	こう.ざ
開戶	open an account	ˋopən æn əˋkaunt	口座を開く	こう.ざ.を.ひら.く
存款	deposit	dɪˋpɑzɪt	預金	よ.きん
餘額	balance	ˋbæləns	残高	ざん.だか
利息	interest	ˋɪntərɪst	利息	り.そく
利率	interest rate	ˋɪntərɪst ret	利率	り.りつ
定期存款	time deposit	taɪm dɪˋpɑzɪt	定期預金	てい.き.よ.きん
活期存款	demand deposit	dɪˋmænd dɪˋpɑzɪt	要求払預金	よう.きゅう.ばらい.よ.きん
解約	terminate contract	ˋtɝmə.net ˋkɑntrækt	解約	かい.やく
提款	withdraw	wɪðˋdrɔ	引き出す	ひ.き.だ.す
提款卡	ATM card	ˋeˋtiˋɛm kɑrd	キャッシュカード	
撲滿	piggy bank	ˋpɪgɪ bæŋk	貯金箱	ちょ.きん.ばこ

面試	interview `ɪntəˌvju	めんせつ 面 接

面談了 30 分鐘。

Interviewing for 30 minutes.

さんじゅっぷんかんめんせつ　う
３０分間面接を受けた。

中	英		日	
履歷表	resume	ˌrɛzjuˈme	履歴書	り.れき.しょ
自傳	autobiography	ˌɔtəbaɪˈɑgrəfɪ	自叙伝	じ.じょ.でん
薪資	salary	ˈsælərɪ	給料	きゅう.りょう
學歷	education	ˌɛdʒʊˈkeʃən	学歴	がく.れき
經歷	CV (curriculum vitae)	ˈsiˈvi (kəˈrɪkjələm ˈvitaɪ)	経歴	けい.れき
工作內容	job description	dʒɑb dɪˈskrɪpʃən	仕事内容	し.ごと.ない.よう
自我介紹	self introduction	sɛlf ˌɪntrəˈdʌkʃən	自己紹介	じ.こ.しょう.かい
第一印象	first impression	fɜst ɪmˈprɛʃən	第一印象	だい.いち.いん.しょう
面試官	interviewer	ˈɪntəˌvjuə	面接官	めん.せつ.かん
推薦函	letter of recommendation	ˈlɛtə ɑv ˌrɛkəmɛnˈdeʃən	推薦状	すい.せん.じょう
筆試	written test	ˈrɪtn̩ tɛst	筆記試験	ひ.っき.し.けん
錄取	recruit	rɪˈkrut	採用	さい.よう

| 工作 | working `ˈwɝkɪŋ` | しごと
仕事 |

加班到凌晨一點。

Working overtime until 1a.m. in the morning.

ごぜんいちじ　　ざんぎょう
午前 1 時まで残 業 した。

中	英		日	
開會	meeting	`ˈmitɪŋ`	会議	かい.ぎ
出差	business trip	`ˈbɪznɪs trɪp`	出張	しゅ.っちょう
留職停薪	leave-without-pay	`ˈliv.wɪˈðautˈpe`	無給休暇	む.きゅう.きゅう.か
曠職	absence	`ˈæbsn̩s`	無断欠勤	む.だん.け.っきん
主管	supervisor	`ˌsupɚˈvaɪzɚ`	上司	じょう.し
同事	colleague	`ˈkɑlig`	同僚	どう.りょう
薪水	salary	`ˈsæləri`	給料	きゅう.りょう
加班	overtime	`ˈovɚˌtaɪm`	残業	ざん.ぎょう
性騷擾	sexual harassment	`ˈsɛkʃuəl ˈhærəsmənt`	セクハラ	
升遷	promotion	`prəˈmoʃən`	昇進	しょう.しん
培訓	training	`ˈtrenɪŋ`	訓練	くん.れん
打卡	punch	`pʌntʃ`	タイムカードを押す	タ.イ.ム.カー.ド.を.お.す

會議	meeting `mitɪŋ	かい ぎ 会 議

聽取簡報內容。

Listening to a presentation.

プレゼンを聴^きく。

中	英		日	
遲到	late	let	遅刻	ち.こく
準時	on time	ɑn taɪm	時間通り	じ.かん.どお.り
投票表決	vote	vot	投票による表決	とう.ひょう.に.よ.る.ひょう.けつ
討論	discuss	dɪ`skʌs	討論	とう.ろん
意見	opinion	ə`pɪnjən	意見	い.けん
提案	proposal	prə`pozḷ	提案	てい.あん
簡報	presentation	ˌprizɛn`teʃən	プレゼンテーション	
致詞	opening remarks	`opənɪŋ rɪ`mɑrks	あいさつを述べる	あ.い.さ.つ.を.の.べ.る
會議紀錄	meeting minutes	`mitɪŋ `mɪnɪts	議事録	ぎ.じ.ろく
議程	agenda	ə`dʒɛndə	議事日程	ぎ.じ.に.っ.てい
會議室	conference room	`kɑnfərəns rum	会議室	かい.ぎ.しつ
召開會議	hold a meeting	hold ə `mitɪŋ	会議を開く	かい.ぎ.を.ひら.く

作業系統	operating system ˋɑpəˏretɪŋ ˋsɪstəm	コンピューターの O S オーエス

咦？螢幕壞了？

Hey, is the monitor broken?

あれ、モニターが故障したかな。
こしょう

中	英		日
微軟	Microsoft	ˋmaɪkroˏsɔft	マイクロソフト
麥金塔	Mac (Macintosh)	mæk (ˋmækɪnˏtɑʃ)	マッキントッシュ
視窗	Windows	ˋwɪndoz	ウインドウズ
處理器	processor	ˋprɑsɛsɚ	プロセッサー
記憶體	memory	ˋmɛmərɪ	メモリー
位元	bit	bɪt	ビット
版本	version	ˋvɝʒən	バージョン
硬體	hardware	ˋhɑrdˏwɛr	ハードウェア
軟體	software	ˋsɔftˏwɛr	ソフトウェア
程式	program	ˋprogræm	プログラム
驅動程式	driver	ˋdraɪvɚ	ドライバー
使用者	user	ˋjuzɚ	ユーザー

電腦操作	computer use kəmˋpjutɚ juz	コンピューター 操作 そうさ

移動滑鼠。

Move the mouse.

マウスを動かす。
うご

中	英		日	
開機	turn on	tɝn ɑn	電源を入れる	でん.げん.を.い.れ.る
關機	turn off	tɝn ɔf	電源を切る	でん.げん.を.き.る
重新開機	reboot	ˌriˋbut	再起動	さい.き.どう
當機	crash	kræʃ	クラッシュ	
安裝	install	ɪnˋstɔl	インストール	
移除	uninstall	ˌʌnɪnˋstɔl	アンインストール	
掃毒	scan	skæn	ウイルススキャン	
解壓縮	decompress	ˌdikəmˋprɛs	解凍する	かい.とう.す.る
存檔	save	sev	ファイルの保存	ファ.イ.ル.の.ほ.ぞん
複製	copy	ˋkɑpɪ	コピー	
剪下	cut	kʌt	切り取り	き.り.と.り
貼上	paste	pest	貼り付け	は.り.つ.け
刪除	delete	dɪˋlit	削除	さく.じょ

| 網路 | Internet 'ɪntə‚nɛt | インターネット |

輸入帳號。

Enter your account.

<ruby>入 力<rt>にゅうりょく</rt></ruby>

アカウントを 入 力 する。

Account：lemontree
Password：

中	英		日
伺服器	server	'sɝvə	サーバー
網站	website	'wɛb‚saɪt	ウェブサイト
瀏覽器	browser	'brauzə	ブラウザ
IP 位址	IP address	'aɪ'pi 'ædrɛs	IPアドレス アイ.ピー.ア.ド.レ.ス
帳號	account	ə'kaunt	アカウント
密碼	password	'pæs‚wɝd	パスワード
網路服務提供者	ISP (Internet service provider)	'aɪ'ɛs'pi ('ɪntə‚nɛt 'sɝvɪs prə'vaɪdə)	プロバイダー
病毒	virus	'vaɪrəs	ウイルス
防毒軟體	anti-virus software	‚æntɪ'vaɪrəs 'sɔft‚wɛr	ウイルス対策ソフトウェア ウ.イ.ル.ス.たい.さく. ソ.フ.ト.ウェ.ア
網域	domain	do'men	ドメイン
寬頻	broadband	'brɔd'bænd	ブロードバンド
搜尋引擎	search engine	sɝtʃ 'ɛndʒən	検索エンジン けん.さく.エ.ン.ジ.ン

| 部落格 | blog `blɔg | ブログ |

（在部落格）留言。

Leave a message.

コメントを投稿する。

Comment

你寫得真好！

中	英		日	
部落客	blogger	`blɔgɚ	ブロガー	
引用	quote	kwot	引用	いん.よう
發表文章	post an article	post æn `ɑrtɪkl̩	記事を投稿する	き.じ.を.とう.こう.す.る
更新	update	ʌp`det	更新	こう.しん
留言板	guest book	gɛst bʊk	メッセージボード	
網路相簿	Internet album	`ɪntɚˌnɛt `ælbəm	（インターネットの）フォトアルバム	
文章	article	`ɑrtɪkl̩	記事	き.じ
部落格廣告	blog ad	blɔg æd	ブログ広告	ブ.ロ.グ.こう.こく
網誌面版	blog design	blɔg dɪ`zaɪn	ブログスキン	
標籤	tag	tæg	タグ	
點閱人數	hit	hɪt	訪問者数	ほう.もん.しゃ.すう
智慧財產權	intellectual property rights	ˌɪntl̩`ɛktʃʊəl `prapətɪ raɪts	知的財産権	ち.てき.ざい.さん.けん

電子郵件	e-mail ìˋmel	でんし 電子メール

加上<u>附加檔案</u>。

Add an <u>attachment</u>.

ファイルを<ruby>添付<rt>てんぷ</rt></ruby>する。

中	英		日	
垃圾郵件	junk mail	dʒʌŋk ˋmel	ジャンクメール	
寄信	send	sɛnd	送信	そう.しん
轉寄	forward	ˋfɔrwəd	転送	てん.そう
接收	receive	rɪˋsiv	受信	じゅ.しん
刪除	delete	dɪˋlit	削除	さく.じょ
收件匣	inbox	ˋɪnbɑks	受信箱	じゅ.しん.ばこ
寄件備份	sent item	sɛnt ˋaɪtəm	送信済みメール	そう.しん.ず.み.メール
草稿	draft	dræft	下書き	した.が.き
@（小老鼠）	at	æt	アットマーク	
回覆	reply	rɪˋplaɪ	返信	へん.しん
郵件地址	e-mail address	ìˋmel əˋdrɛs	メールアドレス	
副本	cc (carbon copy)	ˋsiˋsi (ˋkɑrbən ˋkɑpɪ)	CC	シー.シー
密件副本	bcc (blind carbon copy)	ˋbiˋsiˋsi (blaɪnd ˋkɑrbən ˋkɑpɪ)	BCC	ビー.シー.シー

網站	website ˋwɛbˌsaɪt	ウェブサイト

設定<u>首頁</u>為Google。

Make Google your <u>homepage</u>.

Googleを<u>ホームページ</u>に設定する。

中	英		日
網址	URL	ˋjuˋɑrˋɛl	ウェブアドレス
網頁	web page	wɛb pedʒ	ウェブページ
首頁	homepage	ˋhomˌpedʒ	ホームページ
流量	flow	flo	トラフィック
會員	member	ˋmɛmbɚ	メンバー
登入	sign in	saɪn ɪn	ログイン
登出	sign out	saɪn aut	ログアウト
電子報	e-paper	ˋiˋpepɚ	電子ペーパー でん.し.ペー.パー
購物車	shopping cart	ˋʃɑpɪŋ kɑrt	ショッピングカート
線上付款	online payment	ˋɑnˌlaɪn ˋpemənt	オンライン決済 オ.ン.ラ.イ.ン.け.っさい
駭客	hacker	ˋhækɚ	ハッカー
駭入	hack	hæk	ハックする

214

繪圖	drawing `drɔɪŋ	かいが 絵画

用<u>鉛筆</u>打草稿。

Draft with a <u>pencil</u>.

<u>鉛筆</u>で<u>下書</u>きする。

中	英		日	
草稿	draft	dræft	下書き	した.が.き
構圖	composition	ˌkampəˈzɪʃən	構図	こう.ず
素描	sketch	skɛtʃ	スケッチ／デッサン	
色調	tone	ton	色調	しき.ちょう
上色	color	ˈkʌlə	色を塗る	いろ.を.ぬ.る
概念	concept	ˈkansɛpt	概念	がい.ねん
技巧	technique	tɛkˈnik	技法	ぎ.ほう
創意	creativity	ˌkriˈtɪvətɪ	創意	そう.い
美學	aesthetics	ɛsˈθɛtɪks	美学	び.がく
臨摹	copy	ˈkapɪ	模写	も.しゃ
畫筆	paintbrush	ˈpentˌbrʌʃ	絵筆	え.ふで
角度	angle	ˈæŋgḷ	角度	かく.ど

攝影	photography fə`tɑgrəfɪ	さつえい 撮 影

我合成了<u>照片</u>。

I've synthesized the <u>picture</u>.

ごうせいしゃしん　つく
合 成 写 真 を作った。

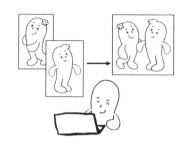

中	英		日	
廣角鏡頭	wide-angle lens	`waɪd`æŋgl̩ lɛnz	広角レンズ	こう.かく.レ.ン.ズ
自動對焦	automatic focus	ˌɔtə`mætɪk `fokəs	オートフォーカス	
按快門	press shutter	prɛs `ʃʌtɚ	シャッターを切る	シャ.ッター.を.き.る
焦距	focal length	`fokl̩ lɛŋθ	焦点距離	しょう.てん.きょ.り
夜拍模式	night mode	naɪt mod	夜間撮影モード	や.かん.さつ.えい.モー.ド
背光	backlight	`bæk.laɪt	逆光	ぎゃ.っこう
曝光	exposure	ɪk`spoʒɚ	露光	ろ.こう
閃光燈	flash	flæʃ	フラッシュ	
攝影師	photographer	fə`tɑgrəfɚ	カメラマン	
攝影棚	studio	`stjudɪo	撮影スタジオ	さつ.えい.ス.タ.ジ.オ
暗房	darkroom	`dɑrk`rum	暗室	あん.しつ
數位相機	digital camera	`dɪdʒɪtl̩ `kæmərə	デジタルカメラ	

寫作	writing `raɪtɪŋ	しっぴつ 執筆

送給你我的新書。

I am giving you a <u>new book</u> of mine.

あなたに 私 の<u>新作</u>をあげる。

中	英		日	
瓶頸	writer's block	`raɪtɚz blɑk	行き詰まる	ゆ.き.づ.ま.る
靈感	inspiration	ˌɪnspəˈreʃən	インスピレーション	
想像力	imagination	ɪˌmædʒəˈneʃən	想像力	そう.ぞう.りょく
截稿日	deadline	`dɛd.laɪn	締め切り	し.め.き.り
投稿	submit	səbˈmɪt	投稿する	とう.こう.す.る
草稿	draft	dræft	下書き	した.が.き
修改	revise	rɪˈvaɪz	修正	しゅう.せい
架構	outline	`aut.laɪn	構想	こう.そう
作者	author	`ɔθɚ	作者	さく.しゃ
創作	creation	krɪˈeʃən	創作	そう.さく
中心思想	main idea	men aɪˈdiə	中核となる アイディア	ちゅう.かく.と.な.る. ア.イ.ディ.ア
主題	theme	θim	テーマ	

203

色彩	color `kʌlɚ	しきさい 色 彩

哇！黑魔鬼！

Oh! A <u>black devil</u>.

あ、<u>黒い悪魔</u>だ。

中	英		日	
色調	tone	ton	色調	しき.ちょう
互補色	complementary color	ˌkɑmpləˈmɛntərɪ ˈkʌlɚ	補色	ほ.しょく
原色	primary color	ˈpraɪmɛrɪ ˈkʌlɚ	原色	げん.しょく
暖色調	warm tone	wɔrm ton	暖色系	だん.しょく.けい
冷色調	cold tone	kold ton	寒色系	かん.しょく.けい
淺色	light color	laɪt ˈkʌlɚ	薄い色	うす.い.いろ
深色	dark color	dɑrk ˈkʌlɚ	濃い色	こ.い.いろ
美學	aesthetics	ɛsˈθɛtɪks	美学	び.がく
色調搭配	color scheme	ˈkʌlɚ skim	配色	はい.しょく
混色	mix	mɪks	混色	こん.しょく
色彩豐富	colorful	ˈkʌləfəl	カラフル	
黑白單色	monochrome	ˈmɑnəˌkrom	モノクロ	

聲音	sound saund	こえ 声

調大<u>音量</u>。

Turn up the <u>volume</u>.

<u>ボリューム</u>を上^あげる。

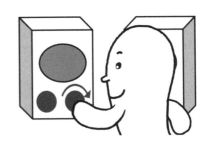

中	英		日	
大聲	loud	laʊd	大声	おお.ごえ
微弱	faint	fent	弱々しい	よわ.よわ.し.い
嘈雜	noisy	ˋnɔɪzɪ	やかましい	
調音	tune	tjun	チューニング	
音量	volume	ˋvɑljəm	ボリューム	
分貝	decibel	ˋdɛsɪbɛl	デシベル	
配音員	voice actor	vɔɪs ˋæktə	声優	せい.ゆう
低沉	deep	dip	低い	ひく.い
沙啞	hoarse	hors	ハスキー	
甜美	sweet	swit	甘い	あま.い
溫柔	gentle	ˋdʒɛntl̩	優しい	やさ.し.い
性感	sexy	ˋsɛksɪ	セクシー	

| 出國 | go abroad
go əˋbrɔd | しゅっこく
出 国 |

這次的<u>目的地</u>是埃及。

The <u>destination</u> this time is Egypt.

こんかい　い　さき
今回の<u>行き先</u>は、エジプトです。

中	英		日	
護照	passport	ˋpæsˌport	パスポート	
簽證	visa	ˋvizə	ビザ	
海關	customs	ˋkʌstəmz	税関	ぜい.かん
機票	plane ticket	plen ˋtɪkɪt	航空券	こう.くう.けん
匯率	exchange rate	ɪksˋtʃendʒ ret	為替レート	かわせ.レート
時差	time difference	taɪm ˋdɪfərəns	時差	じ.さ
國際駕照	IDP (international driving permit)	ˋaɪˋdiˋpi (ˌɪntəˋnæʃənḷ ˋdraɪvɪŋ pɚˋmɪt)	国際免許証	こく.さい.めん.きょ.しょう
觀光	sightseeing	ˋsaɪtˌsiɪŋ	観光	かん.こう
移民	immigration	ˌɪməˋgreʃən	移民	い.みん
出國唸書	study abroad	ˋstʌdɪ əˋbrɔd	留学	りゅう.がく
國際換日線	IDL (international date line)	ˋaɪˋdiˋlʒ (ˌɪntəˋnæʃənḷ det laɪn)	日付変更線	ひ.づけ.へん.こう.せん
想家	homesick	ˋhomˌsɪk	ホームシック	

萬聖節	Halloween ˌhæləˈwin	ハロウィーン

提<u>南瓜燈籠</u>。

Lift the <u>jack-o'-lantern</u>.

<ruby>手<rt>て</rt></ruby>に<u>カボチャのランプ</u>を<ruby>持<rt>も</rt></ruby>つ。

中	英		日
南瓜	pumpkin	ˋpʌmpkɪn	カボチャ
南瓜燈籠	jack-o'-lantern	ˋdʒækə-ˌlæntən	カボチャのランプ
不給糖 就搗蛋	trick or treat	trɪk ɔr trit	トリック・オア・トリート
鬼魂	ghost	gost	幽霊　ゆう.れい
殭屍	zombie	ˋzɑmbɪ	ゾンビ
妖精	fairy	ˋfɛrɪ	妖精　よう.せい
骷髏	skeleton	ˋskɛlətn̩	骸骨　がい.こつ
女巫	witch	wɪtʃ	魔女　ま.じょ
惡魔	devil	ˋdɛvl̩	悪魔　あく.ま
黑貓	black cat	blæk kæt	黒猫　くろ.ねこ
蝙蝠	bat	bæt	コウモリ
貓頭鷹	owl	aʊl	フクロウ

| 新年 | New Year
nju jɪr | しんねん
新 年 |

恭喜新年好！

Happy New Year.

あ
明けましておめでとう。

中	英		日	
新的一年	New Year	nju jɪr	新しい一年	あたら.し.い.いち.ねん
農曆春節	Chinese New Year	ˈtʃaɪˈniz nju jɪr	旧正月	きゅう.しょう.がつ
除夕夜	Chinese New Year's Eve	ˈtʃaɪˈniz nju jɪrz iv	大晦日	おお.みそ.か
倒數	count down	kaʊnt daʊn	カウントダウン	
壓歲錢	red envelope	rɛd ˈɛnvəˌlop	お年玉	お.とし.だま
連續假期	consecutive holiday	kənˈsɛkjʊtɪv ˈhɑləˌde	連休	れん.きゅう
天氣冷	cold	kold	寒い	さむ.い
傳統	tradition	trəˈdɪʃən	伝統	でん.とう
習俗	custom	ˈkʌstəm	風俗習慣	ふう.ぞく.しゅう.かん
守歲	see in the new year	si ɪn ðə nju jɪr	寝ずに年を越す	ね.ず.に.とし.を.こ.す
團圓	gathering	ˈgæðərɪŋ	家族が集まる	か.ぞく.が.あつ.ま.る
拜年	New year visit	nju jɪr ˈvɪzɪt	新年の挨拶をする	しん.ねん.の.あい.さつ.を.す.る

頒獎典禮	award ceremony [əˈwɔrd ˈsɛrəˌmonɪ]	ひょうしょうしき 表 彰 式

我要**盛裝**出席。

I will be all dressed up.

わたし　　　はな　　　　きかざ　　　しゅっせき
私 は、華やかに着飾って 出 席する。

中	英		日	
主持人	host	host	司会者	し.かい.しゃ
明星	star	stɑr	スター	
記者	reporter	rɪˈportɚ	記者	き.しゃ
紅地毯	red carpet	rɛd ˈkɑrpɪt	レッドカーペット	
表演	performance	pɚˈfɔməns	パフォーマンス	
流程	rundown	ˈrʌnˌdaʊn	流れ	なが.れ
現場直播	live broadcast	laɪv brɔdˌkæst	生放送	なま.ほう.そう
禮服	formal dress	ˈfɔrml̩ drɛs	礼服	れい.ふく
提名	nominate	ˈnɑməˌnet	ノミネートする	
入圍者	nominee	ˌnɑməˈni	ノミネート者	ノ.ミ.ネー.ト.しゃ
得獎者	winner	ˈwɪnɚ	受賞者	じゅ.しょう.しゃ
獎座	trophy	ˈtrofɪ	トロフィー	

| 占卜 | divination dɪvəˈneʃən | うらな 占 い |

我迷上<u>塔羅牌</u>。

I am fascinated with <u>tarot cards</u>.

わたし
<u>私</u>は、<u>タロットカード</u>にはまっている。

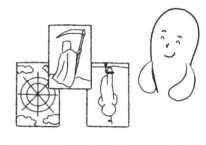

中	英		日	
算命	fortune-telling	ˈfɔrtʃənˌtɛlɪŋ	占い	うらな.い
迷信	superstition	ˌsupəˈstɪʃən	迷信	めい.しん
預兆	omen	ˈomən	前兆	ぜん.ちょう
算命師	fortune teller	ˈfɔrtʃən ˈtɛlə	占い師	うらな.い.し
占星	astrology	əˈstrɑlədʒɪ	星占い	ほし.うらな.い
幸運	lucky	ˈlʌkɪ	幸運	こう.うん
塔羅牌	tarot cards	ˈtæro kɑrdz	タロットカード	
解夢	dream interpretation	drim ɪnˌtɝprɪˈteʃən	夢占い	ゆめ.うらな.い
預言家	prophet	ˈprɑfɪt	預言者	よ.げん.しゃ
預言	prediction	prɪˈdɪkʃən	予言	よ.げん
世界末日	Armageddon	ˌɑrməˈgɛdn̩	世界の終焉	せ.かい.の.しゅう.えん
命運	fate	fet	運命	うん.めい

婚禮	wedding ceremony ˈwɛdɪŋ ˈsɛrəˌmonɪ	けっこんしき 結婚式

妳願意嫁給我嗎？

Will you marry me?

ぼく　けっこん
僕と結婚してくれますか。

中	英		日	
喜帖	wedding invitation	ˈwɛdɪŋ ˌɪnvəˈteʃən	（結婚式の）招待状	（け.っこん.しき.の）しょう.たい.じょう
新郎	bridegroom	ˈbraɪdˌgrum	新郎	しん.ろう
新娘	bride	braɪd	新婦	しん.ぷ
伴娘	maid of honor	med ɑv ˈɑnə	花嫁付添い人	はな.よめ.つき.そ.い.にん
伴郎	best man	bɛst mæn	花婿付添い人	はな.むこ.つき.そ.い.にん
教堂	church	tʃɜtʃ	教会	きょう.かい
牧師	minister	ˈmɪnɪstə	牧師	ぼく.し
結婚誓言	wedding vows	ˈwɛdɪŋ vauz	結婚の誓い	け.っこん.の.ちか.い
至死不渝	til death do us apart	tɪl dɛθ du ʌs əˈpɑrt	死ぬまで変わらない	し.ぬ.ま.で.か.わ.ら.な.い
婚紗	wedding dress	ˈwɛdɪŋ drɛs	ウエディングドレス	
結婚戒指	wedding ring	ˈwɛdɪŋ rɪŋ	結婚指輪	け.っこん.ゆび.わ
婚宴	wedding reception	ˈwɛdɪŋ rɪˈsɛpʃən	披露宴	ひ.ろう.えん
捧花	bouquet	buˈke	ブーケ	

| 社會福利 | social welfare ˈsoʃəl ˈwɛlˌfɛr | しゃかいふくし 社 会 福 祉 |

我進行募款。

I am conducting a fundraising event.

わたし ぼきん あつ
私 は、募金を集めている。

中	英		日
社工	social worker	ˈsoʃəl ˈwɝkə˞	ソーシャルワーカー
志工	volunteer	ˌvɑlənˈtɪr	ボランティア
社福政策	social welfare policy	ˈsoʃəl ˈwɛlˌfɛr ˈpɑləsɪ	社会福祉政策 しゃ.かい.ふく.し. せい.さく
基金會	foundation	faʊnˈdeʃən	基金会 き.きん.かい
補助	subsidy	ˈsʌbsədɪ	補助金 ほ.じょ.きん
公益活動	charity activity	ˈtʃærətɪ ækˈtɪvɪtɪ	公益活動 こう.えき.かつ.どう
失業	unemployed	ˌʌnɪmˈplɔɪd	失業 しつ.ぎょう
弱勢族群	disadvantaged groups	ˌdɪsədˈvæntɪdʒd grups	恵まれない 人々 めぐ.ま.れ.な.い. ひと.びと
遊民	homeless person	ˈhomlɪs ˈpɝsn̩	ホームレス
募款	fundraising	ˈfʌndˌrezɪŋ	募金 ぼ.きん
捐款	donation	doˈneʃən	寄付 き.ふ
義演	charity performance	ˈtʃærətɪ pə˞ˈfɔrməns	慈善公演 じ.ぜん.こう.えん

游泳	swimming ˈswɪmɪŋ	すいえい 水 泳

我擅長<u>游泳</u>。

I am good at <u>swimming</u>.

わたし　　すいえい　とくい
私 は、<u>水 泳</u>が得意です。

中	英		日	
抽筋	cramp	kræmp	けいれん	
心肺復甦術	CPR	ˈsiˋpiˋɑr	心肺蘇生術	しん.ぱい.そ.せい. じゅつ
人工呼吸	artificial respiration	ˌartəˋfɪʃəl ˌrɛspəˋreʃən	人工呼吸	じん.こう.こ.きゅう
暖身	warm up	wɔrm ʌp	ウォーミングアップ	
嗆水	choke	tʃok	むせる	
溺水	drown	draʊn	溺れる	おぼ.れ.る
跳水	dive	daɪv	飛び込む	と.び.こ.む
打水	flutter kick	ˋflʌtɚ kɪk	バタ足	バ.タ.あし
泳衣	swimsuit	ˋswɪmsut	水着	みず.ぎ
池水消毒劑	disinfectant	ˌdɪsɪnˋfɛktənt	プール消毒剤	プー.ル.しょう. どく.ざい
救生員	lifeguard	ˋlaɪfˌgɑrd	ライフガード	
游泳教練	swimming coach	ˋswɪmɪŋ kotʃ	水泳コーチ	すい.えい.コー.チ

暴力犯罪	violent crime `vaɪələnt kraɪm`	ぼうりょくはんざい 暴 力 犯 罪

搶劫是犯罪行為。

Robbery is a crime.

りゃくだつ　はんざいこうい
略 奪は犯罪行為です。

中	英		日	
綁架	kidnapping	`ˈkɪdnæpɪŋ`	誘拐	ゆう.かい
人質	hostage	`ˈhɑstɪdʒ`	人質	ひと.じち
綁匪	kidnapper	`ˈkɪdnæpɚ`	誘拐犯	ゆう.かい.はん
贖金	ransom	`ˈrænsəm`	身代金	みの.しろ.きん
撕票	kill the hostage	`kɪl ðə ˈhɑstɪdʒ`	人質を殺害する	ひと.じち.を.さつ.がい.す.る
殺人未遂	attempted murder	`əˈtɛmptɪd ˈmɝdɚ`	殺人未遂	さつ.じん.み.すい
自首	surrender to justice	`səˈrɛndɚ tu ˈdʒʌstɪs`	自首	じ.しゅ
謀殺	murder	`ˈmɝdɚ`	殺人	さつ.じん
過失殺人	involuntary manslaughter	`ɪnˈvɑlənˌtɛrɪ ˈmænˌslɔtɚ`	過失致死	か.しつ.ち.し
嫌犯	suspect	`ˈsəspɛkt`	容疑者	よう.ぎ.しゃ
共犯	accomplice	`əˈkɑmplɪs`	共犯	きょう.はん
通緝	circular order	`ˈsɝkjələ ˈɔrdɚ`	指名手配	し.めい.て.はい

違法行為	illegal act ɪˈlˈigl̩ ækt	いほうこうい 違法 行為

發現<u>可疑人物</u>。

Discover <u>suspicious persons</u>.

<u>あや
怪しいひと人</u>をみ見つけた。

中	英		日	
違法	illegal	ɪˈligl̩	違法	い.ほう
法律漏洞	loophole	ˈlup.hol	抜け道	ぬ.け.みち
貪汙	corruption	kəˈrʌpʃən	汚職	お.しょく
洗錢	money laundering	ˈmʌnɪ ˈlɔndərɪŋ	資金洗浄	し.きん.せん.じょう
侵犯著作權	copyright infringement	ˈkɑpɪˌraɪt ɪnˈfrɪndʒmənt	著作権侵害	ちょ.さく.けん.しん.がい
詐欺	fraud	frɔd	詐欺	さ.ぎ
吸毒	drug abuse	drʌg əˈbjuz	麻薬を吸う	ま.やく.を.す.う
誹謗	defamation	ˌdɪfəˈmeʃən	名誉毀損	めい.よ.き.そん
非法移民	illegal immigration	ɪˈligl̩ ˌɪməˈgreʃən	不法移民	ふ.ほう.い.みん
走私	smuggling	ˈsmʌglɪŋ	密貿易	みつ.ぼう.えき
偷竊	theft	θɛft	窃盗	せ.っとう
叛國	treason	ˈtrizn̩	売国	ばい.こく

| 理財 | financial planning
faɪˈnænʃəl ˈplænɪŋ | ざい
財 テク |

請教<u>理財</u>顧問。

Consult a <u>financial planner</u>.

<u>ファイナンシャルプランナー</u>に聞^きいてみる。

中	英		日	
資産	asset	ˈæsɛt	資産	し.さん
儲蓄	savings	ˈsevɪŋz	貯蓄	ちょ.ちく
利息	interest	ˈɪntərɪst	利子	り.し
風險	risk	rɪsk	リスク	
保險	insurance	ɪnˈʃurəns	保険	ほ.けん
壽險	life insurance	laɪf ɪnˈʃurəns	生命保険	せい.めい.ほ.けん
養老金	pension	ˈpɛnʃən	年金	ねん.きん
理財顧問	financial planner	faɪˈnænʃəl ˈplænɚ	ファイナンシャルプランナー	
理財雜誌	financial magazine	faɪˈnænʃəl ˌmægəˈzin	金融雑誌	きん.ゆう.ざ.っし
個人理財	personal finance	ˈpɝsṇḷ faɪˈnæns	パーソナルファイナンス	
投資	invest	ɪnˈvest	投資する	とう.し.す.る
雙贏	win win	wɪn wɪn	両者に有利	りょう.しゃ.に.ゆう.り

投資	investment ɪnˋvɛstmənt	とうし 投資

你打算投資多少錢？

How much money would you like to invest?

どのくらいの金額を投資したいですか。

中	英		日	
投資人	investor	ɪnˋvɛstɚ	投資家	とう.し.か
股票	stock	stɑk	株	かぶ
股本	capital stock	ˋkæpətḷ stɑk	株式資本	かぶ.しき.し.ほん
基金	fund	fʌnd	基金	き.きん
股市	stock market	stɑk ˋmɑrkɪt	株式市場	かぶしき.し.じょう
證交所	stock exchange	stɑk ɪksˋtʃendʒ	証券取引所	しょう.けん.と.り.ひき.じょ
股價	stock price	stɑk praɪs	株価	かぶ.か
崩盤	collapse	kəˋlæps	暴落	ぼう.らく
上漲	rise	raɪz	上昇する	じょう.しょう.す.る
下跌	fall	fɔl	下落する	げ.らく.す.る
債券	bond	bɑnd	債券	さい.けん
增值	appreciation	əˌpriʃiˋeʃən	値上がり	ね.あ.が.り
貶值	depreciation	dɪˌpriʃiˋeʃən	値下がり	ね.さ.が.り

乳製品	dairy `dɛrɪ	にゅうせいひん 乳 製 品

我喜歡喝牛奶。

I like drinking milk.

わたし ぎゅうにゅう す
私 は 牛 乳 が好きです。

中	英		日	
牛奶	milk	mɪlk	牛乳	ぎゅう.にゅう
奶粉	milk powder	mɪlk `paudə	粉ミルク	こな.ミ.ル.ク
鮮奶油	whipped cream	`hwɪpt krim	生クリーム	なま.ク.リー.ム
奶油	butter	`bʌtə	バター	
起士	cheese	tʃiz	チーズ	
鮮奶布丁	milk pudding	mɪlk `pudɪŋ	ミルクプリン	
優格	yogurt	`jogət	ヨーグルト	
冰淇淋	ice cream	aɪs krim	アイスクリーム	
奶昔	milkshake	ˏmɪlk`ʃek	シェイク	
奶茶	milk tea	mɪlk ti	ミルクティー	
調味乳	flavored milk	`flevəd mɪlk	味付き牛乳	あじ.つ.き.ぎゅう.にゅう
煉乳	condensed milk	kən`dɛnst mɪlk	練乳	れん.にゅう

電影類型	film genre fɪlm ˋʒɑnrə	えいが　しゅるい 映画の種類

我喜歡<u>武打片</u>。

I like <u>martial art movies</u>.

ぶどうえいが　す
<u>武道映画</u>が好きです。

中	英		日	
動作片	action films	ˋækʃən fɪlmz	アクション映画	ア.ク.ショ.ン.えい.が
冒險片	adventure films	ədˋvɛntʃə fɪlmz	アドベンチャー映画	ア.ド.ベ.ン.チャー.えい.が
青春片	coming-of-age films	ˋkʌmɪŋ ɑv edʒ fɪlmz	青春映画	せい.しゅん.えい.が
動畫片	animation	͵ænəˋmeʃən	アニメーション	
武打片	martial arts films	ˋmɑrʃəl ɑrts fɪlmz	武道映画	ぶ.どう.えい.が
傳記電影	biographical films	͵baɪəˋgræfɪk! fɪlmz	伝記映画	でん.き.えい.が
喜劇	comedy	ˋkɑmədɪ	コメディー	
悲劇	tragedy	ˋtrædʒədɪ	悲劇	ひ.げき
美國西部片	western	ˋwɛstən	西部劇	せい.ぶ.げき
紀錄片	documentary	͵dɑkjəˋmɛntərɪ	ドキュメンタリー	
浪漫愛情片	romantic films	rəˋmæntɪk fɪlmz	恋愛映画	れん.あい.えい.が
恐怖片	horror films	ˋhɔrə fɪlmz	ホラー映画	ホ.ラー.えい.が
科幻片	sci-fi films	ˋsaɪfaɪ fɪlmz	SF映画	エス.エフ.えい.が

| 奥運（1） | Olympic games
oˈlɪmpɪk gemz | オリンピック |

他是<u>拳擊</u>銀牌。

He won a silver medal in <u>boxing</u>.

<ruby>彼<rt>かれ</rt></ruby>は<u>ボクシング</u>の<ruby>銀<rt>ぎん</rt></ruby>メダリストです。

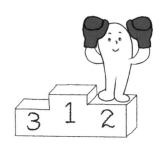

中	英		日	
田徑	athletics	æθˈlɛtɪks	陸上	りく.じょう
體操	gymnastics	dʒɪmˈnæstɪks	体操	たい.そう
射箭	archery	ˈɑrtʃərɪ	アーチェリー	
射擊	shooting	ˈʃutɪŋ	射擊	しゃ.げき
擊劍	fencing	ˈfɛnsɪŋ	フェンシング	
拳擊	boxing	ˈbɑksɪŋ	ボクシング	
跆拳道	taekwondo	taɪˈkɔndo	テコンドー	
柔道	judo	ˈdʒudo	柔道	じゅう.どう
角力	wrestling	ˈrɛslɪŋ	レスリング	
舉重	weightlifting	ˈwetlɪftɪŋ	ウエイトリフティング	
自行車	cycling	ˈsaɪklɪŋ	自転車	じ.てん.しゃ
帆船	sailing	ˈselɪŋ	セーリング	

220

奥運（2）	Olympic games oˈlɪmpɪk gemz	オリンピック

她是<u>網球</u>金牌。

She won the gold medal in <u>tennis</u>.

<ruby>彼<rt>かのじょ</rt></ruby>女は、<u>テニス</u>の<ruby>金<rt>きん</rt></ruby>メダリストです。

中	英		日	
棒球	baseball	ˈbesˌbɔl	野球	や.きゅう
壘球	softball	ˈsɔftˌbɔl	ソフトボール	
籃球	basketball	ˈbæskɪtˌbɔl	バスケットボール	
足球	football	ˈfutˌbɔl	サッカー	
手球	handball	ˈhændˌbɔl	ハンドボール	
排球	volleyball	ˈvɑlɪˌbɔl	バレーボール	
曲棍球	hockey	ˈhɑkɪ	ホッケー	
羽毛球	badminton	ˈbædmɪntən	バドミントン	
網球	tennis	ˈtɛnɪs	テニス	
桌球	table tennis	ˈtebl̩ ˈtɛnɪs	卓球	た.っきゅう
馬術	equestrian	ɪˈkwɛstrɪən	馬術	ば.じゅつ
水上芭蕾	artistic swimming／synchronized swimming	ɑrˈtɪstɪk ˈswɪmɪŋ／ˈsɪŋkrənaɪzd ˈswɪmɪŋ	アーティスティックスイミング／シンクロナイズドスイミング	

星座	zodiac signs ˈzodɪæk saɪnz	せいざ 星 座

我是雙子座。

I am a Gemini.

わたし　ふた ご ざ
私 は双子座です。

5 / 27

中	英		日	
牡羊座	Aries	ˋɛriz	牡羊座	お.ひつじ.ざ
金牛座	Taurus	ˋtɔrəs	牡牛座	お.うし.ざ
雙子座	Gemini	ˋdʒɛmə‚naɪ	双子座	ふた.ご.ざ
巨蟹座	Cancer	ˋkænsɚ	蟹座	かに.ざ
獅子座	Leo	ˋlio	獅子座	し.し.ざ
處女座	Virgo	ˋvɝgo	乙女座	おとめ.ざ
天秤座	Libra	ˋlibrə	天秤座	てん.びん.ざ
天蠍座	Scorpio	ˋskɔrpɪo	さそり座	さ.そ.り.ざ
射手座	Sagittarius	‚sædʒɪˋtɛriəs	射手座	い.て.ざ
魔羯座	Capricorn	ˋkæprɪkɔrn	山羊座	や.ぎ.ざ
水瓶座	Aquarius	əˋkwɛriəs	水瓶座	みず.がめ.ざ
雙魚座	Pisces	ˋpaɪsiz	魚座	うお.ざ

音樂類型	music genre `mjuzɪk `ʒɑnrə	おんがく　しゅるい 音楽の種類

我愛<u>搖滾樂</u>。

I love <u>rock & roll</u> music.

<u>ロック</u>が好きです。

中	英		日
爵士	jazz	dʒæz	ジャズ
龐克	punk	pʌŋk	パンク
饒舌	rap	ræp	ラップ
搖滾	rock & roll	rɑk ænd rol	ロック
嘻哈	hip hop	hɪp hɑp	ヒップホップ
民謠	folk	fok	民謡　　　　みん.よう
鄉村音樂	country	`kʌntrɪ	カントリーミュージック
重金屬	heavy metal	`hɛvɪ `mɛtl̩	ヘビーメタル
流行音樂	pop	pɑp	ポップス
藍調	blues	bluz	ブルース
古典音樂	classical music	`klæsɪkl̩ `mjuzɪk	クラシック
福音歌曲	gospel	`gɑspl̩	ゴスペル

| 電視節目 | TV show genre ˈtiˈvi ʃo ˈʒɑnrə | テレビ番組（ばんぐみ） |

我喜歡看烹飪節目。

I like watching cooking programs.

りょうりばんぐみ　す
料理番組が好きです。

中	英		日
連續劇	serial drama	ˈsɪrɪəl ˈdrɑmə	連続ドラマ　れん.ぞく.ド.ラ.マ
綜藝節目	variety show	vəˈraɪətɪ ʃo	バラエティー番組　バ.ラ.エ.ティー.ばん.ぐみ
迷你影集	miniseries	ˈmɪnɪˈsɪrɪz	ミニシリーズ
談話性節目（脫口秀）	talk show	tɔk ʃo	トーク番組　トー.ク.ばん.ぐみ
實境節目	reality television	riˈælətɪ ˈtɛləˌvɪʒən	リアリティショー
益智遊戲節目	game show	gem ʃo	クイズ番組　ク.イ.ズ.ばん.ぐみ
新聞節目	news program	njuz ˈprogræm	ニュース番組　ニュー.ス.ばん.ぐみ
紀錄片	documentary	ˌdɑkjəˈmɛntərɪ	ドキュメンタリー
卡通	animated series	ˈænəˌmetɪd ˈsiriz	アニメ
運動節目	sports	spɔrts	スポーツ番組　ス.ポー.ツ.ばん.ぐみ
旅遊節目	travel program	ˈtrævl̩ ˈprogræm	旅番組　たび.ばん.ぐみ
烹飪節目	cooking show	ˈkukɪŋ ʃo	料理番組　りょう.り.ばん.ぐみ

電影工作人員	film staff fɪlm stæf	えいが 映画スタッフ

這場面會用替身。

We will use a stand-in for this scene.

ばめん　だいやく　つか
この場面は、代役を使っている。

中	英		日	
男演員	actor	`æktɚ	男優	だん.ゆう
女演員	actress	`æktrɪs	女優	じょ.ゆう
臨時演員	extra	`ɛkstrə	エキストラ	
特技演員	stuntman	stʌntmæn	スタントマン	
替身	stand-in	`stænd.ɪn	代役	だい.やく
導演	director	dəˋrɛktɚ	監督	かん.とく
編劇	screenwriter	`skrin.raɪtɚ	脚本家	きゃく.ほん.か
武術指導	stunt coordinator	stʌnt koˋɔrdn̩.etɚ	アクション 監督	ア.ク.ショ.ン. かん.とく
美術指導	art director	ɑrt dəˋrɛktɚ	美術監督	び.じゅつ.かん.とく
服裝設計	costume designer	`kɑstjum dɪˋzaɪnɚ	衣装デザイ ナー	い.しょう.デ.ザ. イ.ナー
化妝師	makeup artist	`mekʌp `ɑrtɪst	メイクアップアーティスト	
收音人員	boom operator	bum `ɑpɚ.retɚ	音声スタッフ	おん.せい.ス.タ.ッフ
燈光師	gaffer	`gæfɚ	照明係	しょう.めい.がかり

239

飯店設施	hotel facility hoˈtɛl fəˈsɪlətɪ	ホテル施設 しせつ

在宴會廳用餐。

Dinning in the ballroom.

えんかいじょう　しょくじ
宴会場で食事する。

中	英		日	
房間	room	rum	客室	きゃく.しつ
飯店大廳	hotel lobby	hoˈtɛl ˈlabɪ	ロビー	
登記入住 櫃檯	check in desk	tʃɛk ɪn dɛsk	フロントデスク	
餐廳	restaurant	ˈrɛstərənt	レストラン	
宴會廳	ballroom （西式）	ˈbɔlˌrum	宴会場 （日式）	えん.かい.じょう
酒吧	bar	bɑr	バー	
停車場	parking lot	ˈpɑrkɪŋ lɑt	駐車場	ちゅう.しゃ.じょう
健身房	gym	dʒɪm	スポーツジム	
游泳池	swimming pool	ˈswɪmɪŋ pul	プール	
三溫暖	sauna	ˈsaʊnə	サウナ	
溫泉	hot spring	hɑt sprɪŋ	温泉	おん.せん
保險箱	safety box	ˈseftɪ bɑks	セーフティー ボックス	

通訊	communication kə͵mjunəˋkeʃən	つうしん 通 信

用<u>手機</u>傳簡訊。

Sending text messages via <u>mobile phone</u>.

けいたい　でんわ
<u>携帯（電話）</u>でメールする。

中	英		日	
電話	telephone	ˋtɛlə͵fon	電話	でん.わ
傳真機	fax machine	fæks məˋʃin	ファックス	
藍芽	Bluetooth	ˋblu͵tuθ	ブルートゥース	
手機	mobile phone	ˋmobɪl fon	携帯電話	けい.たい.でん.わ
手機基地台	base station	bes ˋsteʃən	基地局	き.ち.きょく
紅外線傳輸	infrared transmission	͵ɪnfrəˋrɛd trænsˋmɪʃən	赤外線通信	せき.がい.せん. つう.しん
網路	Internet	ˋɪntɚ͵nɛt	インターネット	
無線網路	wireless connection	ˋwaɪrlɪs kəˋnɛkʃən	ワイヤレスインターネット	
寬頻網路	broadband	ˋbrɔdˋbænd	ブロードバンドインターネット	
光纖網路	fiber optic network	ˋfaɪbɚ ˋɑptɪk ˋnɛt͵wɝk	光ファイバー インターネット	ひかり.ファ.イ.バー. イ.ン.ター.ネ.ット
廣播	broadcasting	ˋbrɔd͵kæstɪŋ	放送	ほう.そう
對講機	intercom	ˋɪntɚ͵kɑm	インターコム	

居家隔間	inside a house ˈɪnˈsaɪd ə haʊs	いえ　なか 家 の 中

我住<u>電梯</u>大樓。

I live in a building with an <u>elevator</u>.

わたし　　　　おお　　　　　す
私 は、大きなビルに住んでいる。

中	英		日	
客廳	living room	ˈlɪvɪŋ rum	リビングルーム	
臥室	bedroom	ˈbɛdˌrum	寝室	しん.しつ
廚房	kitchen	ˈkɪtʃɪn	台所	だい.どころ
飯廳	dining room	ˈdaɪnɪŋ rum	ダイニングルーム	
浴室	bathroom	ˈbæθˌrum	バスルーム	
地下室	basement	ˈbesmənt	地下室	ち.か.しつ
書房	reading room	ˈridɪŋ rum	書斎	しょ.さい
玄關	entrance	ˈɛntrəns	玄関	げん.かん
陽台	balcony	ˈbælkənɪ	ベランダ	
天花板	ceiling	ˈsilɪŋ	天井	てん.じょう
儲藏室	storage room	ˈstorɪdʒ rum	物置部屋	もの.おき.べ.や
車庫	garage	gəˈrɑʒ	車庫	しゃ.こ

掃除用具	cleaning tools ˈklinɪŋ tulz	そうじようぐ 掃 除 用 具

用<u>吸塵器</u>清潔地面。

I clean the floor with a <u>vacuum cleaner</u>.

そうじき
<u>掃除機</u>をかける。

中	英		日	
掃把	broom	brum	箒	ほうき
畚箕	dustpan	ˈdʌstˌpæn	塵取り	ちり.と.り
抹布	dust cloth	dʌst klɔθ	ぞうきん	
拖把	mop	mɑp	モップ	
雞毛撢子	feather duster	ˈfɛðə ˈdʌstə	はたき	
清潔劑	cleanser	ˈklɛnzə	クリーナー	
清潔刷	cleaning brush	ˈklinɪŋ brʌʃ	掃除用ブラシ	そう.じ.よう.ブ.ラ.シ
垃圾袋	garbage bag	ˈgɑrbɪdʒ bæg	ゴミ袋	ゴ.ミ.ぶくろ
吸塵器	vacuum cleaner	ˈvækjuəm ˈklinə	掃除機	そう.じ.き
橡膠手套	rubber glove	ˈrʌbə glʌv	ゴム手袋	ゴ.ム.て.ぶくろ
地板蠟	floor wax	flor wæks	フローリングワックス	
除臭劑	deodorizer	diˈodəˌraɪzə	消臭剤	しょう.しゅう.ざい

上衣樣式	clothes type kloz taɪp	うわぎ 上着

試穿<u>圓領</u> T 恤。

Trying on a t-shirt with a <u>round neck</u>.

<ruby>丸<rt>まる</rt></ruby><ruby>襟<rt>えり</rt></ruby> T シャツを<ruby>試<rt>し</rt></ruby><ruby>着<rt>ちゃく</rt></ruby>する。

中	英		日	
T 恤	T-shirt	ˋtiˌʃɜt	Tシャツ	ティー.シャ.ツ
連帽上衣	hoodie	ˋhʊdɪ	パーカー	
襯衫	shirt	ʃɜt	シャツ	
polo 衫	polo shirt	ˋpolo ʃɜt	ポロシャツ	
緊身的	bodycon	ˋbɑdɪˌkɑn	ボディコン	
圓領	round neck	raʊnd nɛk	丸襟	まる.えり
V 領	V neck	vi nɛk	Vネック	ブイ.ネ.ック
U 領	U neck	ju nɛk	Uネック	ユー.ネ.ック
立領	stand-up collar	stændʌp ˋkɑlɚ	スタンドカラー	
露肩	off-the-shoulder	ɔfðəˋʃoldɚ	ベアショルダー	
假兩件式	mock 2 piece	mɑk tu pis	フェイクレイヤー	
短／長袖	short／long sleeve	ʃɔrt／lɔŋ sliv	半／長袖	はん／なが.そで
五分／ 七分袖	elbow／ 3/4 sleeve	ˋɛlbo／ˋθrɪk-wɔrtɚ sliv	五分／七分袖	ご.ぶ／しち.ぶ.そで

配件	accessory æk`sɛsərɪ	アクセサリー

配戴太陽眼鏡。

Wear sunglasses.

サングラスをかける。

中	英		日	
絲巾	silk scarf	sɪlk skɑrf	シルクスカーフ	
圍巾	scarf	skɑrf	マフラー	
手套	glove	glʌv	手袋	て.ぶくろ
手拿包	handbag	`hænd,bæg	ハンドバッグ	
帽子	hat	hæt	帽子	ぼう.し
腰帶	belt	bɛlt	ベルト	
手錶	watch	wɑtʃ	腕時計	うで.ど.けい
太陽眼鏡	sunglasses	`sʌn,glæsɪz	サングラス	
戒指	ring	rɪŋ	指輪	ゆび.わ
耳環	earring	`ɪr,rɪŋ	イヤリング	
項鍊	necklace	`nɛklɪs	ネックレス	
披肩	shawl	ʃɔl	ショール	

化妆品	cosmetics kɑzˋmɛtɪks	けしょうひん 化 粧 品

塗<u>口紅</u>。

Put on <u>lipstick</u>.

<ruby>口<rt>くち</rt></ruby><ruby>紅<rt>べに</rt></ruby>を<ruby>塗<rt>ぬ</rt></ruby>る。

中	英		日	
眼影	eye shadow	aɪ ˋʃædo	アイシャドー	
眼線筆	eye liner	aɪ ˋlaɪnɚ	アイライナー	
假睫毛	fake eyelashes	fek ˋaɪˌlæʃɪz	付け睫毛	つ.け.まつ.げ
睫毛膏	mascara	mæsˋkærə	マスカラ	
眉筆	eyebrow pencil	ˋaɪˌbraʊ ˋpɛnsḷ	アイブローペンシル	
口紅	lipstick	ˋlɪpˌstɪk	口紅	くち.べに
護唇膏	lip balm	lɪp bɑm	リップクリーム	
腮紅	blush	blʌʃ	チーク	
遮瑕膏	concealer	kənˋsilɚ	コンシーラー	
粉餅	powder foundation	ˋpaʊdɚ faʊnˋdeʃən	パウダーファンデーション	
蜜粉	powder	ˋpaʊdɚ	フェイスパウダー	
隔離霜	makeup base	ˋmekˌʌp bes	メイクアップベース	

保養品	skin care products skɪn kɛr ˈprɑdəkts	スキンケア 製品 せいひん

塗抹<u>刮鬍泡沫</u>。

Use <u>shaving foam</u>.

<u>シェービングフォーム</u>をつける。

中	英		日	
乳液	lotion	ˈloʃən	乳液	にゅう.えき
化妝水	toner	ˈtonɚ	化粧水	け.しょう.すい
防曬乳	sunscreen	ˈsʌnˌskrin	日焼け止め クリーム	ひ.や.け.ど.め. ク.リー.ム
眼霜	eye cream	aɪ krim	アイクリーム	
面膜	mask	mæsk	マスク	
保濕噴霧	moisturizing mist	ˈmɔɪstʃəˌraɪzɪŋ mɪst	保湿スプレー	ほ.しつ.ス.プ.レー
凡士林	Vaseline	ˈvæsḷˌin	ワセリン	
護手霜	hand cream	hænd krim	ハンドクリーム	
卸妝油	makeup remover	ˈmekʌp rɪˈmuvɚ	クレンジングオイル	
卸妝棉	cleansing cotton	ˈklɛnzɪŋ ˈkɑtn̩	クレンジングコットン	
洗面乳	cleanser	ˈklɛnzɚ	洗顔料	せん.がん.りょう
刮鬍膏	shaving foam	ˈʃevɪŋ fom	シェービングフォーム	

袋子	bag bæg	ふくろるい 袋 類

放入<u>紙袋</u>。

Place into the <u>paper bag</u>.

<u>かみぶくろ　い
紙 袋</u>に入れる。

中	英		日	
塑膠袋	plastic bag	ˋplæstɪk bæg	ビニール袋	ビ.ニー.ル.ぶくろ
紙袋	paper bag	ˋpepɚ bæg	紙袋	かみ.ぶくろ
購物袋	shopping bag	ˋʃɑpɪŋ bæg	買い物袋	か.い.もの.ぶくろ
垃圾袋	trash bag	træʃ bæg	ゴミ袋	ゴ.ミ.ぶくろ
嘔吐袋	sick bag	sɪk bæg	エチケット袋	エ.チ.ケ.ット.ぶくろ
束口袋	drawstring bag	ˋdrɔ͵strɪŋ bæg	巾着袋	きん.ちゃく.ぶくろ
口袋	pocket	ˋpɑkɪt	ポケット	
食物保鮮密封袋	Ziploc bag	ˋzɪplɑk bæg	フリーザーバッグ	
夾鍊袋	zipper bag	ˋzɪpɚ bæg	チャック袋	チャ.ック.ぶくろ
自黏袋	self-adhesive bag	sɛlf ədˋhisɪv bæg	粘着テープ付き袋	ねん.ちゃく.テー.プ.つ.き.ぶくろ
真空收納袋	space bag	spes bæg	圧縮袋	あ.っしゅく.ぶくろ
洗衣袋	wash bag	wɑʃ bæg	洗濯ネット	せん.たく.ネット

| 隨身提包 | purse
pɝs | かばん |

啊！包包被搶走了！

Oh no! My purse has been snatched.

あ、かばんをひったくられた。

中	英		日	
錢包	wallet	ˋwɑlɪt	財布	さい.ふ
零錢包	coin purse	kɔɪn pɝs	コインケース	
後背包	backpack	ˋbækˌpæk	バックパック	
腰包	fanny pack	ˋfænɪ pæk	ウエストポーチ	
手提包	handbag	ˋhændˌbæg	ハンドバッグ	
側背包	shoulder bag	ˋʃoldɚ bæg	ショルダーバッグ	
晚宴手拿包	clutch bag	klʌtʃ bæg	パーティーバッグ	
小學生的 後背書包	school bag	skul bæg	ランドセル	
公事包	briefcase	ˋbrifˌkes	ビジネスバッグ	
旅行袋	travel bag	ˋtrævl̩ bæg	旅行かばん	りょ.こう.か.ばん
行李箱	suitcase	ˋsutˌkes	スーツケース	
化妝包	make-up bag	ˋmekʌp bæg	化粧ポーチ	け.しょう.ポー.チ

家庭成員	family member ˈfæməlɪ ˈmɛmbɚ	かぞくこうせい 家族構成

我有一個<u>妹妹</u>。

I have a <u>younger sister</u>.

わたし いもうと
私 は <u>妹</u> がいる。

中	英		日	
祖父／外祖父	grandfather	ˈgrænd.fɑðɚ	祖父	そ.ふ
祖母／外祖母	grandmother	ˈgrænd.mʌðɚ	祖母	そ.ぼ
母親	mother	ˈmʌðɚ	母親	はは.おや
父親	father	ˈfɑðɚ	父親	ちち.おや
叔叔	uncle	ˈʌŋkl̩	おじ	
阿姨	aunt	ænt	おば	
哥哥	elder brother	ˈɛldɚ ˈbrʌðɚ	兄	あに
弟弟	younger brother	ˈjʌŋgɚ ˈbrʌðɚ	弟	おとうと
姊姊	elder sister	ˈɛldɚ ˈsɪstɚ	姉	あね
妹妹	younger sister	ˈjʌŋgɚ ˈsɪstɚ	妹	いもうと
丈夫	husband	ˈhʌzbənd	夫	おっと
妻子	wife	waɪf	妻	つま
兒子	son	sʌn	息子	むす.こ
女兒	daughter	ˈdɔtɚ	娘	むすめ
媳婦	daughter-in-law	ˈdɔtɚɪn.lɔ	嫁	よめ
女婿	son-in-law	ˈsʌnɪn.lɔ	婿	むこ
堂／表兄弟姊妹	cousin	ˈkʌzn̩	いとこ	
姪子／外甥	nephew	ˈnɛfju	甥	おい
姪女／外甥女	niece	nis	姪	めい

星期・月份	weekday·month ˋwikˋde mʌnθ	しゅう つき 週 ・ 月

假日容易塞車。

The traffic is usually bad during the holidays.

きゅうじつ どうろ こ
休 日は道路が込む。

中	英		日	
星期一	Monday	ˋmʌnde	月曜日	げつ.よう.び
星期二	Tuesday	ˋtjuzde	火曜日	か.よう.び
星期三	Wednesday	ˋwɛnzde	水曜日	すい.よう.び
星期四	Thursday	ˋθɝzde	木曜日	もく.よう.び
星期五	Friday	ˋfraɪde	金曜日	きん.よう.び
星期六	Saturday	ˋsætəde	土曜日	ど.よう.び
星期日	Sunday	ˋsʌnde	日曜日	にち.よう.び
一月	January	ˋdʒænjuˌɛrɪ	一月	いち.がつ
二月	February	ˋfɛbruˌɛrɪ	二月	に.がつ
三月	March	mɑrtʃ	三月	さん.がつ
四月	April	ˋeprəl	四月	し.がつ
五月	May	me	五月	ご.がつ
六月	June	dʒun	六月	ろく.がつ
七月	July	dʒuˋlaɪ	七月	しち.がつ
八月	August	ˋɔgəst	八月	はち.がつ
九月	September	sɛpˋtɛmbɚ	九月	く.がつ
十月	October	ɑkˋtobɚ	十月	じゅう.がつ
十一月	November	noˋvɛmbɚ	十一月	じゅう.いち.がつ
十二月	December	dɪˋsɛmbɚ	十二月	じゅう.に.がつ

寵物用品	pet product pɛt ˈprɑdəkt	ペット用品 ようひん

狗狗<u>生病</u>了。

The dog <u>got sick</u>.

ペットの犬が<u>病気</u>になった。
いぬ　びょうき

中	英		日	
籠子	cage	kedʒ	ケージ	
外出提籠	pet carrier	pɛt ˈkærɪə	ペットキャリー	
飼料	pet food	pɛt fud	餌	えさ
寵物餅乾	pet cookie	pɛt ˈkukɪ	ペット用 ビスケット	ペット.よう. ビ.ス.ケ.ット
飼料碗	bowl	bol	フードボウル	
寵物用 指甲剪	pet nail clipper	pɛt nel ˈklɪpə	ペット用 爪切り	ペット.よう. つめ.き.り
除蚤噴劑	anti-flea spray	ˈæntɪˌfli spre	蚤取りスプレー	のみ.と.り.ス.プ. レー
貓砂	cat litter	kæt ˈlɪtə	猫砂	ねこ.すな
狗屋	kennel	ˈkɛnl̩	犬小屋	いぬ.ご.や
寵物沐浴精	pet shampoo	pɛt ʃæmˈpu	ペット用 シャンプー	ペット.よう. シャ.ン.プー
寵物衣服	pet clothes	pɛt kloz	ペットウェア	
項圈	pet collar	pɛt ˈkɑlə	首輪	くび.わ
牽繩	pet leash	pɛt liʃ	綱	つな

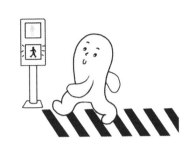

238

交通號誌	traffic signal 'træfɪk 'sɪgn̩	どうろひょうしき 道路標識

變<u>綠燈</u>了。

The light turned green.

<u>あおしんごう 青信号</u>になった。

中	英		日	
禁止左轉	no left turn	no lɛft tɜn	左折禁止	さ.せつ.きん.し
禁止右轉	no right turn	no raɪt tɜn	右折禁止	う.せつ.きん.し
行人通行小綠人號誌	crosswalk light	'krɔs,wɔk laɪt	歩行者信号	ほ.こう.しゃ.しん.ごう
施工中	under construction	'ʌndə kən'strʌkʃən	工事中	こう.じ.ちゅう
方向標示	direction	də'rɛkʃən	案内標識	あん.ない.ひょう.しき
小心落石	falling rocks ahead	'fɔlɪŋ rɑks ə'hɛd	落石注意	らく.せき.ちゅう.い
路面顛簸	bumpy road	'bʌmpɪ rod	路面凹凸あり	ろ.めん.おう.とつ.あり
車輛改道	detour	'ditur	まわり道	ま.わ.り.みち
速限	speed limit	spid 'lɪmɪt	制限速度	せい.げん.そく.ど
單行道	one-way street	wʌnwe strit	一方通行	い.っぽう.つう.こう
禁止迴轉	No U-Turn	no 'jutɜn	転回禁止	てん.かい.きん.し
禁止進入	do not enter	du nɑt 'ɛntə	進入禁止	しん.にゅう.きん.し

駕車狀況	driving `draɪvɪŋ`	くるま うんてん 車 の 運 転

轉動方向盤。

Turn the steering wheel.

ハンドルを切る。

中	英		日	
前進	forward	`fɔrwəd`	前進	ぜん.しん
倒車	backward	`bækwəd`	バック	
回轉	U-turn	`jut.ɜn`	転回	てん.かい
踩煞車	press brake	prɛs brek	ブレーキを踏む	ブ.レー.キ.を.ふ.む
緊急煞車	emergency brake	ɪ`mɜdʒənsɪ brek	急ブレーキ	きゅう.ブ.レー.キ
停車	stop	stɑp	車を停める	くるま.を.と.め.る
加速	speed up	spid ʌp	加速	か.そく
減速	slow down	slo daʊn	減速	げん.そく
超速	speeding	`spidɪŋ	制限速度 を超える	せい.げん.そく.ど. を.こ.え.る
換檔	shift gears	ʃɪft gɪrz	ギアチェンジ	
超車	cut in	kʌt ɪn	追い越し	お.い.こ.し
左轉	left turn	lɛft tɜn	左折	さ.せつ
右轉	right turn	raɪt tɜn	右折	う.せつ
打方向燈	use the turn signal	juz ðə tɜn `sɪgnl	方向指示器 を出す	ほう.こう.し.じ.き. を.だ.す
擦撞	minor collision	`maɪnə kə`lɪʒən	接触	せ.っしょく

| 成藥 | over-the-counter medicine
 ˈovɚ ðə ˈkauntɚ ˈmɛdəsn̩ | しはんやく
 市販薬 |

吃藥。

Taking medicine.

くすり の
薬 を飲む。

中	英		日	
止痛藥	painkiller	ˈpen.kɪlɚ	痛み止め	いた.み.ど.め
消炎藥	antiphlogistic	ˌæntɪflə-ˈdʒɪstɪk	抗炎症薬	こう.えん.しょう.やく
抗生素	antibiotic	ˌæntɪbaɪˈɑtɪk	抗生物質	こう.せい.ぶっ.しつ
眼藥水	eye drops	aɪ drɑps	目薬	め.ぐすり
胃藥	stomach medicine	ˈstʌmək ˈmɛdəsn̩	胃腸薬	い.ちょう.やく
退燒藥	antipyretic	ˌæntɪpaɪˈrɛtɪk	解熱剤	げ.ねつ.ざい
咳嗽糖漿	cough syrup	kɔf ˈsɪrəp	咳止めシロップ	せき.ど.め.シ.ロ.ップ
維他命	vitamin	ˈvaɪtəmɪn	ビタミン	
瀉藥	laxative	ˈlæksətɪv	下剤	げ.ざい
止瀉藥	anti-diarrheal drug	ˌæntɪdaɪəˈriəl drʌg	下痢止め薬	げ.り.ど.め.ぐすり
避孕藥	contraceptive pill	ˌkɑntrəˈsɛptɪv pɪl	ピル	
阿斯匹靈	aspirin	ˈæspərɪn	アスピリン	

| 正面個性 | personality (positive) ˋpɝsṇˏælətɪ ˋpɑzətɪv | せいかく
性格（プラス面^{めん}） |

我喜歡<u>交朋友</u>。

I like <u>making friends</u>.

わたし　　ともだち　つく　　　　す
私 は、<u>友達を作る</u>のが好きです。

中	英		日	
樂觀的	optimistic	ˌɑptəˋmɪstɪk	楽観的	ら.っかん.てき
積極的	proactive	proˋæktɪv	積極的	せ.っきょく.てき
隨和的	easygoing	ˋizɪˏgoɪŋ	気さく	き.さ.く
自信的	confident	ˋkɑnfədənt	自信を持った	じ.しん.を.も.った
友善的／ 親切的	friendly	ˋfrɛndlɪ	優しい／ 親切	やさ.し.い／ しん.せつ
有責任感的	responsible	rɪˋspɑnsəbḷ	責任感がある	せき.にん.かん.が.あ.る
幽默的	humorous	ˋhjumərəs	ユーモアがある	
獨立的	independent	ˏɪndɪˋpɛndənt	独立している	どく.りつ.し.て.い.る
心胸開闊的	open-minded	ˋopənˋmaɪndɪd	心が広い	こころ.が.ひろ.い
堅強的	tough	tʌf	ねばり強い	ね.ば.り.づよ.い
誠實的	honest	ˋɑnɪst	誠実である	せい.じつ.で.あ.る
正直的	honest	ˋɑnɪst	正直である	しょう.じき.で.あ.る
溫和的	gentle	ˋdʒɛntḷ	温和	おん.わ

256

負面個性	personality (negative) ˋpɝsṇˏælətɪ ˋnɛgətɪv	せいかく めん 性 格（マイナス 面）

我<u>不相信</u>任何人。

I <u>don't trust</u> anyone.

わたし だれ しん
私 は、誰も<u>信じない</u>。

中	英		日	
悲觀的	pessimistic	ˏpɛsəˋmɪstɪk	悲観的	ひ.かん.てき
傲慢的	arrogant	ˋærəgənt	傲慢	ごう.まん
膽小的	timid	ˋtɪmɪd	気が小さい	き.が.ちい.さ.い
沒耐性的	impatient	ɪmˋpeʃənt	短気	たん.き
殘暴的	violent	ˋvaɪələnt	残虐	ざん.ぎゃく
難搞的	difficult	ˋdɪfəˏkəlt	気難しい	き.むずか.し.い
雙面人的	two-faced	ˋtuˋfest	裏表のある	うら.おもて.の.あ.る
狡猾的	cunning	ˋkʌnɪŋ	ずるい	
自私的	selfish	ˋsɛlfɪʃ	自分勝手	じ.ぶん.か.って
懶散的	lazy	ˋlezɪ	だらだらした	
沒有責任感的	irresponsible	ˏɪrɪˋspɑnsəbḷ	責任感がない	せき.にん.かん.が.な.い
不誠實的	dishonest	dɪsˋɑnɪst	不誠実	ふ.せい.じつ

| 正面情緒 | emotion (positive)
ɪˈmoʃən ˈpɑzətɪv | 気持ち（プラス面） |

迎接美好的一天！

Greet this beautiful day.

希望に満ちた 新しい一日を迎える。

中		英		日	
冷靜的	calm	kɑm	冷静	れい.せい
感到好奇的	curious	ˈkjʊrɪəs	興味深い	きょう.み.ぶか.い
快樂的	happy	ˈhæpɪ	楽しい	たの.し.い
充滿希望的	hopeful	ˈhopfəl	希望に満ちた	き.ぼう.に.み.ち.た
喜出望外的	overjoyed	ˌovəˈdʒɔɪd	大喜び	おお.よろこ.び
寬慰的	relieved	rɪˈlivd	安心した	あん.しん.し.た
滿足的	satisfied	ˈsætɪsˌfaɪd	満足した	まん.ぞく.し.た
自在的	comfortable	ˈkʌmfətəbḷ	心地いい	ここ.ち.い.い
情緒高昂的	high	haɪ	テンションが高い	テ.ン.ショ.ン.が.たか.い
平靜的	peaceful	ˈpisfəl	落ち着いた	お.ち.つ.い.た
感到光榮的	glorious	ˈglorɪəs	光栄に思う	こう.えい.に.おも.う
感激的	grateful	ˈgretfəl	感謝している	かん.しゃ.し.て.いる

負面情緒	emotion (negative) ɪˋmoʃən ˋnɛgətɪv	気持ち（マイナス面）

煩惱很多。

I have a lot of <u>worries</u>.

悩みが多い。

中	英		日	
生氣的	angry	ˋæŋgrɪ	怒った	おこ.った
厭煩的	annoyed	əˋnɔɪd	うんざりした	
焦慮的	anxious	ˋæŋkʃəs	気をもむ	き.を.も.む
困惑的	confused	kənˋfjuzd	困惑した	こん.わく.し.た
失望的	disappointed	ˌdɪsəˋpɔɪntɪd	失望した	しつ.ぼう.し.た
鬱鬱寡歡的	melancholy	ˋmɛlənˌkɑlɪ	悶々とした	もん.もん.と.し.た
尷尬的	embarrassed	ɪmˋbærəst	気まずい	き.ま.ず.い
羞愧的	ashamed	əˋʃemd	恥ずかしい	は.ず.か.し.い
嫉妒的	jealous	ˋdʒɛləs	嫉妬した	し.っと.し.た
內疚的	guilty	ˋgɪltɪ	うしろめたい	
恐懼的	terrified	ˋtɛrəˌfaɪd	恐れた	おそ.れ.た
歇斯底里的	hysterical	hɪsˋtɛrɪkl̩	ヒステリック	

身體不適	bad physical condition bæd ˈfɪzɪkḷ kənˈdɪʃən	からだ ふちょう 体 の不 調

流<u>鼻水</u>。

Have a running nose.

はなみず　で
<u>鼻 水</u>が出る。

中	英		日	
咳嗽	cough	kɔf	咳	せき
喉嚨痛	sore throat	sor θrot	喉が痛い	のど.が.いた.い
喉嚨有痰	phlegm in throat	flɛm ɪn θrot	痰が絡む	たん.が.から.む
打噴嚏	sneeze	sniz	くしゃみが出る	く.しゃ.み.が.で.る
鼻塞	nasal congestion	ˈnezḷ kənˈdʒɛstʃən	鼻が詰まる	はな.が.つ.ま.る
流鼻水	runny nose	ˈrʌnɪ noz	鼻水が出る	はな.みず.が.で.る
頭痛	headache	ˈhɛd.ek	頭痛	ず.つう
腹瀉	diarrhea	ˌdaɪəˈriə	下痢	げ.り
發燒	fever	ˈfivɚ	発熱	はつ.ねつ
嘔吐	vomit	ˈvɑmɪt	嘔吐	おう.と
發冷	chills	tʃɪlz	寒気がする	さむ.け.が.す.る
全身痠痛	body aches	ˈbɑdɪ eks	全身筋肉痛	ぜん.しん.きん.にく.つう

身體損傷	body injury ˈbɑdɪ ˈɪndʒərɪ	からだ　かくそんしょう 体 の各損 傷

我的右眼瘀青。

I have a bruise under my right eye.

みぎめ　　まわ　　　　あおあざ
右目の周 りに青痣ができている。

中	英		日	
瘀青	bruise	bruz	青痣	あお.あざ
凍傷	frostbite	ˈfrɔst.baɪt	凍傷	とう.しょう
流血	bleed	blid	出血	しゅ.っけつ
燒燙傷／ 灼傷	burn	bɝn	やけど	
脫臼	dislocation	ˌdɪsloˈkeʃən	脱臼	だ.っきゅう
骨折	fracture	ˈfræktʃɚ	骨折	こ.っせつ
扭傷	sprain	spren	捻挫	ねん.ざ
創傷／ 外傷	trauma	ˈtrɔmə	創傷／ 外傷	そう.しょう／ がい.しょう
內傷	internal injury	ɪnˈtɝnḷ ˈɪndʒərɪ	内臓器官 の傷害	ない.ぞう.き.かん. の.しょう.がい
擦傷	abrasion	əˈbreʒən	擦傷	すり.きず
刺傷	puncture wound	ˈpʌŋktʃɚ wund	刺傷	さし.きず
割傷	cut	kʌt	切傷	きり.きず

| 手的動作 | hand movement
hænd ˈmuvmənt | て　どうさ
手の 動作 |

敲<u>茶葉蛋</u>。

Tapping the <u>tea egg</u>.

<ruby>茶葉<rt>ちゃば</rt></ruby><ruby>卵<rt>たまご</rt></ruby>を<ruby>割<rt>わ</rt></ruby>る。

中	英		日	
推	push	puʃ	押す	お.す
拉	pull	pul	引く	ひ.く
撿拾	pick up	pɪk ʌp	拾う	ひろ.う
捏	pinch	pɪntʃ	つまむ	
觸摸	touch	tʌtʃ	触る	さわ.る
握住 （球拍）	hold	hold	握る （ラケット）	にぎ.る （ラ.ケ.ット）
握手	shake hands	ʃek hændz	握手	あく.しゅ
握拳	make a fist	mek ə fɪst	拳を握る	こぶし.を.にぎ.る
牽手	hold hands	hold hændz	手を繋ぐ	て.を.つな.ぐ
攬（腰）	grasp	græsp	抱き寄せる （腰）	だ.き.よ.せ.る （こし）
拿（碗）	take	tek	持つ（器）	も.つ（うつわ）
敲	knock	nɑk	ノックする	
打開（門）	open	ˈopən	開ける(ドア)	あ.け.る（ド.ア）
舉手	lift hand	lɪft hænd	手を挙げる	て.を.あ.げ.る
揮手	wave	wev	手を振る	て.を.ふ.る

腿的動作	leg movement lɛg ˈmuvmənt	あし どうさ 足 の 動作

往上跳。

Jump up.

<ruby>跳<rt>と</rt></ruby>び<ruby>跳<rt>は</rt></ruby>ねる。

中	英		日	
追趕	chase	tʃes	追いかける	お.い.か.け.る
跳躍	jump	dʒʌmp	跳ぶ	と.ぶ
走	walk	wɔk	歩く	ある.く
跑	run	rʌn	走る	はし.る
爬行	crawl	krɔl	はって進む	は.って.すす.む
站起來	stand up	stænd ʌp	立つ	た.つ
坐下	sit down	sɪt daun	座る	すわ.る
跪下	kneel	nil	ひざまずく	
蹲下	squat	skwɑt	しゃがむ	
踢	kick	kɪk	蹴る	け.る
踩	step	stɛp	踏む	ふ.む
跨（欄）	hurdle	ˈhɝdl̩	跨ぐ （フェンス）	また.ぐ （フェ.ン.ス）
抬（腿）	lift	lɪft	上げる（足）	あ.げ.る（あし）
倒立	handstand	ˈhænd.stænd	逆立ちする	さか.だ.ち.す.る

249

各版新聞	newspaper corner ˈnjuzˌpepə ˈkɔrnə	しんぶん かく 新 聞の各ニュース

看報紙。

Reading <u>newspapers</u>.

しんぶん　よ
<u>新 聞</u>を読む。

中	英		日	
頭條	headline	ˈhɛdˌlaɪn	ヘッドライン	
國內	national	ˈnæʃənḷ	国内	こく.ない
國際	international	ˌɪntəˈnæʃənḷ	海外	かい.がい
財經	economy	ɪˈkɑnəmɪ	経済	けい.ざい
政治	politics	ˈpɑlətɪks	政治	せい.じ
娛樂	entertainment	ˌɛntəˈtenmənt	エンタメ	
旅遊	tourism	ˈturɪzəm	旅行	りょ.こう
社會	society	səˈsaɪətɪ	社会	しゃ.かい
生活	life	laɪf	ライフ	
地方	local	ˈlokḷ	地域	ち.いき
科技	technology	tɛkˈnɑlədʒɪ	テクノロジー	
運動	sports	spɔrts	スポーツ	
健康	health	hɛlθ	健康	けん.こう
教育	education	ˌɛdʒʊˈkeʃən	教育	きょう.いく

符號	math signs·punctuation	記号
	mæθ saɪnz ˌpʌŋktʃuˈeʃən	きごう

一<u>加</u>一等於二。

One <u>plus</u> one equals two.

いち た　　 いち　に
1 <u>足す</u> 1 は2。

中	英		日
√ 平方根號	square root symbol	skwɛr rut ˈsɪmbl̩	ルート
＋ 加號	plus sign	plʌs saɪn	足す／プラス　た.す／プ.ラ.ス
－ 減號	minus sign	ˈmaɪnəs saɪn	引く／マイナス　ひ.く／マ.イ.ナ.ス
× 乘號	multiplication sign	ˌmʌltəpləˈkeʃən saɪn	掛ける　か.け.る
÷ 除號	division sign	dəˈvɪʒən saɪn	割る　わ.る
＝ 等於符號	equal sign	ˈikwəl saɪn	等号　とう.ごう
， 逗號	comma（, ）	ˈkɑmə	読点（、）とう.てん（、）
。句號	period（ . ）	ˈpɪriəd	句点（。）く.てん（。）
！ 驚嘆號	exclamation mark	ˌɛkskləˈmeʃən mark	感嘆符　かん.たん.ふ
？ 問號	question mark	ˈkwɛstʃən mark	クエスチョンマーク
（ ）括號	parentheses	pəˈrɛnθəsɪz	括弧　か.っこ
" " 引號	quotation mark	kwoˈteʃən mark	引用符　いん.よう.ふ

出版品	publication ˌpʌblɪˈkeʃən	しゅっぱんぶつ 出 版 物

一邊看書一邊聽（CD）。

Reading and listening at the same time.

ほん　　よ　　　　　　　　シーディー　　き
本を読みながら、　C　D を聴く。

中	英		日	
書籍	book	bʊk	書籍	しょ.せき
期刊	periodical	ˌpɪrɪˈɑdɪkl̩	定期刊行物	てい.き.かん.こう.ぶつ
報紙	newspaper	ˈnjuzˌpepɚ	新聞	しん.ぶん
雜誌	magazine	ˌmægəˈzin	雜誌	ざ.っし
電子書	e-book	ˈiˈbʊk	電子ブック	でん.し.ブ.ック
有聲書	audio book	ˈɔdɪo bʊk	オーディオブック	
型錄	catalog	ˈkætəlɔg	カタログ	
繪本	picture book	ˈpɪktʃɚ bʊk	絵本	え.ほん
年鑑	chronicle	ˈkrɑnɪkl̩	クロニクル	
字典	dictionary	ˈdɪkʃənˌɛrɪ	辞書	じ.しょ
光碟	disk	dɪsk	ディスク	
教科書	textbook	ˈtɛstˌbʊk	教科書	きょう.か.しょ

| 學校 | school
skul | <ruby>学 校<rt>がっこう</rt></ruby> |

老師在<u>講課</u>。

The teacher is <u>giving a lecture</u>.

<ruby>先生<rt>せんせい</rt></ruby>は<ruby>今<rt>いま</rt></ruby>、<u><ruby>授 業<rt>じゅぎょう</rt></ruby></u>をしている。

中	英		日	
托兒所	daycare	ˋdeˌkɛr	託児所	たく.じ.しょ
幼稚園	kindergarten	ˋkɪndəˌgɑrtn̩	幼稚園	よう.ち.えん
小學	elementary school	ˌɛləˋmɛntərɪ skul	小学校	しょう.が.っこう
中學	junior high school	ˋdʒunjə haɪ skul	中学校	ちゅう.が.っこう
高中	senior high school	ˋsinjə haɪ skul	高校	こう.こう
大學	university	ˌjunəˋvɜsətɪ	大学	だい.がく
研究所	graduate school	ˋgrædʒʊˌet skul	大学院	だい.がく.いん
補習班	cram school	kræm skul	塾	じゅく
特殊教育學校	special education school	ˋspɛʃəl ˌɛdʒʊˋkeʃən skul	特別支援学校	とく.べつ.し.えん.が.っこう
公立學校	public school	ˋpʌblɪk skul	公立学校	こう.りつ.が.っこう
私立學校	private school	ˋpraɪvɪt skul	私立学校	し.りつ.が.っこう
護校	nursing school	ˋnɜsɪŋ skul	看護学校	かん.ご.が.っこう

自然災害	natural disaster `nætʃərəl dɪˈzæstɚ	しぜんさいがい 自然 災害

引發<u>海嘯</u>。

Triggering a <u>tsunami</u>.

<ruby>津波<rt>つ な み</rt></ruby>を<ruby>起<rt>お</rt></ruby>こす。

中	英		日	
颱風	typhoon	taɪˈfun	台風	たい.ふう
暴風雪	blizzard	ˈblɪzəd	暴風雪	ぼう.ふう.せつ
龍捲風	twister／tornado	ˈtwɪstə／tɔrˈnedo	竜巻	たつ.まき
火山爆發	eruption	ɪˈrʌpʃən	火山噴火	か.ざん.ふん.か
地震	earthquake	ˈɝθˌkwek	地震	じ.しん
旱災	drought	draʊt	旱魃	かん.ばつ
水災	flood	flʌd	洪水	こう.ずい
沙塵暴	dust storm	dʌst stɔrm	砂塵嵐	さ.じん.あらし
土石流	debris flow	dəˈbri flo	土石流	ど.せき.りゅう
海嘯	tsunami	tsuˈnɑmi	津波	つ.なみ
雪崩	avalanche	ˈævḷˌæntʃ	雪崩	なだれ
山崩	landslide	ˈlændˌslaɪd	山崩れ	やま.くず.れ

職稱	title ˈtaɪtl̩	しょくめい 職 名

總機人員的聲音很甜美。

The operator has a sweet voice.

でんわ
電話オペレーターの声は、美しい。

中	英		日	
董事長	chairman	ˈtʃɜrmən	会長	かい.ちょう
股東	shareholder	ˈʃɛrˌholdə	株主	かぶ.ぬし
執行長	CEO（Chief Executive Officer）	ˈsiˈiˈo（tʃif ɪgˈzɛkjutɪv ˈɔfəsə）	CEO／ 最高経営責任者	シー.イー.オー／ さい.こう.けい.えい. せき.にん.しゃ
總經理	president	ˈprɛzədənt	社長	しゃ.ちょう
副總經理	vice president	vaɪs ˈprɛzədənt	副社長	ふく.しゃ.ちょう
經理	manager	ˈmænɪdʒə	部長	ぶ.ちょう
主管	supervisor	ˌsupəˈvaɪzə	責任者	せき.にん.しゃ
一般職員	employee	ˌɛmplɔɪˈi	社員	しゃ.いん
助理	assistant	əˈsɪstənt	アシスタント	
總機	operator	ˈɑpəˌretə	オペレーター	
約聘人員	temporary employee	ˈtɛmpəˌrɛri ˌɛmplɔɪˈi	派遣社員	は.けん.しゃ.いん
正職人員	full-time employee	ˈfʊlˈtaɪm ˌɛmplɔɪˈi	正社員	せい.しゃ.いん

判決	sentence `sɛntəns	はんけつ 判 決

入<u>監</u>（獄）服刑。

Sentenced to <u>prison</u>.

けいむしょ　はい
<u>刑務所</u>に入る。

中	英		日	
無期徒刑	life imprisonment	laɪf ɪm`prɪznmənt	無期懲役	む.き.ちょう.えき
有期徒刑	imprisonment	ɪm`prɪznmənt	有期懲役	ゆう.き.ちょう.えき
死刑	death penalty	dɛθ `pɛnḷtɪ	死刑	し.けい
假釋	parole	pə`rol	仮釈放	かり.しゃく.ほう
緩刑	suspended sentence	sə`spɛndɪd `sɛntəns	執行猶予	し.っこう.ゆう.よ
褫奪公權	deprivation of civil rights	ˌdɛprɪ`veʃən ɑv `sɪvḷ raɪts	公民権剥奪	こう.みん.けん.はく.だつ
驅逐出境	deportation	ˌdipor`teʃən	国外追放	こく.がい.つい.ほう
不起訴	not prosecuted	nɑt `prɑsɪˌkjutɪd	不起訴	ふ.き.そ
起訴	indictment	ɪn`daɪtmənt	起訴	き.そ
羈押	in custody	ɪn `kʌstədɪ	拘留する	こう.りゅう.す.る
無罪	innocent	`ɪnəsṇt	無罪	む.ざい
釋放	release	rɪ`lis	釈放	しゃく.ほう

常見水果	familiar fruit fə`mɪljə frut	よく見かける果物

削蘋果皮。

Peeling an apple.

りんごの皮を剝く。

中	英		日
西瓜	watermelon	`wɔtə,mɛlən	スイカ
甘蔗	sugar cane	`ʃugə ken	サトウキビ
香蕉	banana	bə`nænə	バナナ
柳橙	orange	`ɔrɪndʒ	オレンジ
葡萄	grape	grep	ぶどう
葡萄柚	grapefruit	`grep,frut	グレープフルーツ
芒果	mango	`mæŋgo	マンゴー
木瓜	papaya	pə`paiə	パパイア
鳳梨	pineapple	`paɪn,æpl̩	パイナップル
奇異果	kiwi	`kiwɪ	キウイフルーツ
榴槤	durian	`durɪən	ドリアン
蘋果	apple	`æpl̩	りんご

常見蔬菜	familiar vegetable fə`mɪljə `vɛdʒətəbḷ	み やさい よく見かける野菜

買高麗菜。

Buying some cabbage.

か
キャベツを買う。

中	英		日	
高麗菜	cabbage	`kæbɪdʒ	キャベツ	
萵苣	lettuce	`lɛtɪs	レタス	
花椰菜	cauliflower	`kɔlə͵flauɚ	カリフラワー	
茄子	eggplant	`ɛg͵plænt	ナス	
蘆筍	asparagus	ə`spærəgəs	アスパラ	
山藥	Chinese yam	`tʃaɪ`niz jæm	山芋	やま.いも
白蘿蔔	daikon	`daɪkon	大根	だい.こん
紅蘿蔔	carrot	`kærət	人参	にん.じん
洋蔥	onion	`ʌnjən	玉ねぎ	たま.ね.ぎ
地瓜	sweet potato	swit pə`teto	さつまいも	
竹筍	bamboo shoot	bæm`bu ʃut	竹の子	たけ.の.こ
馬鈴薯	potato	pə`teto	じゃが芋	じゃ.が.いも

交通工具	transportation ˌtrænspəˈteʃən	の　もの 乗り物

搭<u>計程車</u>。

Taking a <u>taxi</u>.

<u>タクシー</u>に乗る。
の

中	英		日	
腳踏車	bicycle	ˋbaɪsɪkḷ	自転車	じ.てん.しゃ
機車	motorcycle	ˋmotəˌsaɪkḷ	バイク	
廂型車	van	væn	バン	
休旅車	RV （recreational vehicle）	ˋɑrˋvi （ˌrɛkrɪˋeʃnḷ ˋviɪkḷ）	R V	アール.ブイ
卡車	truck	trʌk	トラック	
公車	bus	bʌs	バス	
地下鐵	subway	ˋsʌbˌwe	地下鉄	ち.か.てつ
人力車	rickshaw	ˋrɪkʃɔ	人力車	じん.りき.しゃ
直昇機	helicopter	ˋhɛlɪkɑptə	ヘリコプター	
私人飛機	private plane	ˋpraɪvɪt plen	プライベート 飛行機	プ.ラ.イ.ベー.ト. ひ.こう.き
遊輪	cruise ship	kruz ʃɪp	クルーズ船	ク.ルー.ズ.せん
獨木舟	kayak	ˋkaɪæk	カヤック	

| 顏色 | color
ˋkʌlɚ | いろ
色 |

白色加黑色會變成<u>灰色</u>。

White plus black will turn into <u>grey</u>.

しろ　くろ　ま　　　　　　はいいろ
<u>白</u>と<u>黒</u>を<u>混</u>ぜると、<u>灰色</u>になる。

中	英		日	
綠色	green	grin	緑	みどり
黃色	yellow	ˋjɛlo	黄	き
藍色	blue	blu	青	あお
深藍色	dark blue	dɑrk blu	紺	こん
淺藍色	light blue	laɪt blu	水色	みず.いろ
紫色	purple	ˋpɝpḷ	紫	むらさき
紅色	red	rɛd	赤	あか
粉紅色	pink	pɪŋk	ピンク／桃色	ピ.ン.ク／もも.いろ
白色	white	hwaɪt	白	しろ
黑色	black	blæk	黒	くろ
金色	gold	gold	金色	きん.いろ
銀色	silver	ˋsɪlvɚ	銀色	ぎん.いろ

哺乳動物	mammal `mæml̩	ほにゅうるい 哺 乳 類

大象是哺乳動物。

Elephants are mammals.

ぞう　ほにゅうるい
象は哺 乳 類です。

中	英		日	
獅子	lion	`laɪən	ライオン	
老虎	tiger	`taɪgɚ	虎	とら
熊	bear	bɛr	熊	くま
北極熊	polar bear	`polɚ bɛr	北極熊	ほ.っきょく.ぐま
豹	leopard	`lɛpɚd	豹	ひょう
狼	wolf	wʊlf	狼	おおかみ
熊貓	panda	`pændə	パンダ	
大象	elephant	`ɛləfənt	象	ぞう
牛	cow	kaʊ	牛	うし
長頸鹿	giraffe	dʒəˋræf	キリン	
斑馬	zebra	`zibrə	シマウマ	
袋鼠	kangaroo	ˏkæŋgəˋru	カンガルー	

| 風・雨 | wind · rain
wɪnd ren | かぜ　あめ
風 ・ 雨 |

下<u>太陽雨</u>。

It's raining under the sun.

<ruby>天気雨<rt>てんきあめ</rt></ruby>が<ruby>降<rt>ふ</rt></ruby>る。

中	英		日	
無風	calm	kɑm	無風	む.ふう
微風	breeze	briz	微風	び.ふう
東風	easterly	ˈistəlɪ	東風	とう.ふう
南風	southerly	ˈsʌðəlɪ	南風	みなみ.かぜ
西風	westerly	ˈwɛstəlɪ	西風	にし.かぜ
北風	northerly	ˈnɔrðəlɪ	北風	きた.かぜ
陣雨	shower	ˈʃaʊə	にわか雨	に.わ.か.あめ
局部雨	local rain	ˈlokl̩ ren	局地的な雨	きょく.ち.てき.な.あめ
毛毛雨	drizzle	ˈdrɪzl̩	小雨	こ.さめ
傾盆大雨	downpour	ˈdaʊnˌpor	どしゃぶりの雨	ど.しゃ.ぶ.り.の.あめ
雷雨	thunderstorm	ˈθʌndəˌstɔrm	雷雨	らい.う
太陽雨	sun shower	sʌn ˈʃaʊə	天気雨	てん.き.あめ

山・水	mountain · water ˈmaʊntn̩ ˈwɔtɚ	やま　みず 山・水

走向山頂。

Walking towards the summit.

さんちょう　　む
山 頂 に向かう。

中	英		日	
山谷	valley	ˈvælɪ	谷	たに
山崖	cliff	klɪf	崖	がけ
山丘	hill	hɪl	丘	おか
山脚	foot of the mountain	fʊt ɑv ðə ˈmaʊntn̩	山麓	さん.ろく
山頂	summit	ˈsʌmɪt	山頂	さん.ちょう
山坡	slope	slop	山の斜面	やま.の.しゃ.めん
瀑布	waterfall	ˈwɔtɚfɔl	滝	たき
湖泊	lake	lek	湖	みずうみ
海	sea	si	海	うみ
河流	river	ˈrɪvɚ	川	かわ
池塘	pond	pɑnd	池	いけ
水井	well	wɛl	井戸	いど

報紙內容	newspaper content ˈnjuzˌpepɚ ˈkɑntɛnt	しんぶんないよう 新聞内容

我喜歡看連環漫畫。

I like comic strips.

わたし さん まん が す
私 は、三コマ漫画が好きです。

中	英		日	
頭條	headline	ˈhɛdˌlaɪn	ヘッドライン	
社論	editorial	ˌɛdəˈtorɪəl	社説	しゃ.せつ
專欄	column	ˈkɑləm	コラム	
連載	serial	ˈsɪrɪəl	連載	れん.さい
專題報導	feature	fitʃɚ	特集	とく.しゅう
分類廣告	classified advertisement	ˈklæsəˌfaɪd ædvɚˈtaɪzmənt	クラシファイド広告	ク.ラ.シ.ファ.イ.ド.こう.こく
全版廣告	full page advertisement	fʊl pedʒ ædvɚˈtaɪzmənt	全面広告	ぜん.めん.こう.こく
讀者來函專欄	advice column	ədˈvaɪs ˈkɑləm	人生相談欄	じん.せい.そう.だん.らん
電視節目表	TV listings	ˈtiˈvi ˈlɪstɪŋz	テレビ番組表	テ.レ.ビ.ばん.ぐみ.ひょう
電影時刻表	movie listings	ˈmuvɪ ˈlɪstɪŋz	映画の上映スケジュール	えい.が.の.じょう.えい.ス.ケ.ジュール
連環漫畫	comic strips	ˈkɑmɪk strɪps	三／四コマ漫画	さん／よん.コ.マ.まん.が
諷刺漫畫	editorial cartoons	ˌɛdəˈtorɪəl karˈtunz	風刺漫画	ふう.し.まん.が

雜誌內容	magazine content ˌmægəˈzin ˈkantɛnt	ざっしないよう 雑 誌 内 容

小花是本期的<u>封面人物</u>。

Hana is on the cover of the magazine.

こん き ごう　ひょうし　ひと　　　 はな
今期号の <u>表 紙の人</u>は、 花ちゃんです。

中	英		日	
封面人物	celebrity cover	sɪˈlɛbrətɪ ˈkʌvɚ	表紙の人	ひょう.し.の.ひと
封面故事	cover story	ˈkʌvɚ ˈstorɪ	カバーストーリー	
本期主題	current topic	ˈkɝənt ˈtɑpɪk	今期号のテーマ	こん.き.ごう.の. テー.マ
目錄	index	ˈɪndɛks	目次	もく.じ
總編輯的話	editor-in-chief's address	ˈɛdɪtɚ.in ˈtʃifz əˈdrɛs	編集長より	へん.しゅう.ちょう. よ.り
專欄	column	ˈkɑləm	コラム	
報導	news report	njuz rɪˈport	報道	ほう.どう
讀者投書	letter to the editor	ˈlɛtɚ tu ði ˈɛdɪtɚ	読者からの お便り	どく.しゃ.か.ら.の. お.た.よ.り
下期預告	next issue	ˈnɛkst ˈɪʃu	次号の予告	じ.ごう.の.よ.こく
訂購優惠	discount subscription	ˈdɪskaunt səbˈskrɪpʃən	定期購読優待	てい.き.こう.どく. ゆう.たい
抽獎活動	sweepstakes	ˈswipˌsteks	抽選	ちゅう.せん
隨書贈品	free gift	fri gɪft	付録	ふ.ろく

腳踏車	bicycle `ˈbaɪsɪkḷ	じてんしゃ 自転車

24段變速腳踏車。

24-Speed Bike.

にじゅうよんだんへんそく　じてんしゃ
<u>２４段変速</u>の自転車。

中	英		日	
避震器	shock absorber	ʃɑk əbˈsɔrbɚ	ショックアブゾーバー	
坐墊	seat	sit	サドル	
錬條	chain	tʃen	チェーン	
齒輪	gear	gɪr	ギア	
腳踏板	pedal	ˈpɛdḷ	ペダル	
前輪煞車	front brake	frʌnt brek	前輪ブレーキ	ぜん.りん.ブ.レー.キ
後輪煞車	rear brake	rɪr brek	後輪ブレーキ	こう.りん.ブ.レー.キ
輔助輪	training wheel	ˈtrenɪŋ hwil	補助輪	ほ.じょ.りん
停車腳架	kickstand	ˈkɪkˌstænd	スタンド	
握把	handlebars	ˈhændḷˌbɑrz	ハンドル	
變速器	derailleur	dɪˈrelɚ	ディレイラー	
水壺架	water bottle cage	ˈwɔtɚ ˈbɑtḷ kedʒ	ボトルケージ	

汽車外觀	car structure kɑr ˋstrʌktʃɚ	くるま　がいぶ 車 の外部

打開<u>車門</u>。

Open the <u>car door</u>.

<ruby>車<rt>くるま</rt></ruby> のドアを<ruby>開<rt>あ</rt></ruby>ける。

中	英		日
保險桿	bumper	ˋbʌmpɚ	バンパー
擋泥板	fender	ˋfɛndɚ	泥よけ　　どろ.よ.け
引擎蓋	hood	hʊd	ボンネット
行李廂 （後車廂）	trunk	trʌŋk	トランク
天窗	sun roof	sʌn ruf	サンルーフ
擋風玻璃	windshield	ˋwɪndˌʃild	フロントガラス
雨刷	windshield wiper	ˋwɪndˌʃild ˋwaɪpɚ	ワイパー
側鏡	side mirror	saɪd ˋmɪrɚ	ドアミラー
大燈	headlights	ˋhɛdˌlaɪts	ヘッドライト
車尾燈	taillight	ˋtelˌlaɪt	テールランプ
車牌	license plate	ˋlaɪsn̩s plet	ナンバープレート
排氣管	exhaust pipe	ɪgˋzɔst paɪp	排気管　　はい.き.かん

| 飛機 | airplane `ɛrˌplen | ひこうき 飛行機 |

我是<u>飛行員</u>。

I am a <u>pilot</u>.

わたし
<u>私</u> は<u>パイロット</u>だ。

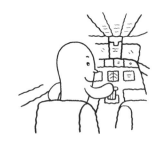

中	英		日	
機翼	wing	wɪŋ	翼	つばさ
副翼	aileron	`eləˌran	補助翼	ほ.じょ.よく
機身	fuselage	`fjuzlɪdʒ	胴体	どう.たい
機尾	tail	tel	尾	お
機頭	nose	noz	機首	き.しゅ
駕駛艙	cockpit	`kakˌpɪt	コックピット	
方向舵	rudder	`rʌdɚ	方向舵	ほう.こう.だ
螺旋槳	propeller	prəˈpɛlɚ	プロペラ	
油箱	fuel tank	`fjuəl tæŋk	燃料タンク	ねん.りょう.タ.ン.ク
黑盒子（飛航記錄器）	flight recorder	flaɪt rɪˈkɔrdɚ	フライトレコーダー	
機艙	cabin	`kæbɪn	客室	きゃく.しつ
行李艙	luggage compartment	`lʌgɪdʒ kəmˈpartmənt	貨物室	か.もつ.しつ

機車	motorcycle `'moɾɚ͵saɪkl̩	バイク

機車很方便。

Riding a motorcycle is quite convenient.

バイクは便利です。

中	英		日	
前座	front seat	frʌnt sit	前方シート	ぜん.ぽう.シー.ト
後座	back seat	bæk sit	後方シート	こう.ほう.シー.ト
機車大鎖	motorcycle lock	'moɾɚ͵saɪkl̩ lɑk	バイク用 U字ロック	バ.イ.ク.よう. ユー.じ.ロ.ック
握把	handlebars	'hændl̩͵bɑrz	ハンドル	
車後方向燈	rear indicator light	rɪr 'ɪndə͵keɾɚ laɪt	方向指示灯	ほう.こう.し.じ.とう
車頭燈	headlight	'hɛd͵laɪt	ヘッドライト	
前輪	front tire	frʌnt taɪr	前輪	ぜん.りん
後輪	back tire	bæk taɪr	後輪	こう.りん
排氣管	exhaust pipe	ɪgˈzɔst paɪp	排気管	はい.き.かん
後照鏡	rearview mirror	rɪrvju 'mɪrɚ	バックミラー	
置物籃	storage basket	'storɪdʒ 'bæskɪt	荷物入れ	に.もつ.い.れ
引擎	engine	'ɛndʒən	エンジン	
車牌	license plate	'laɪsn̩s plet	ナンバープレート	
油門	throttle	'θrɑtl̩	アクセル	

| 電腦 | computer
kəm`pjutə | コンピューター |

敲打電腦<u>鍵盤</u>。

To tap computer <u>keyboard</u>.

<u>キーボード</u>を打^うつ。

中	英		日
螢幕	monitor	`manətə	モニター
主機板	mother board	`mʌðə bord	マザーボード
顯示卡	video card	`vɪdɪo kard	グラフィックスカード
音效卡	sound card	saund kard	サウンドカード
散熱風扇	fan	fæn	冷却ファン　れい.きゃく.ファ.ン
硬碟	hard disc drive	hard dɪsk draɪv	ハードディスク
光碟機	disc drive	dɪsk draɪv	ディスクドライブ
鍵盤	keyboard	`ki.bord	キーボード
滑鼠	mouse	maus	マウス
喇叭	speaker	`spikə	スピーカー
USB 插槽	USB slot	`ju`ɛs`bi slat	USBポート　ユー.エス.ビー.ポー.ト
開機鍵	power button	`pauə `bʌtn	電源ボタン　でん.げん.ボ.タ.ン

270

手機	cellphone `sɛlfon	けいたいでんわ 携 帯 電 話

掛上手機<u>吊飾</u>。

Hanging up phone <u>charms</u>.

けいたいでん わ
携 帯 電話に<u>ストラップ</u>を付ける。

中	英		日
觸控螢幕	touchscreen	`tʌtʃˌskrin	タッチスクリーン
行動電源	battery pack	`bætərɪ pæk	モバイルバッテリー
數字按鍵	number button	`nʌmbɚ `bʌtn̩	数字ボタン　すう.じ.ボ.タ.ン
井字鍵	hash key／pound key	hæʃ ki／paund ki	シャープキー
米字鍵	asterisk	`æstəˌrɪsk	スターキー
開機鍵	on button	an `bʌtn̩	電源ボタン　でん.げん.ボ.タ.ン
按鍵	keypad	`kiˌpæd	キーパッド
手機殼	phone case	fon kes	スマホケース
電池蓋	battery cover	`bætərɪ `kʌvɚ	バッテリーカバー
吊飾孔	strap hole	stræp hol	ストラップホール
SIM卡插槽	SIM slot	sɪm slat	SIMカードスロット　シム.カー.ド.ス.ロ.ット
記憶卡插槽	memory card slot	`mɛmərɪ kard slat	メモリーカードスロット

285

相機	camera `ˋkæmərə	カメラ

伸出數位相機的<u>鏡頭</u>。

Let the <u>lens</u> stick out from the digital camera.

デジタルカメラの<u>レンズ</u>を伸ばす。

中	英		日	
鏡頭	lens	lɛnz	レンズ	
鏡頭蓋	cap	kæp	レンズキャップ	
快門	shutter	ˋʃʌtɚ	シャッター	
腳架	tripod	ˋtraɪpɑd	三脚	さん.きゃく
閃光燈	flash	flæʃ	フラッシュ	
記憶卡	memory card	ˋmɛmərɪ kɑrd	メモリーカード	
光圈	aperture	ˋæpɚtʃɚ	アパーチャー	
接目鏡	eyepiece	ˋaɪˌpis	接眼レンズ	せつ.がん.レ.ン.ズ
鋰電池	lithium battery	ˋlɪθɪəm ˋbætərɪ	リチウム電池	リ.チ.ウ.ム.でん.ち
液晶螢幕	LCD screen	ˋɛlˋsiˋdi skrin	液晶スクリーン	えき.しょう.ス.ク.リー.ン
開／關鈕	on／off button	ɑn／ɔf ˋbʌtn̩	電源ボタン	でん.げん.ボ.タ.ン
對焦鈕	zoom button	zum ˋbʌtn̩	ズームボタン	

| 建築物 | building `bɪldɪŋ | けんちくぶつ
建築物 |

搭電梯前往展望台。

Go to the observatory deck by taking the elevator.

エレベーターに乗って、展望台に行く。

中	英		日	
鋼筋	steel bar	stil bɑr	鉄筋	て.っきん
混凝土	concrete	`kɑnkrit	コンクリート	
地基	foundation	faʊnˋdeʃən	基礎	き.そ
牆壁	wall	wɔl	壁	かべ
地板	floor	flor	床	ゆか
天花板	ceiling	`silɪŋ	天井	てん.じょう
樑	beam	bim	梁	はり
樓層	floor	flor	フロア	
隔間	partition	pɑrˋtɪʃən	仕切り	し.き.り
樓頂	rooftop	`rufˌtɑp	屋上	おく.じょう
避雷針	lightning rod	`laɪtnɪŋ rɑd	避雷針	ひ.らい.しん
地下室	basement	`besmənt	地下室	ち.か.しつ

| 信件・包裏 | letter・package `lɛtɚ `pækɪdʒ | てがみ　こづつみ
手紙・小包 |

投入<u>郵筒</u>。

Put it in the <u>mailbox</u>.

ゆうびん
<u>郵便ポスト</u>に<ruby>入<rt>い</rt></ruby>れる。

中	英		日	
寄件人	sender	`sɛndɚ	差出人	さし.だし.にん
收件人	recipient	rɪ`sɪpɪənt	受取人	うけ.とり.にん
寄件人地址	sender's address	`sɛndɚz ə`drɛs	差出人の住所	さし.だし.にん.の.じゅう.しょ
收件人地址	recipient's address	rɪ`sɪpɪənts ə`drɛs	受取人の住所	うけ.とり.にん.の.じゅう.しょ
郵遞區號	zip code	zɪp kod	郵便番号	ゆう.びん.ばん.ごう
信紙	letter	`lɛtɚ	便箋	びん.せん
信封	envelope	`ɛnvə.lop	封筒	ふう.とう
郵戳	postmark	`post.mɑrk	消印	けし.いん
郵票	stamp	stæmp	切手	き.って
封口處	seal	sil	封じ目	ふう.じ.め
託運單	waybill	`we.bɪl	送り状	おく.り.じょう
內容物	content	`kɑntɛnt	内容物	ない.よう.ぶつ

| 冰箱 | refrigerator
rɪˋfrɪdʒəˏretə | れいぞうこ
冷蔵庫 |

（把食物）放入冰箱。

Store it in the refrigerator.

た　もの　れいぞうこ　い
食べ物を冷蔵庫に入れる。

中	英		日	
冷凍室	freezer	ˋfrizə	冷凍室	れい.とう.しつ
冷藏室	refrigerator	rɪˋfrɪdʒəˏretə	冷蔵室	れい.ぞう.しつ
門把	handle	ˋhændḷ	ドアハンドル	
蛋架	egg tray	ɛg tre	卵ケース	たまご.ケー.ス
蔬果櫃	fruit & vegetable drawer	frut ænd ˋvɛdʒətəbḷ ˋdrɔə	野菜室	や.さい.しつ
馬達	motor	ˋmotə	モーター	
冷媒	refrigerant	rɪˋfrɪdʒərənt	冷媒	れい.ばい
製冰器	icemaker	ˋaɪsˏmekə	製氷機	せい.ひょう.き
自動除霜	automatic defroster	ˏɔtəˋmætɪkˏ diˋfrɔstə	自動霜取り	じ.どう.しも.と.り
活動層架	adjustable shelf	əˋdʒʌstəbḷ ʃɛlf	仕切り棚	し.き.り.だな
壓縮機	compressor	kəmˋprɛsə	圧縮機	あ.っしゅく.き
冷凝器	condenser	kənˋdɛnsə	コンデンサー	

上衣・褲子	clothes・pants kloz pænts	うわぎ 上着・ズボン

袖子太長了。

The <u>sleeves</u> are too long.

そで　なが
<u>袖</u>が長すぎる。

中	英		日	
袖子	sleeve	sliv	袖	そで
袖口	cuff	kʌf	袖口	そで.ぐち
肩線	shoulder seam	ˈʃoldɚ sim	肩ライン	かた.ラ.イ.ン
衣領	collar	ˈkɑlɚ	襟	えり
墊肩	shoulder pad	ˈʃoldɚ pæd	肩パッド	かた.パ.ッド
領口	neckline	ˈnɛk.laɪn	襟ぐり	えり.ぐ.り
扣子	button	ˈbʌtn̩	ボタン	
綁帶	string	strɪŋ	紐	ひも
內裡	lining	ˈlaɪnɪŋ	裏地	うら.じ
褲襠	crotch	krɑtʃ	ズボンのまち	
口袋	pocket	ˈpɑkɪt	ポケット	
拉鍊	zipper	ˈzɪpɚ	チャック	

| 鞋子 | shoes
ʃuz | くつ
靴 |

新買的長筒靴。

I just purchased these boots.

か
買ったばかりのブーツ。

中	英		日	
外層鞋底	outsole	ˋaʊt.sol	アウトソール	
鞋內鞋墊	insole	ˋɪn.sol	中敷	なか.じき
氣墊	air cushion	ɛr ˋkuʃən	エアソール	
鞋跟	heel	hil	かかと	
鞋面	upper	ˋʌpɚ	甲革	こう.かく
鞋底	sole	sol	靴底	くつ.ぞこ
厚鞋底	platform	ˋplæt.fɔrm	厚底	あつ.ぞこ
鞋帶	shoelace	ˋʃu.les	靴紐	くつ.ひも
鞋帶孔	lace hole	les hol	レースホール	
鞋頭	toe	to	つま先	つ.ま.さき
靴筒	boot shaft	but ʃæft	靴筒	くつ.づつ
魔鬼氈	Velcro	ˋvɛlkro	マジックテープ	

| 四肢 | limbs | しし |
| | lɪmz | 四肢 |

舔<u>手指</u>。

Licking the <u>fingers</u>.

て　　ゆび　　な
<u>手の指</u>を舐める。

中	英		日	
手	hand	hænd	手	て
腳	foot	fʊt	足	あし
手臂	arm	ɑrm	腕	うで
手肘	elbow	ˈɛlbo	肘	ひじ
手腕	wrist	rɪst	手首	て.くび
手指	finger	ˈfɪŋgɚ	手の指	て.の.ゆび
手掌	palm	pɑm	手のひら	て.の.ひ.ら
手背	back of a hand	bæk ɑv ə hænd	手の甲	て.の.こう
指甲	fingernail	ˈfɪŋgɚˌnel	爪	つめ
大腿	thigh	θaɪ	腿	もも
小腿	calf	kæf	ふくらはぎ	
膝蓋	knee	ni	膝	ひざ
腳跟	heel	hil	かかと	
腳踝	ankle	ˈæŋkl̩	足首	あし.くび
腳趾	toe	to	足の指	あし.の.ゆび
腳掌心	arch	ɑrtʃ	土踏まず	つち.ふ.ま.ず

身體	body ˋbɑdɪ	からだ 体

浸泡<u>下半身</u>。

Soaking the <u>lower body</u>.

<ruby>下半身浴<rp>(</rp><rt>か はんしんよく</rt><rp>)</rp></ruby>をする。

中	英		日	
頭	head	hɛd	頭	あたま
頸	neck	nɛk	首	くび
額頭	forehead	ˋfɔrˏhɛd	額	ひたい
後腦	back of the head	bæk ɑv ðə hɛd	後頭部	こう.とう.ぶ
下巴	jaw	dʒɔ	顎	あご
嘴巴	mouth	mauθ	口	くち
臉	face	fes	顔	かお
臉頰	cheek	tʃik	頬	ほお
顴骨	cheekbone	ˋtʃikˏbon	頬骨	ほお.ぼね
肩膀	shoulder	ˋʃoldɚ	肩	かた
胸部	chest	tʃɛst	胸	むね
背部	back	bæk	背中	せ.なか
腹部	abdomen	ˋæbdəmən	腹部	ふく.ぶ
腰部	waist	west	腰	こし
臀部	buttocks	ˋbʌtəks	おしり	
軀幹	torso	ˋtɔrso	胴	どう

人體組成	human structure ˈhjumən ˈstrʌktʃɚ	じんたい こうせい 人体の構成

我的<u>柔軟</u>度很好。

I have a pretty <u>flexible</u> body.

<ruby>私<rt>わたし</rt></ruby> は <ruby>体<rt>からだ</rt></ruby> が <u><ruby>柔<rt>やわ</rt></ruby>らかい</u>。

中	英		日	
四肢	limb	lɪm	四肢	し.し
骨骼	bone	bon	骨格	こ.っかく
器官	organ	ˈɔrgən	器官	き.かん
脂肪	fat	fæt	脂肪	し.ぼう
皮膚	skin	skɪn	皮膚	ひ.ふ
細胞	cell	sɛl	細胞	さい.ぼう
肌肉	muscle	ˈmʌsl̩	筋肉	きん.にく
動脈	artery	ˈɑrtərɪ	動脈	どう.みゃく
靜脈	vein	ven	静脈	じょう.みゃく
關節	joint	dʒɔɪnt	関節	かん.せつ
骨髓	bone marrow	bon ˈmæro	骨髄	こつ.ずい
神經	nerve	nɝv	神経	しん.けい
水分	water	ˈwɔtɚ	水分	すい.ぶん
血液	blood	blʌd	血液	けつ.えき

蛋糕	cake kek	ケーキ

最外層是鮮奶油。

The outer layer is covered with whipped cream.

_{ひょうめん} _{なま}
表 面は、生クリームです。

中	英		日	
海綿蛋糕	sponge cake	spʌndʒ kek	スポンジケーキ	
內層夾餡	filling	ˈfɪlɪŋ	中の具	なか.の.ぐ
麵粉	flour	flaur	小麦粉	こ.むぎ.こ
蛋	egg	ɛg	卵	たまご
奶油	butter	ˈbʌtɚ	バター	
牛奶	milk	mɪlk	牛乳	ぎゅう.にゅう
鮮奶油	whipped cream	ˈhwɪpt krim	生クリーム	なま.ク.リー.ム
糖	sugar	ˈʃugɚ	砂糖	さ.とう
人工香料	artificial flavoring	ˌɑrtəˈfɪʃəl ˈflevərɪŋ	人工香料	じん.こう.こう.りょう
食用色素	food coloring	fud ˈkʌlərɪŋ	着色料	ちゃく.しょく.りょう
發粉	baking powder	ˈbekɪŋ ˈpaudɚ	ベーキングパウダー	
香草精	vanilla essence	vəˈnɪlə ˈɛsn̩s	バニラエッセンス	

熱狗麵包	hot dog hɑt dɔg	ホットドッグ

我點了一份套餐。

I have ordered a set menu.

私 は、セットメニューを頼んだ。

中	英		日	
碎牛肉	ground beef	grɑund bif	牛肉のミンチ	ぎゅう.にく.の.ミ.ン.チ
麵包	bun	bʌn	パン	
萵苣	lettuce	ˈlɛtɪs	レタス	
蕃茄	tomato	təˈmeto	トマト	
洋蔥	onion	ˈʌnjən	玉ねぎ	たま.ね.ぎ
酸黃瓜	pickle	ˈpɪkl̩	ピクルス	
起司	cheese	tʃiz	チーズ	
香腸	sausage	ˈsɔsɪdʒ	ソーセージ	
雞排	chicken patty	ˈtʃɪkɪn ˈpætɪ	チキンカツ	
德式酸菜	sauerkraut	ˈsaʊrˌkraʊt	ザワークラウト	
蕃茄醬	ketchup	ˈkɛtʃəp	ケチャップ	
（黃）芥末	mustard	ˈmʌstəd	マスタード	

| 義大利麵 | pasta `pɑstə | パスタ |

我也喜歡<u>速食麵</u>。

I like <u>instant noodles</u> too.

<u>インスタントラーメン</u>も好^すきです。

中	英		日	
義大利麵條	spaghetti	spəˋgɛtɪ	スパゲッティ	
麵條	noodles	ˋnudl̩z	麵	めん
通心粉	macaroni	ˌmækəˋronɪ	マカロニ	
茄汁	tomato sauce	təˋmeto sɔs	トマトソース	
香料	spice	spaɪs	スパイス	
橄欖油	olive oil	ˋɑlɪv ɔɪl	オリーブオイル	
蘑菇	mushroom	ˋmʌʃrum	マッシュルーム	
起司粉	grated cheese	ˋgretɪd tʃiz	粉チーズ	こな.チー.ズ
羅勒	basil	ˋbæzɪl	バジル	
蔬菜	vegetable	ˋvɛdʒətəbl̩	野菜	や.さい
蔥	scallion	ˋskæljən	ねぎ	
肉	meat	mit	肉	にく

水果・蔬菜	fruit・vegetable frut ˈvɛdʒətəbḷ	くだもの　やさい 果物・野菜

挑出<u>西瓜的籽</u>。

Picking out the <u>watermelon seeds</u>.

すい か　たね　　と
<u>西瓜の種</u>を取る。

中	英		日	
種子、籽	seed	sid	種	たね
果核	core	kor	芯	しん
果肉	pulp	pʌlp	果肉	か.にく
果皮	peel	pil	果物の皮	くだ.もの.の.かわ
纖維	fiber	ˈfaɪbɚ	繊維	せん.い
維他命	vitamin	ˈvaɪtəmɪn	ビタミン	
果糖	fructose	ˈfrʌktos	果糖	か.とう
水分	water	ˈwɔtɚ	水分	すい.ぶん
果汁	fruit juice	frut dʒus	ジュース	
水果泥	pureed fruit	pjʊˈred frut	フルーツピューレ	
根	root	rut	根	ね
莖	stem	stɛm	茎	くき
葉	leaf	lif	葉	は
嫩芽	sprout	spraʊt	新芽	しん.め

| 書 | book
bʊk | ほん
本 |

我喜歡精裝書。

I like books in hardcover.

ハードカバーの本が好きです。

中	英		日	
封面	front cover	frʌnt ˋkʌvɚ	表表紙	おもて.びょう.し
封底	back cover	bæk ˋkʌvɚ	裏表紙	うら.びょう.し
書背	spine	spaɪn	背表紙	せ.びょう.し
封面折口	flap	flæp	カバー折り返し	カ.バー.お.り.かえ.し
書皮	book wrapper	bʊk ˋræpɚ	ブックカバー	
扉頁	flyleaf	ˋflaɪˌlif	遊び紙	あそ.び.がみ
版權頁	copyright page	ˋkapɪˌraɪt pedʒ	奥付	おく.づけ
序	preface	ˋprɛfɪs	序	じょ
索引	index	ˋɪndɛks	索引	さく.いん
目錄	table of contents	ˋtebḷ av ˋkantɛnts	目次	もく.じ
內文	text	tɛkst	本文	ほん.ぶん
條碼	barcode	ˋbarˋkod	バーコード	

| 臉 | face
fes | かお
顔 |

瞇著眼睛。

Squinting.

め　ほそ
目を細める。

中	英		日	
眼睛	eye	aɪ	目	め
眼球	eyeball	`aɪbɔl	眼球	がん.きゅう
瞳孔	pupil	`pjupl̩	瞳孔	どう.こう
眼皮	eyelid	`aɪlɪd	まぶた	
眼睫毛	eyelash	`aɪlæʃ	睫毛	まつげ
鼻子	nose	noz	鼻	はな
鼻孔	nostril	`nɑstrɪl	鼻の穴	はな.の.あな
鼻尖	nose tip	noz tɪp	鼻の頭	はな.の.あたま
鼻樑	nasal bridge	`nezl̩ brɪdʒ	鼻梁	び.りょう
嘴唇	lip	lɪp	唇	くちびる
耳朵	ear	ɪr	耳	みみ
嘴巴	mouth	mauθ	口	くち

3 國語言　09

中英日詞彙實用 3400【單字卡 APP】行動學習版

書籍＋APP（1 詞彙 1 卡片＋隨選即聽 MP3＋中英日三語測驗題）
iOS / Android 適用

初版 1 刷　2023 年 4 月 13 日
初版 2 刷　2023 年 12 月 14 日

作者　　　　　　檸檬樹英日語教學團隊
封面設計　　　　陳文德
版型設計　　　　洪素貞
責任主編　　　　黃冠禎
社長・總編輯　　何聖心

發行人　　　　　江媛珍
出版發行　　　　檸檬樹國際書版有限公司
　　　　　　　　lemontree@treebooks.com.tw
　　　　　　　　電話：02-29271121　傳真：02-29272336
　　　　　　　　地址：新北市235中和區中安街80號3樓
法律顧問　　　　第一國際法律事務所 余淑杏律師
　　　　　　　　北辰著作權事務所 蕭雄淋律師

全球總經銷　　　知遠文化事業有限公司
　　　　　　　　電話：02-26648800　傳真：02-26648801
　　　　　　　　地址：新北市222深坑區北深路三段155巷25號5樓

港澳地區經銷　　和平圖書有限公司
　　　　　　　　電話：852-28046687　傳真：850-28046409
　　　　　　　　地址：香港柴灣嘉業街12號百樂門大廈17樓

定價　　　　　　台幣480元／港幣160元
劃撥帳號　　　　戶名：19726702・檸檬樹國際書版有限公司
　　　　　　　　・單次購書金額未達400元，請另付60元郵資
　　　　　　　　・ATM・劃撥購書需7-10個工作天

中英日詞彙實用3400 / 檸檬樹英日語教學團隊著. -- 初版. --
新北市：檸檬樹國際書版有限公司, 2023.12印刷
　面；　公分. --（3國語言系列；9）
單字卡APP行動學習版

ISBN 978-626-97236-9-0（平裝）
1.CST: 漢語　2.CST: 英語　3.CST: 日語　4.CST: 詞彙
801.72　　　　　　　　　　　　　　　112018375

檸檬樹

檸檬樹